KB119666

용
의
자
들

용의자들

정해연
장편소설

위즈덤하우스

# 차례

# 한 수 연

1

실종되었다가 결국엔 시신으로 발견되었다는 만 18세 A 양이 유정이라는 것은 뉴스를 보자마자 바로 알았다. 유정이 처음 학교에 나오지 않던 날, 선생님은 '개인 사정'이라고 말했지만, 경찰들이 학교에 찾아오면서 유정이 실종되었다는 것은 아이들 모두 공공연하게 알고 있었다. 그런 상황에서 시신이 발견되었다는 뉴스에 유정을 떠올리지 않을 도리는 없었다. 실종된 만 18세 A 양이 그렇게 많을 리는 없으니까.

아침을 먹고 있던 중이었다. 식탁에는 혼자 앉아 있었고 수연이 직접 구운 토스트는 뻣뻣하고 맛이 없었다. 잼은 유통기한이 지났지만 아직 상하지 않았다는 이유로 새로 사지 않았다. 입에 토스트를 넣던 손이 툭, 하고 테이블에 떨어졌다.

어쩌면 죽었을지도 모르겠다는 생각을 해보지 않은 건

아니었다. 아니, 정확히 말하자면 죽었다는 생각이 더 강했을지 모른다. 유정은 가출 따위를 할 아이가 아니었다. 윤리 교과서를 사람으로 만들면 유정이 됐을지도 모른다고 생각할 정도로 바른 아이였다. 집도 부유한 편이었고, 부모님과도 친구처럼 잘 지낸다고 알고 있었다. 가끔 여행을 가기도 했고 외식도 자주 한다고 들었다. 근래 들어 성적이 좀 떨어지긴 했지만 그걸로 가출할 만큼 큰 스트레스를 받고 있지도 않았다.

그랬던 유정이 사라졌다. 범죄에 연루되었을 가능성을 생각하지 않을 수 없었다. 그래도 막상 이런 뉴스를 마주하니 머릿속이 멍해졌다. 죽었을지도 모르겠다고 짐작하는 것과 죽었다는 사실을 확인한 것은 차이가 컸다.

[시신이 발견된 곳은 은파 지역 외곽에 있는 부도난 타운 하우스 건설 부지의 폐건물로 인근에는 CCTV가 없어 수사에 난항이 예상됩니다. 경찰은 A 양의 사망이 범죄와 관련됐을 가능성이 큰 만큼 사망 원인과 범인 색출에 수사력을 집중하겠다고 밝혔습니다.]

뉴스는 곧장 다음으로 넘어갔다. 기록적인 폭염이 지속되면서 온열 질환에 유의하라는 내용이었다. 수연은 TV를 끄고 휴대폰을 집어 들었다. 은파시와 A 양 실종이라는 단어를 검색하자 유정의 것으로 보이는 기사가 수십 개 떴다.

그중 제목에 '종합'이라는 단어가 붙은 기사를 클릭했다.

뉴스에서 본 대로 유정의 시신이 발견된 곳은 폐건물이었다. 타운 하우스를 짓다 부도가 난 이후로 출입이 금지된 상태였는데 인수자가 나타나지 않아 그대로 방치된 건물이라고 했다. 유정의 사인은 질식사라고 되어 있었다. 누군가 목을 졸랐던 걸까. 그 생각을 하자 갑자기 상황이 머릿속에 그려지면서 수연은 자신도 모르게 눈을 질끈 감았다.

대체 누가 그런 짓을.

아랫입술을 꾹 깨물고 기사를 몇 개 더 살펴보았다. 하지만 더 자세한 사항은 알 수 없었다. 유정이 사라졌던 날, 유정에게는 무슨 일이 일어났던 걸까. 유정의 휴대폰은 발견되었을까?

알람이 울려 정신을 퍼뜩 차렸다. 휴대폰 화면에 '출발'이라는 글자가 떠 있었다. 아빠와 단둘이 사는 수연은 스스로 모든 일을 해야 했다. 일찍 출근하는 아빠는 자신을 챙기는 일만으로도 바빴다. 수연의 일은 수연이. 그것은 아빠와의 무언의 약속이나 다름없었다.

아침을 먹는 것도, 학교에 늦지 않게 가는 것도 수연이 알아서 해야 했다. 멍하니 앉아 있다 버스를 놓칠 때가 되어도 얼른 학교에 가라며 등을 두드려주는 사람은 없었다. 고등학교 3학년이나 됐으니 못 할 일은 아니다. 불만은 없었다.

아빠는 엄마와 6년 전 이혼했다. 엄마는 이혼한 지 10개월도 되지 않아 재혼했다. 수연이 전화할 때면 '잠깐만'이라고 말하며 어딘가로 가서 몰래 전화를 받는 듯했다. 그나마도 들릴락 말락 한 목소리였다. 엄마가 먼저 전화하는 법은 없었다. 몇 번 그러다가 수연도 전화하기를 그만뒀다. 불청객이 된 것 같은 기분은 유쾌하지 않았다.

"넌 대단해. 나라면 학교에 나가고 싶지 않은 날도 있을 텐데 넌 잔소리하는 사람이 없는데도 성실히 학교에 나오잖아. 넌 맨날 내가 모범생이라고 하지만 사실은 네가 더 모범생이야."

웃으면서 말하던 유정의 표정이 떠올랐다. 그때는 말하지 못했다. 학교에 가지 않았다가 아빠에게 전화라도 가면 큰일 난다고. 아빠는 자신을 신경 쓰이게 하는 모든 일을 극도로 싫어했다. 중학교 때였나. 다른 아이들의 싸움에 휘말리는 바람에 부모님 출석요구서를 전하던 날, 그 혐오의 표정이 잊히지 않았다. 그런 싸움에 왜 끼어들었냐는 비난이 아니었다. 왜 그런 싸움에 휘말려서 날 귀찮게 하느냐는 표정이었다. 그리고 같은 말을 학교에 다녀오는 내내 입에 올렸다.

그런 사정을 유정에게는 말하고 싶지 않았다. 유정은 가끔 아빠가 모든 일에 참견하려 한다는 둥, 엄마가 단속이 심하다는 등 투정을 부렸다. 대학에 가면 꼭 독립을 할 거라면서 부모님 그늘 아래에서 벗어나고 싶은 것은 수연과 똑같다고 말했다. 그런 이유로 유정은 수연과 공감대가 있다고 생각했지만 수연의 생각은 달랐다. 부모님의 애정을 듬뿍 받고 있는 유정은 자신에 비해 훨씬 행복한 것이다.

생각하기를 그만두고 수연은 자리에서 일어났다. 식어버린 토스트는 한입 베어 문 흔적 외에는 고스란히 남아 있었다. 그걸 그대로 스테인리스 음식물 쓰레기통에 넣었다. 뚜껑을 열자 초파리가 윙 날았다.


학교에서는 역시나 평소와 다른 소란한 분위기가 감지되었다. 아이들은 삼삼오오 모여 뭔가를 수군거리고 있었다. 무슨 얘기를 하는지는 뻔했다. 수연이 교실로 들어가자 힐끔거리는 시선들이 느껴졌다. 평소 유정과 가장 친했던 것이 수연이니 그 반응이 궁금했을지도 모른다. 하지만 수연은 자신이 어떤 반응을 보여야 하는지 알 수 없었다. 뉴스로 유정의 사망 사실을 확인했을 뿐 시신을 본 것도 아니다. 아직 그녀의 사망이 피부로 느껴지지는 않았다. 뭔가 멍한 기분, 그것 말고는 달리 설명할 방법이 없었다.

유정의 책상 위에는 흰 국화 두 송이가 놓여 있었다. 누가 올려놓았는지 모를 과자 한 봉지와 초코우유도 있었다. 유정은 초코우유를 좋아하지 않았다. 수연은 그걸 물끄러미 응시했다. 교실이 갑자기 조용해진 것 같았다.

고개를 돌려 사물함 쪽을 확인했다. 유정의 사물함 위치는 정확히 알고 있었다. 사물함 잠금쇠가 부서진 채였다. 경찰이 그런 걸까. 수연은 천천히 사물함 쪽으로 향했다.

유정의 사물함을 열었다. 안은 너저분했다. 교과서와 문제집은 순서 없이 뉘어 있었고 그 위에 체육복이 마구잡이로 쑤셔 넣어져 있었다. 유정은 이런 적이 없었다. 교과서는 교과서대로, 문제집은 문제집대로 순서를 따져 세워놓았고 체육복은 항상 잘 개켜놓았었다. 마음속에 파란이 일었다. 그제야 유정의 부재가 피부에 와닿았다.

"뭘 찾니?"

소리가 난 쪽으로 고개를 돌리자 담임선생님이 서 있었다. 화장기가 없는 얼굴이었다. 제자가 시신으로 발견된 상황에서 화장 같은 걸 할 수 없었을지도 모른다. 선생님들도 나름대로 비상일 것이다. 평소에는 질끈 묶는 머리가 풀어진 채로 어깨 아래까지 내려와 있었다. 수연은 사물함에서 손을 뗐다.

"보면 안 되나요?"

약간은 날 서 있는 목소리가 나왔다. 뭔가를 찾느냐던 담임선생님의 물음이 의심처럼 들렸기 때문이었다. 자신이 예민해져 있기 때문인지도 몰랐지만 그 순간에는 그런 느낌이 들었다.

"아니, 그런 건 아니야."

담임선생님은 가볍게 고개를 저은 후 말을 이었다.

"잠깐 교무실로 내려올래?"

수연은 선생님을 빤히 올려다보았다. 대답이 없자 선생님은 살짝 미소를 짓고는 먼저 등을 돌렸다. 따라 내려올 거라고 생각하는 것이다. 수연은 주변을 둘러보았다. 이쪽을 흥미로운 시선으로 보고 있는 몇몇이 있었지만 특별히 놀라워하는 표정은 아니었다. 이미 몇 명쯤은 이런 식으로 담임의 호출을 받았을 것이었다. 며칠 전 유정이 실종되었을 때도 마찬가지였으니까. 수연도 그때 선생님을 따라가서 경찰을 만났다.

교무실은 생각보다 조용했다. 아이들처럼 몇몇이 모여 수군거리지도 않았다. 어쩌면 행동에 조심하라는 지시를 받았을지도 모른다.

교무실로 들어가 담임선생님의 자리로 갔다. 선생님의 책상 앞 파티션에는 '연구부장 민혜옥'이라는 이름표가 붙어 있었다. 옆에 서자 컴퓨터로 뭔가 입력을 하고 있던 선생님이 의자를 빙글 돌렸다.

"유정이 소식 알고 있니?"

조심스러운 말투였다. '죽었다'라는 말을 입에 올리고 싶지 않은지도 모른다. 길게 묻지 않고 수연은 고개를 끄덕거렸다.

"그 사건 때문에 경찰에서 너에게 묻고 싶은 게 몇 가지 있나 봐."

그 말을 듣자 몸에 힘이 들어갔다. 자신도 모르게 긴장이 됐다. 눈을 깜박이며 물었다.

"뭔데요?"

담임은 고개를 저었다.

"글쎄. 그건 나한테 말해주지 않아서 잘 몰라. 네가 직접 가서 만나야 할 것 같은데 괜찮니?"

만나지 않아도 되나요? 하고 묻고 싶었지만 가능할 거라 생각하지 않는다. 그렇게 말해봐야 왜 만나고 싶지 않으냐며 되물을 것이 뻔했다. 아까의 의심에 찬 목소리가 떠올랐다.

'뭘 찾니?'

대답하지 않은 것이 알겠다는 대답으로 받아들여졌는지 담임은 서랍에서 명함 한 장을 꺼내 내밀었다. 수연은 그걸 받아 읽었다. 은파경찰서 형사 박동규. 이메일 주소와 팩스 번호, 그리고 휴대폰 번호가 적혀 있었다. 수연은 이 명함을 본 적이 있었다. 며칠 전 학교로 찾아온 형사가 내밀었던 명함과 같은 것이었다. 180센티미터도 훨씬 넘어 보이는 큰

키에 단정한 머리, 흰 피부와 건장한 체격이 인상적이었다. 굳이 따지자면 잘생긴 축에 속했다. 형사를 대면하곤 얼굴을 붉히던 여학생도 몇몇 있었다.

"저녁까지 오면 된다고 하니까 수업 마치고 바로 가면 되겠다. 아버님께 전화드렸어. 근데 같이 가기는 힘들다고 하시더라."

미성년자이기 때문에 보호자와 같이 가야 하지만 보호자의 동의를 얻은 경우에는 학생만 참석해도 된다고 선생님은 설명을 덧붙였다. 조금도 실망스럽지 않았다. 아빠가 할 만한 말이었다. 수연이 사건에 휘말린 게 아니라면 당연히 시간을 낼 생각 같은 건 없었을 것이다. 경찰서라는 곳에 혼자서 가야만 하는 어린 딸의 긴장감 같은 건 관심사가 아니었을 것이다. 수연 역시도 차라리 아빠가 없는 게 편했다.

그날 수업 시간이 어떻게 흘렀는지 알 수 없었다. 수연의 머리를 온통 지배한 것은 유정과 관련된 것이었다. 유정은 대체 왜 그런 폐건물에서 발견된 것일까. 누가 유정을 죽인 걸까. 경찰은 누구를 가장 유력한 용의자로 보고 있을까. 아니면 아무런 단서도 찾지 못한 걸까. 그래서 자신을 부르는 게 아닐까.

그런 생각들은 자연히 참고인 조사로 이어졌다. 자신에게 무엇을 물어볼지, 혹시 자신을 용의자로 생각하는 건 아닌지 여러 가지 생각들이 머릿속에서 뒤엉켰다.

은파경찰서는 학교 앞에서 버스로 곧장 갈 수 있었다. 여덟 개의 정거장을 지나가는 동안 많은 사람이 타고 내렸다.

"다음 정거장은 은파경찰서 앞입니다."

녹음된 목소리가 들리자 수연은 하차 벨을 눌렀다. 사람들이 왠지 자신을 쳐다보는 것만 같았다. 경찰서 앞에서 내리는 모습을 이상하게 보는 게 아닐까 하는 생각이 들었지만 실제로 눈이 마주친 사람은 없었다.

버스에서 내려 경찰서 쪽으로 걸음을 내디뎠다. 교복을 입은 것이 신경 쓰였다. 집에서 옷이라도 갈아입고 올 걸 하는 생각을 했다.

경찰서 앞에는 정복 차림의 의경이 서 있었다. 안으로 들어가려면 뭔가 신고를 해야 하는 것 아닐까 싶어서 우물쭈물했지만 전혀 이쪽을 보지 않아서 그냥 안으로 들어갔다.

수연은 고개를 이리저리 돌렸다. 선생님께 듣기로 형사과는 1층이라고 했다. 복도를 따라 걷자 곧 푯말을 발견할 수 있었다. 어떻게 해야 할지 몰라 일단 노크했다. 안에서 대답은 들려오지 않았지만 조심스럽게 문을 열었다.

들어서자마자 왜 노크에 대한 대답이 들려오지 않았는지 알 수 있었다. 직원들의 것으로 보이는 책상은 문에서 아주 멀리 떨어져 있었고 내부는 꽤나 소란스러웠다. 전화를 거는 사람들도 있었고, 책상 앞에 앉은 누군가와 열심히 대화를 나누는 사람도 있었다. 저마다 바빠 보였다.

"무슨 일로?"

말을 걸어온 남자는 30대 초입의 남자로 보였다. 폴로 티셔츠와 상아색 면바지를 입고 있었다. 그는 교복을 입은 수연에게 존댓말을 해야 할지 반말을 해야 할지 헷갈린다는 듯 애매한 말투와 표정을 짓고 있었다. 수연은 주머니에서 명함을 꺼내 내밀었다.

"오라고 해서 왔는데요."

남자가 명함을 들여다보았다.

"아, 박 형사님!"

그는 몸을 반쯤 틀고 어딘가로 소리를 지르며 손을 들었다. 익숙한 얼굴이 몸을 반쯤 일으키며 이쪽을 보았다. 며칠 전에 학교에 찾아왔던 박동규 형사라는 것을 알 수 있었다. 수연은 고맙다는 말 대신 고개를 꾸벅 숙이고 박동규 형사의 책상 쪽으로 향했다. 책상 앞에 다다랐을 때 형사는 완전히 일어서 있었다.

"한수연?"

이름을 알고 있는 걸 보니 오늘 부른 것은 자신뿐인 것 같았다.

"네."

"오느라 많이 더웠지? 음료수 마실래?"

"괜찮아요."

"여기 앉아 있어."

박동규 형사는 자신의 책상 맞은편에 놓인 철제 의자를 가리켰다. 그러고는 어딘가로 휘적휘적 걸어갔다. 가만히 앉아 지켜보고 있자니 사무실 구석에 있는 냉장고에서 음료수를 들고 왔다. 마시지 않아도 된다고 했지만 시원해 보이는 초록색 병을 보니 갑자기 목이 탔다. 거절하지 않고 받았다.

"천천히 마셔."

수연은 유리병의 뚜껑을 돌려 땄다. 입을 대고 마시자 달콤한 음료와 함께 알갱이들이 입안으로 넘어왔다. 알로에 과육이었다. 오랜만에 마시는 음료수여서 그런지 맛있다는 생각이 들었다. 긴장된 마음이 어느 정도 풀어졌다.

"현유정 소식에 대해서 들었니?"

수연은 고개를 끄덕였다.

"죽었다는 거요."

박동규 형사는 쓸쓸한 미소를 지었다.

"그래. 요즘엔 뉴스에 금방금방 뜨니까."

그는 타닥 소리를 내며 컴퓨터에 뭔가를 입력했다. 그러고는 양손 깍지를 끼고 수연을 물끄러미 보았다.

"이건 참고인 조사라고 해. 사건이 있으면 관련된 사람들에게 이것저것 물어볼 게 많거든. 그래야 범인을 잡을 수 있고 말이야."

"알아요."

"미성년자라 보호자에게 동의를 받아야 하는데……."

"선생님께 들었어요."

수연은 말을 잘랐다. 똑같은 말을 다시 듣고 싶지 않았다. 네 아빠는 네가 경찰서를 혼자 가든 말든 자신의 일 외에는 관심이 없어, 와 같은 뜻의 말을 자꾸 들을 이유는 없었다.

"다른 아이들은 네가 유정이와 가장 친했다고 하던데."

수연은 책상 끝의 어느 지점을 물끄러미 응시했다. 거기엔 작은 얼룩이 있었다. 커피 자국일지도 모르고 우연히 생긴 얼룩일지도 몰랐다. 그걸 보는 동안 머릿속에 많은 생각이 끼어들었다.

다른 아이들이 보기엔 그랬던 모양이다. 유정과 제일 친한 것이 자신이었다고 말이다. 실제로 그러지 않았던 것은 아니다. 한수연, 현유정. 고등학교 입학 당시 성이 비슷한 두 사람은 앞뒤 번호였고, 번호 순서대로 앉아 학기 초에는 짝이 되기도 했다. 그때부터 친했다. 그럴 생각은 없었는데 유정이가 부모님의 이혼 얘기를 꺼내는 바람에 자신도 그렇다고 얘기해버렸다. 다른 것은 유정의 부모님은 이혼 후에도 서로 사이좋게 지낸다는 것이었다. 이후에는 자연스럽게 속말을 나누는 사이가 되었다. 그런 사이를 '절친'이라고 한다면 두 사람은 절친이 맞았다. 하지만 그 아이가 죽기 직전, 아니 사라지기 직전에도 그랬을까를 생각하면 얼른 답이 나오지 않는다.

"유정이에게 남자친구가 있었다는 거 모르세요?"

박동규의 눈에 빛이 스쳐 지나갔다. 수연은 움츠러들었다. 자신도 모르게 유정을 힐난하는 듯한 어조가 되어 나왔다. 박동규의 표정은 금세 부드러워졌다.

"알고 있어."

"요즘 유정이에 대한 건 그 애가 제일 잘 알 거예요."

"그래도 너에게도 몇 가지 질문할 게 있어서 말이야."

"네."

"요즘 유정이에게 고민거리 같은 건 없었니? 성적이라든가, 가족 문제라든가. 남자친구와 싸웠다든가 하는 거 말이야."

수연은 고개를 저었다.

"성적은 조금 떨어지긴 했지만 그래도 나쁘지 않은 편이었어요. 가족들이랑 문제 있다는 얘기도 못 들었고요. 남자친구와 다퉜다는 말도 없었어요."

박동규는 수연의 말을 들으며 빠르게 키보드를 쳤다. 자신의 말을 그대로 입력하는 것 같았다.

"최근에는 유정이랑 자주 연락 안 했어요."

"유정이에게 남자친구가 생긴 다음부터 사이가 소원해졌니?"

얼핏 미소를 띠고 있는 것도 같았다. 아까 날 선 반응을 보여 그런지도 몰랐다. 변명처럼 말이 얼버무려 나왔다.

"뭐, 그냥 좀. 학교에서는 매일 보니까요."

형사는 고개를 끄덕이며 물었다.

"그래도 연락한 적은 있었겠지. 마지막으로 연락한 게 언제였니? 학교 밖에서 말고 만난 적은?"

수연은 무릎 위에 올려놓았던 손을 꼬옥 주먹 쥐었다. 형사는 어차피 유정의 휴대폰을 입수했을 것이었다.

거짓말을 해도 소용없다.


## 2


"마지막으로 만난 건 22일이에요. 학교에서 만났으니까요."

"이상한 점 못 느꼈니?"

"전혀요."

"혹시 학교 밖에서 따로 만난 건?"

"20일이요."

일요일이었다. 수연은 그날 오전부터 유정을 만났다. 유정이에게 남자친구가 생긴 이후 처음 있는 일이었다. 먼저 만나자고 한 것은 유정이었다.

영화를 보았고 점심으로 마라탕을 먹었다. 그다음엔 카페를 갔다. 카페에서는 한 시간 반가량 있었다. 이후에는 시내를 걸어 다녔다. 요즘 유행하는 탕후루를 사서 먹으며 옷가게나 소품 숍을 기웃거렸다. 그리고 오후 4시에 헤어졌다. 오랜만에 만난 거라 더 같이 있고 싶기는 했지만 저녁은 집에 가서 먹겠다고 유정이 말했다. 유정과는 집 방향이 달랐다. 수연은 버스를 타고 집으로 돌아왔다. 월요일과 화요일 모두 학교에서 유정을 만났다. 별다른 이야기를 들은 것은 없었다. 그런데 화요일 밤에 유정의 엄마로부터 연락을 받았다. 유정이 집에 들어오지 않는다는 내용이었다. 그길로 유정이 실종됐다.

처음엔 남자친구를 만나러 갔나 속으로 생각했다. 유정의 엄마는 유정이에게 남자친구가 있는 줄 모르고 있을 테니 말할 수가 없었다. 늦게라도 집으로 들어가겠지, 생각하고 잠을 잤다. 다음 날 학교에 가서야 유정이 실종됐다는 걸 알았다. 밤새 실종 신고가 들어갔고 형사들까지 수색에 나섰지만 유정을 찾아낸 것은 이틀 뒤였다. 그때는 이미 유정이 죽은 다음이었다.

수연의 말을 박동규 형사는 모두 컴퓨터에 입력했다. 형사가 노트북 너머로 수연을 보았다.

"아저씨도 중학생 딸이 하나 있는데 말이야."

수연은 박동규 형사를 보았다. 그 나이대 딸이 있을 거라고는 생각 못 했다. 생각보다 훨씬 젊어 보이는 건지도 모른다.

"걔는 매일같이 휴대폰을 손에 들고 있어. 뭐 그렇게 할 말이 많은지 친구들하고 내내 메시지를 하고 말이야."

무슨 말을 하고 싶은 걸까. 수연은 대답 없이 눈만 깜박였다. 박동규 형사가 고개를 갸웃하며 말했다.

"보통은 친구가 들어오지 않는다고 연락을 받으면 메시지를 보내지 않나 해서. 아님 전화를 하거나. 그런데 너는 메시지 한번 안 보냈더라. 전화도 하지 않고 말이야."

수연은 박동규 형사를 빤히 응시했다. 그 말의 기저에 흐르는 것이 무엇인지 알 것 같았다.

"절 의심하시는 거예요?"

"왜 그렇게 생각하지?"

"말씀하시는 게 그렇잖아요."

"확인차 물어보는 거야. 지금 상황에서는 사소한 거 하나라도 다 물어봐야 하거든. 너뿐만이 아니라 다른 사람들한테도 모두 그렇게 하고 있어."

수연은 입술을 삐죽 내밀었다.

"혹시 싸웠니?"

"아니에요. 그냥…… 남자친구를 만나러 갔을 거라 생각했어요. 연락하면 귀찮게 하는 거잖아요. 딱히 할 말도 없었고요. 그래서 연락 안 한 것뿐이에요."

"남자친구를 만나러 간다는 얘기를 들었니?"

"그런 건 아니에요."

"근데 왜 그렇게 생각했지?"

수연은 잠시 말문이 막혔다. 그냥 솔직히 말해버려야 하나 잠깐 생각했다. 그러나 그건 말하고 싶지 않았다.

'절대 말해선 안 돼. 둘만의 이야기야.'

알았지? 하고 유정이 몇 번이나 약속을 받았었다.

"그날 유정이는 학원 차를 안 탔어요. 그전에도 그런 적 있어요. 남자친구 만나는 날에요. 그래서 그날도 남자친구를 만나러 갔다가 늦는 거라고 단순히 생각했어요. 알아서 들어가겠지, 그런 생각도 했고요. 더 이상 유정이네 엄마한테서 연락이 없어서 들어갔겠지, 싶었던 것도 있고요."

"그렇구나."

더 따질 생각은 없는 것 같았다. 수연은 상대에게는 들리지 않게 숨을 몰아쉬었다. 왠지 가슴이 답답했다. 수연은 입술을 안쪽으로 말아 넣고 자기도 모르게 손톱 주변 거스러미를 뜯었다. 박동규 형사가 아무런 말을 하지 않아서 조금 초조한 기분이 들었다. 경찰서에 오면 다 이렇게 긴장하게 되는 건지도 몰랐다.

내내 물어보고 싶었던 것을 용기 내 물어보기로 했다.

"혹시 남자친구는 조사해보셨어요?"

박동규 형사의 눈이 예리해졌다.

"그런 건 왜 물어보지?"

수연은 자기도 모르게 몸을 앞으로 기울였다.

"요즘 유정이가 가장 가깝게 지낸 건 사실 남자친구예요. 전 거의 유정이랑 만나지도 않았어요. 유정이는 남자친구한테 완전히 푹 빠져 있었다고요."

"배신감을 느꼈니?"

맥이 탁 풀리는 기분이 들었다.

"그런 얘기가 아니잖아요."

"그럼 혹시 요즘 유정이가 남자친구랑 많이 다투거나 했니? 남자친구가 아니더라도 유정이와 안 좋은 감정이 있는 애가 있다거나."

유정은 조용한 아이였다. 나서는 걸 좋아하지도 않았지만 기본 성품이 착해서 유정이를 싫어하는 아이들은 없었다. 유정이가 누굴 괴롭히거나 미워한 적도 없었다. 그러니 형사가 유정이가 원한 살 일이 있었냐고 묻는 거라면 절대 그런 건 없다고 다짐할 수 있었다. 하지만 남자친구 쪽은 다르다.

"제가 특별히 들은 얘기는 없어요. 남자친구와의 일을 제가 다 아는 건 아니잖아요. 아무리 절친이라도 그런 얘기를 일일이 다 말하지 않을 수도 있고요. 요즘 유정이가 가장 가까이 지낸 건 남자친구니까 그쪽을 조사해보셨냐고 물은 거라고요."

"물론 그쪽도 곧 조사할 거야. 그 친구도 미성년자라 출석 통지 먼저 했단다."

박동규 형사는 책상 위 서류를 뒤적이며 뭔가를 꺼냈다. 그러고는 수연의 앞에 놓았다. 그가 꺼낸 것은 사진 한 장이었는데, 흑백으로 복사해놓은 것처럼 화질이 좋지 않아서 주변이 잘 안 보였다. 인물들의 얼굴도 흐릿했다. 하지만 중앙에 찍힌 흐릿한 얼굴은 누구인지 확실히 알 것 같았다. 바로 유정의 남자친구였다.

"혹시나 해서 보여주는 거다. 유정이 남자친구는 화요일 하교 후에 계속 다른 친구들과 있었어. PC방에 갔었지. 그리고 집으로 돌아간 것까지 다 확인했다."

수연은 미간을 찌푸렸다. 그 모습을 보며 박동규 형사가 미소 지었다.

"그러니 이상한 추리를 하는 일은 삼가줬으면 좋겠다. 괜한 억측 때문에 다른 사람이 피해를 보아선 안 되겠지?"

박동규 형사가 하고 싶은 말을 수연은 알 수 있었다. 이상한 소문을 내지 말라는 뜻이었다. 자신도 그럴 생각은 없었다. 다만 자신이 생각할 때 가장 조사가 필요한 사람이라면 그 아이이지 않을까 생각했던 것뿐이었다. 경찰이 다 조사했다면 아닌 게 맞는 거겠지. 문득 수연은 자신의 이동 행적도 경찰이 이미 다 확인하고 불렀을 거라는 생각이 들었다. 그런데도 자신을 먼저 불렀다는 것은 지금 상황에서 이렇다 할 용의자가 아무도 없다는 얘기나 마찬가지라는 생각이 들었다.

"유정이를 죽인 사람, 잡을 수는 있는 건가요?"

"반드시 해야만 하는 일이지."

수연은 박동규 형사의 눈을 똑바로 응시했다. 그도 시선을 피하지 않았다. 그 얼굴엔 의지가 담겨 있었다. 반드시 잡겠다고 말하지 않았어도 그런 뜻으로 들렸다. 그에게도 딸이 있다고 했다. 그러니 이번 사건에서 절대 물러서지 않겠다고 다짐했을지도 모른다.

"꼭 잡아주세요."

"그래야지. 더 묻고 싶은 건 없니?"

수연은 시선을 내리깔았다. 갑자기 목이 타는 것 같았다.

입술이 마르는 것도 같다. 잠시 생각에 잠긴 뒤 천천히 고개를 들었다.

"유정이 부검 하나요?"

박동규 형사의 눈에 날카로운 빛이 지나갔다.

"그게 왜 궁금하지?"

경찰서에 들어온 후 이런 순간은 많았다. 그게 왜 궁금하지? 왜 그렇게 생각했지? 박동규 형사는 끊임없이 파고들고 물어왔다. 그런데 이런 표정은 처음이었다. 처음으로 박동규 형사가 무서웠다. 괜히 물어봤다는 후회가 들었다.

"그냥요."

집에 돌아왔을 때는 완전히 기진맥진해 있었다. 오늘 학원은 아예 가지 않기로 했다. 전혀 그럴 마음이 나지 않아서이기도 했지만 그럴 체력도 없었다. 아침부터 유정의 시신을 발견했다는 소식을 들었고, 학교에 갔다가 경찰 출석 통보를 받았고, 경찰서로 가 조사까지 받았다. 하루가 너무 길었다. 집에 돌아오자마자 교복을 입은 채로 소파에 쓰러졌다.

잠깐 잠이 든 것 같았는데 눈을 떠보니 벌써 저녁 9시 40분이 지나 있었다. 긴 잠을 잔 것 같았다. 한쪽으로 누워 있었던 탓인지 어깨가 아팠다. 배는 고프지 않았지만 뭐라도 먹어야 한다는 생각이 들었다.

옷을 갈아입지도 않고 주방으로 갔다. 냉장고를 열었지만 딱히 먹을 게 없었다. 보통은 인근 반찬 가게에서 반찬을 사 오는데 요즘에는 그것도 뜸했다. 아빠는 집에서 밥을 먹는 일이 거의 없어서 수연 혼자 반찬을 소비하기가 힘들기 때문이었다. 고추참치를 뜯어 밥을 비벼 먹거나 조미된 김으로 식사를 때울 때가 많았다. 서랍을 열어보았지만 오늘은 그마저도 없었다.

냉장고를 다시 열어 달걀 두 알을 꺼냈다. 언제 사 온 건지 기억도 나지 않지만 먹고 죽지 않으면 상관없다고 생각했다. 프라이팬을 꺼내 달걀을 깨트렸다. 노른자가 프라이팬에 떨어지며 모양이 일그러졌다. 위에 밥을 얹고 굴 소스를 약간 부었다. 이렇게 자주 볶아 먹는 편이었다. 요리를 잘하지 못하는 수연으로서는 가장 하기 쉬우면서도 맛이 나쁘지 않은 요리였다.

어느 정도 달걀이 익었을 즈음 불을 끄는데 현관에서 비밀번호가 해제될 때 나는 기계음이 들렸다. 아빠가 돌아온 모양이었다.

수연은 프라이팬에서 볶음밥을 퍼 대접에 옮겨 담았다. 그사이 안으로 들어온 아빠는 거실을 가로질러 주방 앞까지 왔다. 주방을 지나면 바로 안방이 나왔다. 자신에게는 관

심도 두지 않고 바로 안방으로 들어가려나 생각했는데 주
방 앞에서 걸음을 멈춰 세웠다.

"환기."

수연은 아빠를 보았다. 정장 셔츠에 넥타이, 온종일 바쁘
게 일했을 텐데도 머리 모양 하나 흐트러지지 않았다. 아빠
는 그런 사람이었다. 밤 11시가 다 된 이 시간에 딸이 왜 밥
을 이제야 먹는지, 교복도 갈아입지 않은 채인지 같은 것보
다 자신의 몸에 들러붙는 음식 냄새가 더 싫은 사람이었다.

수연은 말없이 레인지 후드를 켜고 베란다 창을 열었다.
이제는 서운하지도 않다. 따질 필요도 없다. 따지고 화를
내서 고쳐질 사람 같았으면 엄마도 이혼하지는 않았을 거
였다.

수연의 행동에 아빠는 눈썹을 한번 쓰윽 밀어 올리고는
안방으로 걸음을 옮겼다.

"나 오늘 경찰 조사 받았어."

아빠의 걸음이 멈췄다. 수연은 아빠를 돌아보았다. 무표
정한 얼굴이었다. 당연하다. 아빠는 오늘 자신이 조사를 받
는다는 걸 알고 있었다. 그런데도 묻지 않았다. 자식에게 이
렇게 관심이 없을 수가 있을까. 수연은 매일같이 그걸 느끼
면서도 기가 막혔다. 다른 부모들 같았으면 이러지 않았으
리라. 경찰에서는 뭘 물어보았냐고, 괜찮으냐고, 몇 번이고

물었을 것이다. 아니, 애초에 경찰서에 자식 혼자 보내지도 않았으리라.

"넌 관계없는 일이지?"

그 말의 근간에는 반드시 그래야 한다는 뜻이 담겨 있었다.

관계없는 일. 수연은 아빠를 보면서 그 말을 곱씹었다. 관계가 없을 수 있을까? 가장 친했던 친구가 살해를 당했는데? 자신의 마음이 어떤지, 충격을 받진 않았는지 아빠는 아무런 관심도 없다. 그저 아빠가 묻고 싶은 건 하나뿐이다. 자신에게 신경 쓰이게 할 일이 있는지 아닌지.

문득 자신이 유정을 죽였다면 어땠을까 하는 무서운 생각이 들었다. 그랬다면 아빠의 저 얼굴이 완전히 망가지는 것을 보았을 것이다. 그리고 버림받겠지.

"당연하지."

아빠는 살짝 고개를 끄덕이고는 걸음을 옮겼다. 안방으로 들어가 문을 닫았다. 안방에 달린 화장실에서 한 시간이 넘도록 샤워를 할 것이고 그러고는 새벽이 될 때까지 밖으로 나오지 않을 것이다. 자신이 밥을 먹었는지 공부를 밤새하는지 아닌지는 관심이 없다. 아빠는 아빠의 일만, 수연은 아빠가 신경 쓰지 않도록 자신의 일을 정확히. 그게 아빠가 정한 규율이나 다름없다.

수연은 자리에서 일어났다. 음식물 쓰레기통 뚜껑을 열

었다. 그러고는 대접의 음식을 모두 쏟아부었다. 애써 만든 음식이지만 식욕은 완전히 사라져 있었다. 초파리가 날아 얼른 뚜껑을 닫았다. 아빠가 알면 당장 난리가 날 일이다. 내일 아침에 일어나자마자 음식물 쓰레기 먼저 버리고 와야겠다. 그런 생각을 하다가 자신도 모르게 어이없는 웃음이 났다.

가장 친하던 유정이 죽었다. 왜 죽었는지, 누가 죽였는지 알지도 못하는 상황이었다. 누군가에 의해 아주 고통스럽게 목이 졸려 죽었다는 것만 알고 있다. 그런데도 자신은 지금 음식물 쓰레기에 생긴 초파리가 걱정이다. 사람이란 이런 건가 보다. 다른 사람의 부러진 다리보다 자신의 손톱 밑에 박힌 가시가 더 아프다.

수연은 방으로 돌아갔다. 교복을 잠옷으로 갈아입었다. 침대에 걸터앉는데 급격한 피로가 몰려왔다. 아까 소파에서 잠깐 잔 것으로는 해결되지 않는 깊은 피로가 있었다. 바로 침대에 누웠다. 그리고 천장을 올려다보면서 문득 시선에 대해서 생각했다.

학교에서 자신을 흘깃거리던 아이들의 시선, 그리고 내내 자신을 뚫어져라 바라보던 형사의 시선.

그 시선들이 뭘 말하는지 알 것 같았다. 유정은 가장 친한 친구였다. 그런 유정이 죽었는데 자신은 눈물 한 방울 흘리지 않았다. 수업 내내 책상에 엎드려 있지도 않았다. 얼굴이 하얗게 질리거나 쓰러지거나 결석을 하지도 않았다. 그런 것들이 얼마나 이상해 보였을지 알고 있다.

사실은 자신도 스스로가 이상하다. 그래도 눈물은 나오지 않는다. 유정의 죽음은 슬펐다. 그 착한 애가 왜 그런 폐건물 같은 곳까지 끌려가 죽임을 당했는지 알 수 없다. 얼마나 무서웠을까. 얼마나 고통스러웠을까. 그런 생각이 들지 않는 건 아니다. 그런데도 울 것 같은 기분은 들지 않는다. 그냥 주말이었고, 평소 남자친구와만 만나던 유정과 오랜만에 만났다. 월요일이 되어 학교에 나갔고, 학원을 갔고, 유정이 사라졌다. 죽었다는 걸 뉴스로 들었지만 자신이 시신을 본 것도 아니다. 어쩌면 실감이 안 난다는 말이 이런 건지도 모르겠다는 생각이 들었다.

천장을 올려다보면서 곱씹었다.

이제는 유정이 없다.

유정이 없다.

유정과는 고등학교 1학년 때 친해졌다. 1학년 당시 수연은 친구를 만들지 못했다. 중학교 동창이 학교에 없었던 건 아니지만 많지 않았고, 그나마도 같은 반에 배정되지 못했던 탓도 있었다. 학기가 처음 시작됐을 때 다른 아이들은 이미 삼삼오오 모여 친구가 되었지만 정신을 차린 순간 수연은 혼자였다. 어두운 얼굴로 앉아 있는 수연에게 다가올 친구는 없어 보였다. 점심시간이 되어 식당으로 이동할 때 먼저 다가와준 것이 유정이었다.

"같이 가자."

유정도 친구를 만들지 못했나 싶었지만 그건 아니었다. 이미 사귄 친구들을 향해 유정은 먼저 가라고 손을 흔들었다. 그러고는 수연의 팔짱을 꼈다. 수연은 다행이라고 생각했다. 혼자 식당으로 들어가는 것은 창피했다.

수연이 먼저 다가서지 않아도 유정이 먼저 말을 걸어왔다. 화장실에 같이 가자고 말해주기도 했고 쉬는 시간이면 수연의 책상에 와 조잘조잘 떠들어댔다. 그런 유정이 싫지 않았다. 우연히 아버지와 단둘이 산다는 얘기를 했던 날, 수연은 유정이 자신에게 많은 부분을 차지하고 있음을 알았다.

그 뒤로 쭉 붙어 다녔다. 너희 둘이 사귀냐고, 장난스러운 농담도 많이 들었다. 그런 유정이 이제 없다. 유정은 죽었다. 그런데도 자신은 울지 않는다. 왜 그런지 스스로도 알 수 없는 기분이었다.

그런 생각을 하다 잠이 들었다. 새벽에 알람이 울리지 않았다면 깨지 못했을지 모른다. 밖으로 나갔을 때 아빠는 이미 출근한 채였다. 싱크대에는 어제저녁에 사용한 그릇이

고스란히 담겨 있었다. 어떤 얼굴을 하고 나갔을지 예상되었다.

유정에 대한 생각이 들었다. 밤새 뭔가 새로운 소식이 없을까? 휴대폰으로 뉴스를 검색했다. 놀랄 만한 기사가 떠 있어서 수연은 잠이 다 깨버리고 말았다.

[숨진 채 발견된 A 양, 실종 당일 담임교사에게 도움 요청했는데 거절당해.]

# 민혜옥

1

하루아침에 세상이 뒤집힌다는 건 이런 걸 말하는 건지
도 몰랐다.

월요일 아침부터 택시를 타고 출근했다. 평소라면 버스
를 타고 학교 앞 정류장에서 내려서 도보로 학교 앞까지 갔
을 것이었다. 등교 지도를 하는 선생님과 인사를 하고, 등교
중인 학생들에게 인사를 받으며 교무실로 향했을 것이다.
하지만 오늘은 그럴 수 없었다. 어떻게 알았는지 주말 내내
기자들의 전화가 빗발쳤다.

"그대로 학교 안으로 가주세요."

택시 기사에게 부탁해 교정 안으로 바로 들어갔다. 자신
도 모르게 몸을 움츠린 채로 창밖을 내다보았다. 기자로 보
이는 몇몇 사람들이 학교 앞에 서 있었다. 그들은 날카로운
눈을 이쪽저쪽으로 돌렸다. 그러다 한 사람과 눈이 마주쳤
다. 머리가 짧은 여성이었는데 손에 네모난 마이크 같은 것

을 쥐고 있었다. 혜옥은 얼른 고개를 숙였다. 그쪽에서 차를 향해 몸을 트는 것이 사이드미러로 보였지만 택시는 이미 교정으로 진입한 뒤였다.

본관 뒤편의 조리실 쪽에서 차를 세웠다. 교문에서 어느 정도 기자의 출입을 막을 터였지만 혹시 모른다는 교감의 지시에 따른 것이었다. 택시비를 치르고 차에서 내렸다. 다가오는 사람은 없었다.

재빠르게 건물 안으로 들어갔다. 조리실 옆 복도로 들어가 창고를 지났다. 정문으로 등교하던 아이들 몇몇이 복도에서 갑자기 나타난 혜옥을 놀란 듯 보았다. 혜옥은 아이들이 인사를 하는지 어쩌는지 보지도 않고 재빨리 교무실로 향했다. 지금 상황에서는 누구도 마주치고 싶지 않았다.

알람 대신 기자의 전화를 받고 깨어났을 때, 밤새 세상이 뒤집혔다는 사실을 깨달았다.

"아직 기사 못 보셨어요?"

기사란 뭘 말하는 걸까. 생각할 필요도 없었다. 당연히 죽은 유정의 사건일 터였다. 어떻게 검색해야 하나 생각하기도 전에 메인 뉴스에 걸린 기사가 그녀의 눈을 사로잡았다.

[숨진 채 발견된 A 양, 실종 당일 담임교사에게 도움 요청했는데 거절당해.]

기사를 읽었다. 실종 당일 유정과 문자를 주고받았던 내용이 그대로 기사에 올라와 있었다.

　─퇴근했어. 나중에 얘기해.

　그렇게 보낸 문자는 한 글자도 틀리지 않고 똑같이 올라와 있었다. 실종된 유정이 마지막으로 한 연락이 자신과의 것이었음을 기사는 콕 집어 말하고 있었다.

　숨이 턱, 하고 막혔다. 이걸 어떻게 알았을까. 아니, 분명 경찰은 유정의 휴대폰 기록을 확인했을 터였다. 그렇다고 바로 기사화될 수 있는 걸까.

　댓글은 참혹했다. 눈 뜨고 볼 수 없는 욕설부터 교사의 자질이 없다는 댓글도 있었다. 만약 실종된 학생을 교사가 만나줬다면 살인이라는 끔찍한 일을 당하지도 않았을 거라는 말도 있었다. 어쩌면 혜옥이 유정을 죽인 게 아닌가라는 추측 글도 올라와 있었다.

　혼란스러운 상태에서 부재중 전화 기록을 확인했다. 교감의 전화번호가 찍혀 있었다. 곧장 교감에게 전화를 걸었다. 교감은 누구와도 접촉하지 말고 출근하라고 고함을 쳤다. 정년을 몇 년 앞둔 나이 지긋한 교감은 평소 언성을 높이는 일이 없었다. 그에게서 당혹과 혼란이 느껴졌다. 하지만 자신만큼은 아닐 것이다.

　빠르게 교무실의 문을 열었다. 회의석에 모여 있던 선생들이 모두 이쪽을 돌아보았다. 그 눈에 깔린 동정과 의혹과 비난의 시선들이 복잡하게 얽혀 혜옥에게 전달되었다. 혜옥은 빠르게 다가가 빈자리에 앉았다.

"지금 안 그래도 민 선생 얘기 중이었습니다."

교감이 나직한 목소리로 말했다. 그나마 지금은 조금 안정된 상태인 것 같았다.

"기자들의 문의가 빗발칩니다만, 아직 어떤 인터뷰도 하지 않고 있어요. 당연히 민 선생의 이야기를 먼저 들어야 할 것 같아서 말이지요. 기사, 사실입니까?"

침묵이 이렇게나 무겁다는 걸 처음 알았다. 혜옥은 눈을 아래로 떨군 채로 다시 들 수가 없었다. 그 누구와도 눈을 마주치기가 어려웠다.

"사실입니다."

동료 교사들이 웅성거렸다.

"하지만 그게 전부는 아니었습니다. 문자 이전에 학생과 학교에서 면담을 했습니다. 문자를 보낸 다음에도 제가 실수한 건 아닐까 걱정되어서 통화를 했고요. 경찰에도 똑같이 말했습니다."

"근데 왜 미리 말하지 않았습니까? 연구부장씩이나 되는 선생님이 일을 이 지경으로 만들어요?"

미리 말해야 한다고 생각하지 않았다. 경찰에만 알리면 될 일이라고 생각했다. 이렇게 큰일이 될 줄 몰랐다. 알았더라도 말하지 않았을 것이다. 저 비난의 시선을 당연히 예상했기 때문이다.

"죄송합니다."

다른 말은 할 수 없었다. 혜옥은 그저 고개를 숙였다.

"어떤 면담이었습니까?"

교감의 말은 형사의 심문 상황을 그대로 떠올리게 했다. 경찰에서도 같은 말을 했다. 같은 시선을 받았다. 그걸 또 반복해야 한다는 게 끔찍했다.

"성적 문제였습니다. 확인해보면 아시겠지만 8월 모의고사에서 현유정 학생의 성적이 급격히 떨어졌습니다. 그런데 그 성적표를 부모님께 전달하지 않았던 것 같습니다. 엄마가 분명 물어볼 텐데 어떻게 해야 할지 모르겠다면서 고민 상담을 했습니다. 유정이가 생각하는 자신보다 부모님의 기대가 너무 큰 것 같았습니다."

긴장 때문인지 가슴이 답답했다. 숨을 한번 크게 몰아쉬고 다시 이야기를 시작했다.

"종례를 하고 나서도 한참이나 상담을 해줬습니다. 사실대로 말하는 게 좋겠다고 얘기해줬지만, 부모님이 화내실 걸 많이 겁내는 것 같았습니다. 달래주었고 어느 정도 진정이 됐다고 생각해서 아이를 돌려보냈습니다. 그러고는 퇴근을 했는데 밤 10시쯤 그 문자가 왔습니다. 학원에서 집으로 돌아가야 하는 시간이었을 겁니다. 어쨌든 그때부터는 유정이 본인이 감당할 몫이라고 생각했습니다."

퇴근했으니 나중에 얘기하자는 것은 너무 차가운 문자였을지도 모르겠다고, 경찰에 진술했다. 그러나 이 자리에서는 굳이 이야기하지 않았다. 다른 교사들 역시 공감하고 있을 것이 분명했다. 교사들은 퇴근을 해도 문자에서 자유롭지 않았다. 학생이며 학부모에 이르기까지 조금만 문제가 있어도 문자를 해댔다. 시간도 상관없었다. 내일 확인하면 될 일들까지 생각나는 대로 문자를 보냈다. 답이 없으면 그것도 나중에 항의의 단초가 되기 때문에 답신을 하지 않을 수도 없었다. 그런 상황에서 자기도 모르게 싸늘한 대답이 나오는 건 다른 교사들도 이해할 만한 일이었다.

"그 문자를 보내고 나서 마음에 걸렸습니다. 그래서 다시 전화했습니다. 어쨌든 겪어야 하는 일 아니겠냐고 학생을 달래주고 전화를 끊었습니다. 그게 전부입니다."

하지만 기사에서 다시 전화를 한 사실은 나오지 않았다. 기사에는 학생의 호소를 단 한 번의 문자로 거절한 냉혈한 선생으로 표현되어 있었다.

교감선생님은 잠시 뭔가를 생각하더니 큰 한숨을 내쉬고는 말했다.

"기자들과는 학교 측에서 인터뷰를 하겠습니다. 민 선생님도 마찬가지고 다른 선생님들도 언론과 직접 접촉은 삼가도록 하세요. 이번 일에 관해서 어떤 언급도 하지 마시고요. 각 반 담임선생님께서는 학생들이 동요하지 않도록 해주시고 최대한 이번 일을 언급하지 마세요."

"그래도 애들이 물어는 볼 텐데요."

"학부모님들도 전화를 계속 주고 계세요."

동료 선생 두 명이 눈치를 보며 말했다. 혜옥은 자기도 모르게 다시 고개를 숙였다. 자신에게도 아침부터 여러 학부모가 전화를 걸어왔다. 당연히 기사에 대한 항의나 사실 확인 건이겠지만 모두 받지 않았다. 앞으로 어떻게 응대해야 할지 눈앞이 깜깜했다.

"일단 이 일에 대해서 최대한 함구하는 것이 기본 원칙입니다. 그러나 물어오는 학생이나 학부모에게는 최대한 민 선생님의 사정을 잘 이해할 수 있도록 설명하세요. 아이들 면학 분위기가 흐트러지지 않도록 만전을 기하시고요."

모두 고개를 끄덕였다.

그날 혜옥은 오후에 조퇴서를 제출했다. 경찰에서 2차 조사가 예정되어 있었다. 아무래도 실종 전 마지막으로 통화한 것이 혜옥이다 보니 물어볼 것이 많은지도 몰랐다. 학교 앞까지는 남편이 차를 끌고 왔다. 교문을 지날 때 자신도 모르게 고개를 움츠렸으나 기자로 보이는 사람은 없었다. 교감이 대응해 돌려보냈는지도 모를 일이었다.

남편과 함께 출석한 것은 경찰의 요청대로였다. 첫 조사
에서 경찰은 마지막 통화의 내용과 평소 유정과의 관계에
대해 집요하게 물었다. 그리고 유정이 실종된 22일의 행적
에 관해 확인했다.

"그날 저녁 7시에 퇴근했고 계속 집에 있었습니다. 유정
이의 문자를 받고 통화했을 때도 집에 있었고요. 남편이 계
속 같이 있었습니다."

경찰은 그동안 자신의 진술이 맞는지 확인했을지도 모
른다. 오늘은 무엇을 물어볼까. 몇 번을 와도 익숙해지지 않
을 것 같은 경찰서 내부로 들어서면서 입술이 마르는 것을
느꼈다. 혜옥은 남편을 돌아보았다. 가늘게 찢어진 눈매, 무
뚝뚝한 얼굴. 50 줄에 들어서면서 붙은 살 때문에 배가 불
룩 나와 있었다. 그는 그다지 자신을 걱정하지 않는 듯했다.
자신을 데리러 왔을 때도 귀찮은 일에 휘말렸다는 얼굴이
었다.

"너 때문에 이게 무슨 일이냐."

혜옥에게 건넨 말은 그게 전부였다.

형사과라는 푯말이 붙은 문을 밀어 열었다. 그녀는 처음
왔을 때처럼 헤매지 않고 바로 담당 형사의 자리를 찾아갔

다. 남편이 뒤에서 질질 끄는 특유의 발걸음으로 따라왔다. 오늘 불려온 것은 혜옥과 남편 두 사람 모두였다. 당연히 혜옥의 알리바이를 확인하려는 것일 터다.

"저……."

말을 걸자 박동규 형사가 자리에서 일어섰다. 그는 혜옥의 얼굴을 알아보고 밝은 얼굴로 인사했다.

"바쁘신데 두 번이나 오시게 해서 죄송합니다."

그는 살짝 고개를 숙인 다음 혜옥의 남편을 보았다. 남편이 못마땅하다는 어조로 입을 열었다.

"이 사람 남편 나한진입니다."

"이쪽으로 앉으시죠."

박동규 형사는 자신의 책상 맞은편의 철제 의자를 가리켰다. 의자 두 개가 나란히 붙어 있었다. 미리 준비한 것 같았다. 두 사람은 자리에 앉았다.

"나한진 씨?"

한진이 무뚝뚝한 얼굴로 정면을 보았다.

"하시는 일이 뭔가요?"

한진의 이맛살이 구겨졌다. 그는 슬쩍 고개를 틀어 혜옥을 보았다. 혜옥은 나직한 한숨을 쉬며 말없이 앉아 있었다. 한진이 고개를 앞으로 돌렸다.

"원래 사업을 했습니다만, 지금은 다른 사업 구상 중에 있습니다."

무직이라는 얘기를 장황하게도 설명했다. 비웃음도 나지 않았다. 형사가 뭐라고 생각할까. 하지만 형사는 표정에 변화가 없다. 이런 일에 비웃는다거나 하면 항의를 받을지도 모르니 주의하라는 교육을 받았는지도 모른다. 그는 전처럼 컴퓨터에 뭔가를 입력하고는 다시 질문을 건넸다.

"22일입니다. 그날은 뭘 하셨습니까?"

"저 말입니까?"

한진은 자신은 아무런 상관도 없는데 왜 제 알리바이를 확인하는 거냐고 묻고 싶은 얼굴이었다. "네" 하고 형사가 단호히 대답했다.

"저는 그날 집에 있었습니다."

"하루 종일요?"

"……네."

그는 불쾌하다는 듯한 표정을 지었다. 무시당할까 봐 자신이 먼저 저런 표정을 짓는 것이다.

"민 선생님, 그러니까 아내분께서는 그날 몇 시에 돌아오셨습니까?"

역시나, 첫 조사에서 혜옥에게 했던 질문을 다시 확인하고 있었다. 혜옥은 아무런 반응도 보이지 않고 가만히 앉아 있었다.

"몇 시더라. 요즘엔 그날이 다 그날 같아서. 그래도 뭐 잠들기 전엔 들어왔던 것 같습니다. 밤 10시쯤 됐나."

"9시 조금 넘어서였어."

참다못한 혜옥이 고쳐주었다. 형사가 혜옥에게로 고개를 돌렸다.

"전엔 퇴근을 7시에 하셨다고 하지 않으셨나요?"

"길이 막혔고, 시장에서 장 좀 보고 퇴근하니까 그 시간이 더군요."

"그러고 나서 외출은 하지 않으셨습니까."

"딱히."

"혹시 그걸 증명해줄 사람이 있요? 집에 손님이 왔다든가."

"그렇진 않습니다."

말한 뒤에야 형사가 자신을 의심한다는 생각이 들었다. 고개를 들고 이어 말했다.

"그때도 말했지만 전 집에서 나가지 않았습니다. 유정이와 통화만 했지 만난 적은 없다고요."

혜옥은 자신의 말에 가시가 돋쳐 있다는 걸 느끼고 있었다. 하지만 그걸 굳이 숨기고 싶지 않았다. 오늘 일이 전부 경찰의 탓인 것만 같았다. 아니 확실히 그럴 것이다. 경찰이 아니라면 유정과 나눈 마지막 문자가 기사로 고스란히 나가지는 않았을 것이었다. 이곳에 오기 직전에도 학부모의 항의 전화를 받았다. 그렇게 학생들에게 차갑게 대하는 선생님이 어디 있냐는 소리까지 들었다. 지금까지 학생들과 좋게 지내려 해온 노력과 마음을 다해 학부모들을 대해온 진심이 그 문자 한 번으로 모두 물거품이 되었다.

박동규 형사가 부드러운 표정으로 대답했다.

"말씀하신 것은 잘 기억하고 있습니다. 하지만 선생님께서 살고 있는 곳이 단독주택이라 아파트처럼 CCTV도 없고, 보유하고 있는 차량 역시 블랙박스도 안 달려 있는 구형이라 그 부분도 확인이 불가능해서요. 가급적이면 좀 더 객관적인 확인이 필요해서 그렇습니다."

"차는 남편이 운전하는 차예요. 저는 사용하지 않아요."

"그래도 운전면허는 있으시니까요."

"자꾸 절 의심하는 것처럼 말씀하시는데요."

항의하듯 뾰족한 말투가 나왔다. 박동규는 눈 하나 깜짝하지 않고 말했다.

"전에도 말씀드렸지만 모든 관계자에게 확인하는 절차입니다. 이해해주시기 바랍니다."

화를 꾹 참으며 혜옥은 박동규에게 들리도록 한숨을 내쉬었다.

"제 휴대폰 사용 내역을 확인한다고 하지 않았나요?"

"네. 확인 결과 그날 선생님 휴대폰이 댁 근처의 기지국 이외에서 사용된 기록은 없다고 나왔습니다."

분명 '선생님 휴대폰'이라고 말했다. '선생님'이 아니라.

"아."

한진이 갑자기 뭔가 생각났다는 듯 말했다.

"옆집 사람이 알 수도 있겠네요."

박동규 형사가 그를 보았다.

"사실 그날 둘이 좀 크게 다퉜거든요. 그래서 옆집 인간이 우리 집에 왔었습니다. 좀 조용히 해달라고요."

혜옥은 얼굴에 열이 화르륵 달아오르는 것을 느꼈다. 자기도 모르게 아랫입술을 깨물고 눈을 질끈 감았다. 이 남자는 정말이지 창피한 것이 뭔지를 모르는 것 같았다.

반면 박동규 형사는 중요한 증언을 얻었다는 듯 빠르게 타자를 쳤다. 그는 아마 옆집을 찾아가 이 증언을 확인할 것이었다. 그럼 옆집 사람까지 학생에게 그렇게 차갑게 대한 인면수심 교사가 자신이라는 것을 알게 되겠지.

"그 부분은 저희가 확인을 해보겠습니다. 그리고 선생님께 한 가지 더 질문드리고 싶은 게 있는데요."

박동규 형사는 사진 한 장을 그녀 앞에 내밀었다. 혜옥은 사진을 확인했다. 보자마자 뭔지 알 수 있었다. 문짝이 부서진 유정의 사물함이었다. 다른 한 장의 사진에는 안에 든 물건들이 자세히 찍혀 있었다.

"원래 문짝이 이렇게 부서져 있지는 않았죠?"

"네, 맞아요."

교실의 비품들은 자신이 늘 체크하는 것이었다. 굳이 확인하려 들지 않아도 사물함 문이 이런 식으로 부서져 있었다면 바로 알았을 것이다. 무엇보다 주인인 유정이 자신에게 말했을 것이다. 이 문짝은 유정이 실종된 직후 부서졌다. 그건 확실했다.

"혹시 누가 이렇게 만든지 아십니까?"

혜옥은 고개를 저었다. 동시에 수연의 얼굴이 떠오른 것은 반사적이었다. 수연은 부서진 유정의 사물함 안을 뒤지고 있었다. 뭘 찾으려고 했던 걸까? 아니면 뭔가를 확인하려고 했던 걸까? 그러나 수연에 대한 이야기를 박동규 형사에게 할 생각은 없었다. 수연은 유정과 친한 사이다. 그냥 없어진 게 있는지 확인하려 했을지도 모른다. 괜한 의심을 갖고 형사에게 이야기했다가 수연이 조사 대상에 오른다면 또 학부모의 거센 항의를 받을지도 몰랐다.

"안에 들어 있는 물건은요? 혹시 없어진 게 있는지 알아보실 수 있으시겠어요?"

"아뇨. 학생들 사물함 안까지는 확인하지 않으니까요. 보통 교과서나 체육복을 넣고 다니는 건 알고 있지만, 개인 물건까지는 모릅니다."

조사는 그쯤에서 끝났다. 박동규 형사는 혹시 또 필요한 일이 있으면 전화를 드리겠다며 형사과 사무실 앞까지 배웅을 나왔다. 언제라도 다시 찾아오거나 불러들일 거라고 미리 언질을 주는 것 같았다.

한진과 나란히 걸어 주차장 앞까지 왔다. 한진이 말없이 차에 올라탔고 혜옥은 조수석에 앉았다. 시동을 걸며 한진이 이죽거렸다.

"남편한테 경찰서까지 와서 거짓말이나 하게 하고 말이야. 아주 대단해?"

혜옥이 날카로운 눈으로 그를 노려보았다.


**2**


"그럼 제대로 말하지 그랬어?"

혜옥은 자신의 목소리에 가시가 돋쳐 있다고 느꼈다. 아니, 칼날이 들어 있어도 상관없다. 한진은 지금 건드리지 말아야 할 것을 건드렸다.

한진이 목을 셔츠 속으로 움츠렸다. 어이쿠, 하듯 장난기 어린 태도였다. 하지만 혜옥은 장난할 마음이 없다. 그럴 일도 아니다. 그날의 일은 저따위 장난으로 넘어가서는 안 됐다. 혜옥은 더욱 앙칼지게 말했다.

"왜 대답을 못 해? 차라리 있는 그대로 말하지 그랬어?"

혜옥의 목소리가 높아졌다.

"당신이 두드려 패서 병원에 갔었다고 말해보지, 왜?"

한진은 운전을 하며 정면에서 눈을 떼지 않았다. 살짝 찌푸리는 이마에서 곤란한 기색이 느껴졌다.

"내가 괜한 얘길 했어. 그날은 미안하다고 했잖아."

혜옥의 목 힘줄이 툭 불거졌다. 한마디를 더 하려고 입을 열다가 얼굴을 구기고 창밖으로 시선을 던졌다. 더 말해봐야 소용이 없다는 걸 알고 있었다.

한진이 혜옥의 손을 툭툭 건드렸다.

"에이, 미안해, 응? 너무 긴장한 것 같아서 장난 한번 해본 거야."

대답하지 않았다. 애초에 그런 말을 장난으로 하는 사람의 정신 상태가 이해가 가지 않았다. 두 번 다시 생각하고 싶지 않던 그날이 혜옥의 머릿속에 떠올랐다.

문제는 또 돈이었다. 아니, 원인은 언제나처럼 술이었다. 그날도 남편은 취해 있었다. 만취라고 해야 할지 헷갈렸다. 항상 그 정도는 취해 있으니까 그게 만취인지 평상시인지 혜옥조차 분간하기 힘들 정도였다.

완전히 지쳐 집에 돌아온 날이었다. 일은 더 있었지만 그날은 일할 기분이 아니었다. 평소라면 밤 12시가 넘어서야 집에 도착했을 것이다. 그 정도로 일하지 않으면 생활비를 감당할 수 없었다. 남편이 돈을 벌어오지 않은 지는 오래되었다. 그 정도뿐이라면 혜옥이 어떻게든 해볼 수 있었을 것이었다. 지겨운 소설 속 남자 주인공처럼 남편은 자꾸 사업에 손을 댔다.

애초에 사업에 대한 지식도 경험도 전무했다. 그런데도 자꾸만 일을 벌였다. 갈빗집을 개업할 때도 있었고, 카페를 열었던 때도 있었다. 일은 전부 직원을 들여 시켰고 자신은 계산대에 앉아 포스기만 조작했다. 가끔 둘이 외식할 때 손님이 가득 차 있는 식당에 가면 남편은 항상 입버릇처럼 말했다.

"이렇게 한번 장사를 해봐야 하는데."

그런 바람은 한 번도 이루어지지 않았다. 한진의 장사는 늘 성공하지 못했다.

처음엔 개업할 때 친한 선생들을 데리고 가기도 했다. 가끔은 자신이 용기 내어 말해 회식을 한진의 가게에서 한 적도 있었다. 하지만 수도 없이 업종이 바뀌자 그것도 창피해졌다. 한진은 은근슬쩍 왜 선생님들이 회식하러 안 오는지 물어봤지만 혜옥은 못 들은 척했다. 나중에는 부동산 사업에 손을 댔다가 사기를 당해 큰 빚을 떠안았다.

그 돈이 다 한진이 벌어놓은 돈이었으면 차라리 혜옥은 한진에게 악다구니를 쓰지도 않았을 것이다. 그것은 전부 혜옥이 번 돈이었다. 결혼하고 20년. 한진이 제대로 일해 돈을 벌어온 것은 다 합쳐도 4년이 채 되지 않았다. 한진은 혜옥이 어떻게든 조금 돈을 모아놓으면 그걸 가져가기를 반복했다. 모아놓은 돈을 가져가는 것은 그나마 상황이 나았다. 처음엔 전셋집을 담보로 대출을 받더니 이후에는 혜옥이 교직원 대출을 받아오길 요구했다. 요구를 들어주지 않으면 며칠 내내 술을 먹고 패악을 부렸다. 이번엔 괜찮겠지, 이번엔 잘될지도 몰라. 근거 없는 희망으로 받은 대출이 벌써 4억이 넘었다. 퇴근 이후 아무도 몰래 아르바이트를 시작한 건 자신의 퇴직 전까지만이라도 빚을 갚고 싶었기 때문이었다.

그날 혜옥은 아주 예민했다. 피로에 짓눌려 온몸이 녹아버릴 것 같았다. 이렇게 살다가 자신이 죽지 않을까, 나는 왜 이렇게 살아야 하나. 답도 없는 질문이 끝없이 머릿속에서 정신을 칼날처럼 벼렸다.

"왜 이렇게 맨날 늦게 와?"

혀 꼬인 남편의 그 말이 혜옥의 신경 줄을 끊어놓았다.

"내가 늦게 오고 싶어서 늦게 와? 당신이 저질러놓은 일 때문에 이 시간까지 일하고 돌아다니는 거 아냐?"

남편은 식탁 위에 있던 물잔을 들어 한입에 털어 넣었다. 그게 술이라는 것은 굳이 찡그리는 남편의 얼굴이 아니더라도 알 수 있었다.

"또 그 소리야? 돈 좀 벌어온다고 유세는. 하늘 같은 남편 밥 한번 제대로 차려준 적 없으면서."

얼굴에 열이 확 올랐다. 머리가 텅 비어 열기로 가득했다. 자신도 그런 삶을 꿈꿔본 적이 있었다. 남편을 위해 밥상을 차리고 같이 밥을 먹고 기분 좋게 웃으며 함께 상을 치우는 그런 삶. 그게 평범한 삶이라고 생각했지, 자신이 꿈처럼 바라야 할 만큼 특별한 삶이었다는 건 알지 못했다.

악다구니를 썼다. 뭐라고 했는지 정리할 수도 없을 만큼 속에 있는 것들이 한꺼번에 쏟아져 나왔다. 욕설도 있었다. 남편을 폄하하거나 기분을 상하게 해서는 안 된다는 생각도 하지 못했다. 말로 죽여버릴 수 있었다면 그렇게라도 했을지 모른다.

손이 날아왔다. 뺨따귀 한 번에 바로 바닥에 쓰러졌다. 이어서 발이 날아왔다. 배를 발로 차고 등을 밟아댔다.

처음부터 남편이 폭력성을 드러낸 것은 아니었다. 싸우는 일이 잦아지면서 뺨을 맞는 일이 있었다. 화가 머리끝까지 나면 그럴 수 있다고 생각했었다. 다음 날 남편은 사과했고 한없이 자책했다. 그걸 받아들이지 말았어야 했는지도 모른다.

그런 일이 있고도 화가 나면 또 발길질을 하고 물건을 던졌다. 그 물건에 상처를 입는 일도 있었다. 혜옥의 어깨를 밀치거나 넘어뜨렸다. 그렇게 조금씩 수위를 더해갔다.

이혼을 생각해보지 않은 것은 아니었다. 그러나 매일 그는 반성했고, 며칠은 그녀에게 아주 잘했다. 술이 원수라고 생각했다. 술만 아니라면 본성은 착한 사람이었다. 남편도 열심히 하고 싶었을 거였다. 잘 해내고 싶었을 거였다. 그때마다 꺾이는 무릎에 힘들지 않았을 리 없다. 아내에게 당당하게 성공한 모습을 보여주고 싶었을 것은 당연한 일이었다. 어쩌면 너무 악다구니를 쓰고 달달 볶는 자신에게도 문제가 있을지 모른다는 생각도 들었다. 자신이 그때 그의 심기를 건드리지 않았다면, 자존심을 상하게 하는 말을 하지 않았다면 그런 일은 벌어지지 않았을지 모른다고 생각했다. 처음에는 뺨 한 대 맞는 걸로 이혼하는 사람은 없다고 생각했고, 나중에는 뭐가 뭔지 모르게 되어버렸다.

자식이 있었다면 이혼을 했을까? 이런 모습을 보이기 싫어서 이혼을 선택했을지도 모르겠다. 결혼 20년, 둘 사이에 아이는 생기지 않았다. 병원에 가본 적도 있었다. 둘 모두 문제는 없다고 했는데 어쩐지 아이가 생기지 않았다. 하늘의 뜻으로 알고 받아들이기로 함께 결정했다. 그래도 이럴 때는 아이 생각을 하게 된다. 아이가 있었다면 이런 환경에서 자라게 하기 싫어서 자신이 용단을 내렸을지도 모른다. 하지만 순간적으로 떠오른 생각에 아니, 하고 고개를 저었다.

자신이 이혼을 하지 않는 것은 왜일까? 그런 생각도 해봤다. 남편을 지극히 사랑해서는 아니다. 남편도 사업만 나아지면 곧 괜찮아질 거라는 희망 때문이었다. 남편의 나쁜 손버릇 역시 자신이 고칠 수 있다고 생각했다. 폭력을 가하고 다음 날 정신이 들면, 자책하며 손이 발이 되도록 잘못을 비는 남편의 모습에서 희망을 보았다. 그것이 환상일지도 모른다는 생각은 하지 못했다.

그러나 그것 말고도 이유는 더 있을지 모른다. 인정하고 싶지 않지만 그녀는 자신에게 이혼이라는 꼬리표를 붙이고 싶지 않았다.

교사라는 것은 이상한 직업이다. 직장인이면서도 동시에 공인이나 마찬가지다. 항상 행동을 조심해야 하고 이상한 소문이 나지 않도록 신경을 써야 한다. 매일 아이들 앞에 나서 아이들의 평가를 받는다.

그건 수업의 질만의 문제가 아니다. 선생님이 입은 옷의 브랜드, 전체적인 스타일, 기간제 여부 같은 문제다. 그런 기준으로 아이들은 자신이 무시해도 되는 선생인지 아닌지 평가한다. 같은 옷을 이틀 연속 입는 것은 말할 것도 없이 안 될 일이다. "선생님 그 옷 또 입으셨네요. 교복인가." 자주 같은 옷을 입었다간 비웃음을 사기 마련이었다.

자신을 평가하는 것은 학생들만이 아니다. 웃긴 얘기지만 교무실 안에서도 그런 기류가 흐른다. 어느 선생이 옷을 잘 입고 못 입는지, 평가하는 눈들이 바쁘다.

부모들은 더했다. 옷을 가지고 트집을 잡지는 않지만 선생의 사생활에 예민했다.

"선생님은 애가 없어서 그래요."

몇 번이고 그런 말을 들었다. 아이가 없다는 말을 굳이 한 적도 없는데 어떻게들 알았는지 신기한 일이다.

혼전 임신을 한 선생이 있었다. 학교로 수많은 항의 전화가 걸려왔다. 한창 예민할 나이의 아이들에게 나쁜 영향을 끼칠 거라는 게 대부분의 내용이었다. 그 선생님은 결국 휴직계를 냈다.

그런 상황에서 이혼이라니. 절대 안 될 일이다. 교사들 사이에서 이혼녀 딱지를 붙이고 싶지도 않았지만 학부모에게도 이혼한 선생님이라는 소문을 내고 싶지는 않았다. 어쩌면 학생의 정서를 흩트리지 않도록 담임교사에서 배제해달라는 학부모가 있을지도 모른다.

그날도 그렇게 맞았다. 배와 어깨, 등이 주요 공격 대상이었다. 혜옥의 여동생이 집들이 선물로 준 스탠드 등으로 남편은 그녀를 내려쳤다. 유리 파편이 사방에 튀었다. 혜옥은 얼굴을 다치지 않기 위해 양손으로 머리를 감싸며 최대한 바닥에 붙었다. 그때 초인종이 울렸다. 옆집에서 시끄럽다 며 건너온 것이었다.

분명히 부부 싸움을 하는 줄 알았을 것이다. 평소보다 심한 소리에 상황을 봐서 경찰에 신고하려고 했을지도 모른다. 그때 그 사람이 신고를 해줬다면 뭔가 달라졌을까? 잠깐 그런 생각을 해보지만 이제 와 소용없는 일이다. 혜옥은 고개를 저었다.

바닥에 널브러진 혜옥의 귀에 남편의 불퉁한 목소리가 들려왔다. 조용히 할 테니 신경 쓰지 말고 돌아가라는 소리 같았다. 옆집 남자는 몇 마디를 더 항의하고는 그냥 가버렸다.

그 일을 알리바이라고 대고 있는 걸 보니, 혜옥은 기가 막힐 따름이었다.

다행히 남자가 물러가고 나서 남편은 씩씩거리며 안방으로 들어갔다. 더 때릴 마음은 없는 것 같았다. 오늘은 여기서 끝났구나, 하고 한숨을 내쉬며 잠깐 바닥에 드러누워 있었다. 그때 휴대폰이 울렸다. 문자가 온 것이었다.

—선생님 무서워요. 도와주세요. 제 얘기 좀 들어주세요.

유정이 보낸 문자였다. 지긋지긋하다는 생각이 들었다.

유정과는 이미 한차례 상담을 마친 상태였다. 또 무슨 얘기를 할지 뻔했다.

　퇴근 후에 오는 학생들의 문자는 그녀를 지겹게 만들었다. 학생들은 대수롭지 않은 일들로 일일이 문자를 남겼다. 답을 하지 않으면 학부모들은 선생의 자격이 없다고, 학생들을 위하지 않는 선생이라고 생각했다. 학부모들 역시 시간을 가리지 않고 문자를 보냈다.

　예민해져 있었고, 정신이며 몸이며 상태가 좋지 않았다.

　─퇴근했어. 나중에 얘기해.

　문자를 보내놓고 마음이 쓰이지 않았던 것은 아니다. 그래서 조금 뒤 전화를 걸어 유정과 통화를 했다. 뉴스는 유정의 문자에 퇴근했다며 단칼에 상담을 거절한 걸 부각했지만 그게 전부가 아니었다.

　"배가 아파……."

　남편이 방으로 들어간 지 30분 뒤였다. 혜옥은 배를 움켜쥐고 쓰러질 듯 안방 문을 열었다. 자고 있지는 않았는지 남편은 머리를 들었다. 일어나지도 않은 채로 눈을 내리깔고 혜옥을 보았다.

　"병원 가."

　그 말 한마디뿐이었다. 기대하지도 않았다. 화장대에 있는 남편의 차 키를 들고 기듯이 집을 나왔다.

"민 선생에게 내가 미리 당부를 해야 할 것 같아서."

아침부터 교감선생님이 전화를 걸어왔다. 또 무슨 일일까. 혜옥은 불안해하며 전화를 받았다. 교감의 목소리에도 잔뜩 우려가 깔려 있었다. 그는 누군가 엿들을지도 모른다고 생각하는지 최대한 목소리를 낮춘 채로 이야기했다.

"현유정 학생 아버님이 교문 앞에서 1인 시위를 하고 있어요."

"네?"

당황하여 목소리가 갈라져 나왔다. 반사적으로 벽에 걸린 시계를 올려다보았다. 지금 출근하지 않으면 분명히 늦을 것이었다.

"근데 어제처럼 그냥 들어오지 말고……."

혜옥은 자기도 모르게 숨을 멈추었다.

"학생 아버님을 좀 만나서 사죄라도 드리고 하는 게 좋겠어."

"네?"

"현유정 학생 아버님은 민 선생이 그날 문자를 받고 학생을 만나줬다면 이런 일이 안 생겼을 거라고 생각하셔. 왜 그런 생각이 안 들겠어. 그 마음도 이해해줘야지. 안 그래?"

교감은 마치 어린아이를 달래듯 말했다. 중요한 얘기는 뒤에 나왔다.

"기자들도 와 있고 말야. 학생 아버님께 사죄하는 모습을 좀 보여줄 필요도 있지 않을까? 학교 입장도 참 난감해."

"알겠습니다."

거절할 방법은 없었다. 교감의 요구도 과한 것은 아니었다. 학교의 입장도 여러모로 난감할 것이었다. 어차피 선생으로서 한 번쯤은 유정의 부모님을 만나야 한다고 생각했다. 오해가 있으면 풀어드리고, 일이 이렇게 될 줄은 몰랐지만 자신도 도의적 책임을 느낀다고 전달해야 한다 생각했다.

큰 한숨을 내쉬면서 핸드백을 들었다. 남편은 자고 있었다. 아마 한낮이 되도록 일어나지 않을 것이다.

그녀는 집에서 나가 택시를 불렀다. 15분 정도 걸린다고 나왔다. 차라리 버스를 타는 게 나을 것도 같았지만 택시를 기다리기로 했다. 버스에서 학생들을 만나면 어떤 얼굴을 해야 할지 알 수 없었기 때문이다.

택시를 탄 뒤에는 자꾸만 숨을 들이켜 마음을 다잡았다. 심장을 누군가 꽉 움켜쥐고 놓아주지 않는 것 같았다. 유정이 아버님이 어떤 식으로 나올지 예상도 되지 않았다. 기자들이 있다고 했는데, 설마 그 앞에서 거친 행동을 보이지는 않겠지, 하는 생각도 들었다.

택시 기사와 룸미러를 통해 눈이 마주쳤다. 혜옥은 얼른 눈을 피해 창밖을 내다보았다. 자신을 알아보는 건 아닌가 싶어서였다.

"요즘 그 학교 난리잖아요."

택시 기사가 말을 걸었다. 자신이 그 문제의 교사라는 것을 알지 못할 텐데도 혜옥은 얼굴을 최대한 보이지 않으려 했다. 혜옥이 대답이 없자 기사는 더 이상 말을 걸지 않았다.

학교보다 훨씬 앞에서 내려달라고 했다. 걸어서 학교로 갈 생각이었다. 5분 정도 거리였다. 이미 등교하는 학생들이 많았다. 가끔 혜옥을 향해 묵례하는 학생도 있었다. 자기들끼리 하는 얘기가 꼭 수군거리는 걸로 들렸다.

학교 앞 횡단보도에 섰다. 건너편으로 피켓을 들고 있는 남자가 보였다. 유정의 아버지일 것이었다. 그 옆으로 기자들이 사진을 찍고 있었다. 숨이 잘 쉬어지지 않았고 눈앞이 뿌예졌다. 그때 신호등이 파란색으로 바뀌며 건너가라는 기계음이 들렸다. 혜옥은 천천히 발을 내디뎠다.

"온다!"

횡단보도를 중간쯤 건넜을 때 누군가 소리쳤다. 기자들 중 한 명인 것 같았다. 조금 떨어진 곳에서도 유정 아버지의 눈이 번뜩이는 것이 느껴졌다. 그는 고개를 홱 돌리자마자 곧바로 이쪽을 향해 달려왔다. 피켓은 가슴에 댄 채였다. 본분을 잊은 선생을 파면해달라는 글자가 빨간색으로 쓰여 있었다. 횡단보도를 다 건너자마자 그가 막아섰다.

"내 딸 살려내! 내 딸 살려내라고!"

기자들이 우르르 몰려와 두 사람을 에워쌌다. 학교로 들어가던 학생들도 걸음을 멈추었다. 등교 지도를 하던 선생들이 학생들을 학교 안으로 밀어 넣고 있었다.

혜옥은 그를 보았다. 키가 180센티미터쯤으로 체격이 좋았다. 피부는 짙게 그을려 있었다. 유정의 일을 겪어서 그런지 낯빛은 좋지 않았다. 눈빛이 검었고 볼은 움푹 패어 있었다. 숨을 크게 들이쉬고 허리를 90도로 숙였다.

"정말 죄송합니다, 아버님."

그러고는 고개를 들었다.

"하지만 기사만으로 판단하지 말아주세요. 저는 정말 그날 유정이와 깊은 면담을 했고, 그런 문자를 보낸 건 사실이지만 곧 전화를 해서 아이의 이야기를 들어주었습니다. 경찰에서도 다 확인한 사항이에요. 그러니까…….."

"하지만 당신이 만나서 이야기를 들어줬다면 유정이는 죽지 않았겠지!"

"저는 정말 그렇게 될 줄 몰랐습니다. 그럴 줄 알았다면 저도 유정이를 당연히 만났겠죠. 하지만 아버님, 교사의 일이라는 게……!"

"교사의 일! 교사의 일!"

유정의 아버지가 피켓을 높이 올렸다. 혜옥은 자기도 모르게 몸을 움츠렸다. 주변에서도 그가 혜옥을 내리칠까 봐 '어, 어' 하는 소리를 냈다. 그러나 그런 일은 벌어지지 않았다.

"어떻게 이 상황에서도 그런 말을 해? 잘못했다, 아이에게 무슨 일이 있는지 더 알아봤어야 했다고 사과하는 게 정상 아냐?"

유정 아버지의 목소리는 더욱 높아졌다. 그때 정문에서 교감선생님을 위시한 몇몇 선생이 우르르 달려 나왔다. 그들은 혜옥을 감싸안고 학교 안으로 이끌었다. 기자들의 셔터 소리가 물결을 이루었다.

"어딜 가!"

커다란 손이 혜옥의 어깨를 잡아 쥐었다. 갑작스러운 격통에 혜옥의 얼굴이 구겨졌다. 남편에게 맞은 자리였다. 거길 잡힌 순간 혜옥은 이성이 끊어지는 것을 느꼈다. 남편처럼 남자도 자신을 때리고 괴롭히는 가해자라고 느껴졌다. 혜옥의 눈이 뒤집혔다. 그녀는 뒤를 돌아 유정 아버지의 손을 쳐냈다.

"당신이 뭐라고 이래! 이혼하고 나서 유정이랑 같이 살지도 않았잖아!"

갑자기 사위가 조용해졌다. 그 침묵이 혜옥을 더 나아가게 만들었다.

"왜? 보험금이라도 받을까 싶어서?"

그 말은 하지 않았으면 좋았을 거였다.

# 현 강 수

## 1

무슨 정신으로 집까지 왔는지 알 수 없었다. 휴대폰에
는 부재중 전화 수십 통이 와 있었다. 처음 보는 전화번호
도 있었지만 전부 기자의 것이라고 짐작할 수 있었다. 그가
전화를 받지 않자 문자를 보내왔기 때문이었다. 대부분 제
대로 읽지도 않고 넘겼다. 문자 중에는 학교에서 보낸 것도
있었다.

─죄송합니다. 뭐라 드릴 말씀이 없습니다. 아까는 흥분
한 상태라 헛말이 나왔습니다. 백배사죄드립니다. 꼭 만나
뵙고 사죄드리고 싶습니다. 가능하실 때 연락 주세요. 다시
한번 죄송합니다.

같은 번호로 부재중 전화도 두 통이나 찍혀 있었다. 아까
그 선생이 눈앞에 그려졌다. 학교 측에서 사죄하도록 종용
했을지도 몰랐다. 그렇게 원색적인 비난을 강수는 처음 들
어봤다. 보험⋯⋯. 자식을 잃은 아비에게 어떻게 그런 말

할 수 있을까. 옆에서 말리는 교직원들이 없었다면 들어 올린 손으로 선생을 쳤을지도 몰랐다. 그러지 않은 걸 다행이라고 생각했다. 그렇게 됐다면 상황이 반전됐을 것이다.

문자 읽기를 그만두고 인터넷에 접속했다. 이제 메인 화면의 뉴스는 거의 유정의 사건으로 도배되어 있었다. 처음엔 사건이 이렇게 화제가 된 게 불행 중 다행이라고 생각했다. 여론이 들끓어준 덕에 경찰들도 더 사건을 해결하려 노력하고 있었다. 유정의 사건은 초미의 관심사였다. 그것이 이제 자신에게로 칼날을 겨누고 있다.

'제대로 자식도 안 돌본 주제에 죽은 다음에 왜 찾아와? 정말 보험금 노리는 건가 봐.'

'우와 핵소름. 혹시 아버지가 죽인 거 아님? 이거 성지 글 예약.'

'아버지에 대해서도 경찰이 조사를 해봐야 할 것 같네요. 부모라고 다 자식을 자기 목숨처럼 사랑하는 건 아니니까.'

그대로 휴대폰을 집어 던졌다. 손바닥으로 얼굴을 쓸어내렸다. 거칠한 손바닥이 피부를 긁었다. 자기들이 뭘 아는가. 도대체 우리의 삶에 대해 무엇을 얼마나 안다고 이런 말들을 지껄이는가.

유정의 엄마와 이혼한 건 사실이었다. 그것이 유정에게 상처가 됐다는 것도 잘 알았다. 하지만 그때는 그것만이 방법이라고 생각했다. 그 길이 유정을 지키는 일이라고 생각했다.

원래는 인테리어 사업을 했었다. 개인들에게 위탁을 받아 아파트나 주택의 내부 인테리어를 했다. 직원들을 네 명두었고 실제 작업은 재하청을 준 작은 업체에 맡겼다. 중간의 수익을 챙기는 방식으로 일했다. 그 일은 수익적으로 나쁘지 않았다. 그때 동업자가 사업을 키워보자고 했다. 재하청이 아니라 제대로 인테리어 공사를 직접 하자고 했다. 아무런 지식도 없었고 자격도 없었지만, 동업자는 준비된 실력자들이 있다고 했다. 몇 번 그들을 만났고 사업 설명을 들었다. 법인을 세우고 노후된 아파트의 리모델링 사업을 수주하자는 계획이었다. 서울은 여러모로 경기가 좋지 않았지만 은파시는 나쁘지 않을 때였다.

그때까지 번 돈을 투자해 사업에 뛰어들었다. 동업자와 자신 모두 전 재산을 걸었다. 영인 아파트의 리모델링 사업은 수의계약이었다. 견적서와 제반 서류들을 넣고 뒤로는 조합의 임원들을 만났다. 함께 식사하며 작은 봉투를 전달했다. 결국 자신들이 계약을 따냈다. 사업은 순항하는 것처럼 보였다. 그러나 정작 공사가 시작되자 차질이 생겼다. 돈문제였다.

몇 년 사이 인건비가 올랐고, 관련 국가의 내전으로 인해

자잿값이 천정부지로 치솟았다. 가장 중요한 시멘트값이 몇 배로 뛰었다. 예상치 못한 일이었다. 처음엔 초기 비용을 낸 사람들의 대금으로 어떻게든 막아보았지만, 상황은 그가 바라는 대로 흐르지 않았다. 조합과 계약한 금액보다 예상 리모델링비가 훨씬 상회했다. 은행도 대출에 난색을 표했고, 이를 눈치챈 투자자들이 투자금 회수를 하기 시작했다. 인건비는 밀렸고 공사는 중단됐다. 공사 재개가 늦어지자 여기저기서 민원이 들어왔다. 조합 임원들이 하나둘 눈치채기 시작하더니 그들을 상대로 소송전에 나섰다.

부도가 눈앞이었다. 그래서 선택한 이혼이었다. 자신의 잘못된 선택으로 딸아이와 아내까지 가시밭길에서 구르게 할 수는 없었다. 그때 모든 재산을 끌어다 썼지만 은파시의 아파트 한 채와 약간의 현금은 남아 있었다. 아내와 의논해 급히 이혼했다. 사정을 다 알 수 없는 유정에게는 상처가 되었을지 몰라도 다른 방법은 없었다.

곧바로 나락으로 떨어졌다. 교도소에 들어가 1년을 살았다. 민사소송은 아직 끝나지도 않았다. 아파트 리모델링 사업을 하던 강수는 이제 다른 아파트의 공사장에 벽돌을 나르러 나가고 있다.

그렇다고 아내와 딸을 버린 것은 아니었다. 아내 역시 모든 걸 잃은 강수를 버리지 않았다. 그들은 법적으로는 아니었지만 여전히 가족이었다. 서로를 사랑했고, 챙겼다. 다른 사람들의 눈이 있어서 집으로 가거나 자주 만나지는 않았지만 연락만은 자주 했다. 유정은 혼자 남은 강수 걱정을 많이 했고, 강수는 그럴 때마다 밝게 웃었다.

유정을 자랑스러워했다. 공부도 잘했고 성실했다. 얼굴도 예뻐서 인테리어 회사를 운영할 때는 유정을 본 직원들이 무척이나 칭찬했다. 그 나이대 다른 아이들은 안 그런다는데 아빠를 잘 따르고 좋아해서 둘이서만 영화를 보러 간 적도 잦았다.

아이 엄마와 이혼한 뒤에도 유정에게는 자주 연락을 했다. 엄마와 싸웠다고 하면 밖에서 만나 밥을 사주기도 하고 얼마 안 되는 용돈을 쥐여준 적도 있었다. 유정이 실종되기 얼마 전에 만났을 때는 얼굴이 어둡긴 했었지만 다른 문제가 있던 건 아니었다. 고등학교 3학년에 접어들어 성적이 자꾸 떨어져 엄마와 부딪치는 게 문제였다.

'당신이 뭐라고 이래! 이혼하고 나서 유정이랑 같이 살지도 않았잖아! 왜? 보험금이라도 받을까 싶어서?'

그 선생이 왜 그런 말을 했는지 알 것 같았다. 이혼 후 유정의 엄마는 물론이거니와 자신 역시 유정에게 신신당부했었다. 아빠와는 만나지도 않고 연락도 하지 않는다고 말해야 한다고. 유정을 찾아갈 피해자들을 걱정해서였다. 그래서 유정은 선생님과의 상담에서도 일부러 그런 말을 했을 거였다.

그런 유정이 실종됐다. 처음 아내의 전화를 받았을 때는 유정이 곧 돌아올 거라고 생각했다. 유정 엄마의 말에 따르면 그날 유정은 엄마와 다퉜다고 했다. 또다시 성적 문제가 둘 사이에 문제를 만든 것이었다. 전에 성적표가 나왔을 때 아내는 유정에게 새로운 과외 선생님을 붙이려고 했었다. 그 문제로 다툰 적도 있었는데 이번 8월 모의고사에는 아내가 더 경악할 만한 성적이 나온 것 같았다.

"도대체 너한테 부족한 게 뭐야. 우린 널 위해 다 해줬어! 아빠도 우릴 위해서 나타나지도 않고 저렇게 처절하게 사시는데, 넌 대체 뭘 하고 다니는 거야! 제발 정신 좀 차려."

"엄마, 난······!"

아내는 아이의 어깨를 잡았다고 했다.

"널 믿어. 너에게 다 걸었어. 우리 인생이 너야."

그 말이 유정을 얼마나 무겁게 짓눌렀을까. 아내를 이해 못 할 것도 아니었다. 아내는 집이 이렇게 되어버린 뒤 유정을 제대로 키우는 일에 온통 매달렸다. 우리 집은 망가졌어도 유정이 하나만큼은 제대로 된 인생을 살게 하겠다고 늘 입버릇처럼 말했었다. 그 욕망이 어린 유정에게는 짐이 됐을 터였다.

무거워서, 잠깐 피하고 싶어서 집을 나간 거라고 생각했다. 그러나 유정은 돌아오지 않았다. 아무리 전화를 해도 휴대폰은 꺼져 있었다. 밤 12시가 넘어갈 즈음, 아무래도 문제가 생긴 거라고 아내는 생각했다. 자신에게도 몇 번이고 전화를 걸어왔다. 강수의 불안도 목구멍까지 차올라 있었다.

결국 실종 신고를 낸 것이 새벽 2시였다. 여학생이었기 때문에 즉각 신고가 접수됐고 경찰들이 일대를 수색했다. 위치 추적도 이뤄졌다. 마지막으로 집 근처에서 발신이 잡힌 뒤 휴대폰이 꺼졌다고 했다.

다른 사람들의 시선을 무서워할 때가 아니었다. 곧장 집으로 가 아내를 만났다. 아내의 얼굴은 하얗게 질려 있었다. 치닫는 불안 때문에 한시도 가만있지 못했다. 아내를 위로하며 계속 현관문을 쳐다보았다. 유정이 현관문으로 들어올 것 같았다.

유정이 사라진 지 이틀째 되는 날부터 본격적으로 실종 수사가 시작되었다. 그때는 경찰 역시 유정이 범죄에 연루됐을 가능성을 염두에 두고 있는 것 같았다. 그리고 유정이 사라진 지 사흘이 되던 날, 경찰들은 유정을 찾았다. 살해당한 상태였다.

유정의 시신을 확인하며 형사의 말을 들었을 때 강수는 기가 막혔다. 유정은 누군가에게 목이 졸려 죽었다. 흉터로 보아 노끈 같은 걸로 목이 졸린 듯하다고 했지만 유정을 죽게 만든 노끈은 주변에서 발견되지 않았다. 유정은 바지와 속옷이 무릎 아래까지 끌어내려져 있었고 브래지어가 쇄골 근처까지 올라간 채로 발견되었다. 처음에는 성폭행을 목적으로 한 살인 사건이 의심되었지만 1차 부검에서 성폭행의 흔적은 발견되지 않았다고 했다. 외관상 몸싸움의 흔적도 없다고 했다.

유정이 폐건물에서 발견된 이유를 강수는 아직도 이해할 수 없었다. 경찰은 처음에 강수를 의심했던 것 같았다. 관계자 사건 청취라는 명목으로 만났을 때 형사는 주로 강수의 알리바이를 캐물었다. 유정이 실종된 날 강수는 곧 시작될 사업의 동반자와 함께 있었고, 그날 밤 아내의 전화를 받고 집을 찾아갔다. 아내가 알고 있는 유정의 친구들에게 연락을 할 때 옆에 있었다. 그러고 나서 경찰에 신고한 뒤로 유정을 찾으러 다녔다. 근처 PC방이나 찜질방, 노래방 같은 곳들이었다. 요즘 아이들이 자주 다닌다던 룸카페라는 곳도 가봤다. 유정이 갈 만한 곳은 아니었지만 혹시 모른다고 생각했다. 하지만 유정을 찾을 수도 없었고, 그걸 알리바이라고 증명할 방법도 없었다. 유정 엄마와 같이 있었던 시간은 짧았고, 주로 강수 혼자 다녔으며, 그 이후에는 강수가 혼자 살고 있는 집에 가 있었다. 유정이 집에 올지도 모른다고 생각했기 때문이다. 강수가 사는 아파트는 오래된 아파트로 CCTV조차 없는 곳이었다.

박동규 형사라는 사람은 강수가 갔다고 말한 곳들의 이름을 일일이 물었다. 모두 가서 CCTV를 확인해볼 생각인지도 몰랐다. 하지만 이름을 전부 기억하지 못했다. 그냥 PC방, 노래방, 그런 간판들만 보고 들어갔기 때문이었다. 대충 위치를 알려주는 것으로 조사를 마쳤었다.

"도대체 왜 네가…… 누가 널……."

강수는 아랫입술을 깨물었다. 뜨거운 눈물이 볼을 타고 흘렀다. 꺽꺽거리는 소리가 목구멍에서 비어져 나왔다. 가슴이 답답했다. 찢어지는 고통은 이런 것이었다.

도대체 그날 아이에게 무슨 일이 있었던 걸까. 엄마와 다투고 집에서 나간 유정이 만난 것은 누구였던 걸까.

그 선생이 미웠다. 강수가 생각할 때 유정은 엄마와 싸우고는 선생님과 의논을 하려 했을 것이다. 문자 내용도 맘에 걸렸다. 무섭다고 했다. 밤의 거리를 걷다가 어떤 무서운 상황과 맞닥뜨렸을까. 차마 엄마 아빠한테는 연락을 못 하고 담임선생님에게 기대려고 했던 그 마음을 그 선생이 내쳐버렸다. 그건 유정이 살 수 있었던 마지막 기회였는지도 몰랐다. 문자를 보낸 뒤 통화해 상담을 해줬다고는 하지만, 그건 그 선생의 주장일 뿐이다.

유정의 살인범을 잡아도 그 선생은 용서할 수 없을 것 같았다. 선생은 또 다른 살인자나 다름없었다. 그가 불행하기를 바랐다. 망하기를 바랐다. 인생이 나락으로 처박히기를 바랐다. 그래서 1인 시위를 했다. 기자들이 올 건 예상하고 있었다. 하지만 거기서 선생이 그런 말을 할 줄은 몰랐다. 용서할 수 없었다.

전화가 울렸다. 집어 던진 휴대폰은 소파 밑으로 반쯤 들어가 있었다. 받지 않았다. 한동안 울리다가 꺼졌지만 잠시를 기다리지 못하고 또 울렸다. 신경질적으로 일어나 휴대폰을 쥐었다. 또 기자라면 욕이나 실컷 퍼부어줄 생각이었다. 그 선생이나 학교라면 가슴에 그어진 상처를 쏟아부었을 것이다. 그러나 전화를 건 것은 아내였다.

"유정 아빠?"

아내의 목소리는 당장 쓰러질 듯 미약하게 들렸다.

"어."

"괜찮아?"

오늘 학교에서 있었던 일을 아내도 뉴스로 접했을 것이다. 강수는 일부러 담담한 목소리로 말했다.

"괜찮아."

"내가 학교에 전화 걸었었어."

마른손으로 얼굴을 다시 한번 쓸어내렸다. 아내가 학교

에 했을 얘기는 듣지 않아도 알 만했다. 항의였을 것이다.

"뭐 하러 그랬어."

"분해서 가만히 있을 수가 있어야지. 어떻게 그런 말을 해."

"뭐래?"

"백번 사죄드린대. 정말 잘못했다고. 그 교사도 울더라. 눈앞에 있었다면 머리채라도 잡았을지 몰라. 근데 전화로 뭘 더 말해. 그냥 끊어버렸어."

강수는 낮은 한숨을 내쉬었다.

"그런 게 다 무슨 소용이야. 우리 유정이, 그렇게 만든 놈⋯⋯. 하루라도 빨리 잡아야지. 다 필요 없어. 그놈만 잡으면 내가 그놈 죽이고 나도⋯⋯."

아내는 말을 하다 그만두었다. 강수의 침묵이 그녀의 말문을 막은 듯했다. 그의 무거움을 아내 역시 똑같이 느끼고 있을 것이다. 한참 침묵을 지키다가 아내가 말했다.

"밥은?"

"먹었어."

먹지 않았지만 거짓말했다. 먹을 수 없었다. 유정은 목이 졸려 죽었다. 숨 한번 쉬지 못하고 꺽꺽거렸을 유정이 계속 떠올랐다. 얼마나 괴로웠을까. 얼마나 무서웠을까. 얼마나, 얼마나⋯⋯. 그런 생각들만 머릿속을 맴돌았다. 시신 확인을 차라리 안 했더라면 좋았을지 모른다.

그래도 아내에게 밥을 먹었다고 한 이유는 아내가 걱정하지 않기를 바라서만은 아니었다. 안 먹었어. 먹어야지. 그래야지. 먹고 힘내야지. 그런 말을 하는 지난한 과정들이 그를 더욱 지치게 할 것 같았기 때문이었다.

"그런데 무슨 일이야?"

빨리 전화를 끊고 쉬고 싶었다. 그의 테이블 위에는 수면제가 올려져 있다. 부도 이후 아내와 이혼했을 때부터 처방받아오던 것이었다. 머리가 복잡할 때면 수면제를 먹고 자버리는 게 마음 편했다. 유정이의 시신을 확인하고 오던 그 밤에도 술과 함께 수면제 몇 알을 손바닥에 부어 삼켰다. 그렇게라도 하지 않으면 죽을 것 같았다. 오늘도 수면제를 먹고 빨리 심연 속으로 사라져버리고 싶었다. 그냥 아무것도 생각하지 않은 채로 잠에 빠져들고 싶었다. 깨어나지 않는다면 차라리 좋았다.

"물어볼 게 있어서."

아내의 목소리는 더욱 잦아들었다.

"뭔데?"

그때까지만 해도 대수롭지 않게 생각했다. 아내는 예전부터 작은 일도 다 강수에게 물어보고 처리하곤 했다. 학교를 졸업하고 곧장 아내와 결혼했던 것은 유정이 생겼기 때문이었다. 그래서 아내는 사회생활을 한 번도 하지 못했다. 그것은 아내의 콤플렉스 중 하나였다. 자신은 사회를 잘 모른다고, 늘 그랬다. 나는 잘 몰라서, 혹시 모르니까, 같은 말들을 하며 강수에게 작은 것 하나까지도 확인받고 처리하고 싶어 했다. 이번에도 그런 거라고 가볍게 생각했다.

"유정이 보험금 신청, 지금 안 하는 게 낫겠지?"

머릿속이 하얗게 되어버릴 만큼 놀랐다.

"유정이 보험이 있었어?"

부도가 난 뒤로 일부의 예금을 지키기 위해 이혼했지만 그 이전에 이미 많은 재산을 끌어다 탕진했다. 깰 수 있는 보험도 다 깼던 걸로 알았다. 그 와중에 보험이 남아 있었다는 사실은 전혀 알지 못했다. 아까 낮에 그 선생이 보험금 어쩌고 했을 때 사람들의 표정이 떠올랐다. 범인은 아빠라던 댓글들도 눈앞에 선연했다. 곧 기자들이 보험의 존재를 파고들 것 같았다.

"두 개 남겨놨었어."

강수는 아무런 말을 할 수가 없었다. 아내의 말이 이어졌다.

"상해 사망금이 좀 돼. 두 개 합쳐서 7억."

놀라운 액수였다. 그런데 지금 그 얘기가 왜 나오는지 이해할 수 없는 게 강수에게는 더 컸다. 아이가 잔인하게 살해당한 상황이었다. 범인도 알 수가 없다. 유정의 시신을 본 자신은 밥 한 숟가락, 물 한 모금 넘길 수가 없다. 그 몸으로 1인 시위를 하다가 가당치도 않은 비난을 당했다. 이런 와중에 아이 엄마라는 사람이 꺼내는 말로 믿기지가 않았다. 아이가 살해당한 상황에서 돈을 찾을 만큼 아내가 돈을 좋아하는 사람도, 아이를 사랑하지 않던 사람도 아니었다.

"근데 오늘 그런 일도 있었으니까 보험금을 청구하는 건 좀 그렇겠지? 당신 생각은 어때?"

당황스러웠다. 아니, 그런 말로 간단히 설명할 상태가 아니었다. 폭탄 같은 게 뇌 속에서 터진 것 같았다.

갑자기 심장이 뛰면서 이상한 생각이 들었다.

애초에 유정이 집을 나간 것도 아내와의 싸움이 이유였다. 아내는 늘 부모의 희생을 유정이 책임져야 한다고 생각했다. 그건 또다시 유정과 싸우는 이유가 되고는 했다. 유정이 아내를 원망하는 만큼 아내도 딸을 원망했을지 모른다.

경찰은 말했다. 발견 당시 유정의 옷이 벗겨져 있었지만 성폭행을 목적으로 보이게끔 한 위장이었을지도 모른다고. 사건 현장에서 다른 흔적이 전혀 발견되지 않은 것으로 보아 이미 다른 곳에서 살해당한 유정을 옮겼을지도 모른다고. 생각을 이어나가던 강수는 고개를 저었다. 비약적인 생각인지도 몰랐다. 하지만 왜 벌써부터 아내는 유정의 보험금에 대해 이야기를 꺼내는 것인가.

이제야 이런 생각이 든다. 부도가 난 이후 생활고에 시달린 사람.

그것은 나만이 아니다.


**2**


아파트의 관리사무소는 주민지원센터라는 이름으로 단지 내 중간쯤 두 층짜리 건물로 세워져 있었다. 1층은 어린이집이 운영되는 것 같았고 관리사무소는 2층에 있었다. 두 계단씩 뛰어 올라가는 강수의 손에는 가족관계증명서가 들려 있었다.

아내에 대한 의심이 피어나기 시작하자 갑자기 모든 정신이 그리로 쏠렸다. 유정이 고등학교에 들어가면서, 아니 자신과 위장 이혼을 하면서 아내는 유정과 자주 부딪쳤다. 남편도 없으니 유정에 대한 책임을 더 느낀 건지도 몰랐다. 아내는 유정의 일거수일투족을 알려고 들었다. 둘 사이에 가장 큰 문제는 늘 유정의 성적이었다. 유정은 그 문제로 자주 강수에게 전화를 걸어 털어놓았다.

아내는 '너 때문에'라는 말을 자주 썼다. 우리가 유정이 때문에 이혼한 거라는 말을 자신에게도 했었다. '너 때문에'가

'너만 없으면'으로 바뀌기까지는 얼마나 걸릴까. 그날도 유정과 싸웠다고 들었다. 아내가 폭발한 건 아니었을까? 유정이 혼자 나갔다는 건 사실일까?

"어떻게 오셨어요?"

정신을 차리고 보니 어느새 관리사무소 안에 들어가 있었다. 푸른색 조끼를 입은 남자가 한 손에 공구 통을 들고 자신을 쳐다보고 있었다.

"저, CCTV 좀 보려고 왔습니다."

"입주민이세요?"

"그건 아니고……."

강수는 우물쭈물했다.

"입주민이거나 경찰에서 온 게 아니면 보여드릴 수 없습니다. 무슨 일 때문에 그러시는데요? 혹시 주차장에서 접촉 사고라도 나셨나요?"

"그런 게 아니라."

강수는 크게 숨을 들이쉬었다.

"4동 1302호 아이 아버지입니다."

순간적으로 관리소 직원은 무슨 소리를 하는지 모르겠다는 얼굴로 눈을 동그랗게 떴다. 그러나 곧 그 눈이 더욱 커다래졌다. 시신으로 발견됐다는 유정의 뉴스를 그도 아는 것이 분명했다. 그는 고개를 뒤쪽으로 돌렸다.

"관리소장님."

사무실 가장 안쪽 책상에 앉아 있던 남자가 자리에서 일어났다. 아마 아까부터 이쪽 이야기를 듣고 있었던 것 같았다. 그는 옆쪽에 있는 원형 테이블로 손을 뻗었다.

"잠시 앉으시죠."

강수는 얼른 걸음을 옮겼다. 공구 통을 들고 있던 직원이 살짝 묵례를 해 보이고서 관리소 밖으로 나갔다. 강수가 테이블에 가서 앉자 관리사무소장도 그의 맞은편에 앉았다.

"마실 거라도?"

"아뇨, 아닙니다."

강수는 가족관계증명서를 쥐고 있던 손에 힘을 더 세게 주었다. 아까부터 벌벌 떨리고 있는 걸 멈추기 위함이었다. 아내가 그럴 리 없다. 어떻게 아내를 의심할 수 있나. 그런 생각이 드는 것과 동시에 아내가 이상하다는 생각을 놓을 수가 없었다. 그는 가족관계증명서를 내밀었다.

"그 아이의 아빠입니다. 사정상 같이 살지는 못하지만 제가 아이의 아빠예요."

"CCTV를 확인하고 싶으시다고요?"

"네."

"그날의 CCTV는 이미 경찰이 다 확인하고 복사까지 해 갔습니다."

아, 하고 강수는 자신도 모르게 입을 벌렸다. 당연히 형사가 확인했을 거라는 생각은 못 했다. 거기서 유의미한 뭔가가 나왔다면 지금까지 아무런 액션을 취하지 않았을 리 없다. 아내는 아이의 죽음과 아무 상관이 없다. 하지만 그럼에도…….

"제가 볼 수 없나요?"

관리소장은 잠시 고민하는 듯했다. 입주민이 아니지만 입주민의 아빠다. 또한 차갑게 내칠 만한 사정도 아니다. 경찰이 확인하는 게 아니라면 보여드릴 수 없다, 단칼에 자르기가 애매할 것이었다.

"이번만 특별히 보여드리겠습니다."

관리소장이 일어섰다. 그를 따라 강수도 일어났다. 관리소장은 사무실을 벗어나 단지 내를 가로질렀다. 강수가 조금 전 거쳐온 길이었다. 그는 4동으로 향하고 있었다. 혹시 아내가 자신을 발견할지도 모른다는 생각에 자기도 모르게 고개를 숙이게 됐다.

"근데 CCTV에는 신경 쓰일 만한 게 아무것도 없었던 걸로 압니다."

형사에게 보여주면서 관리소장도 함께 확인했을 것이다. 그래도 강수는 자신이 직접 확인해야 한다고 생각했다.

관리소장은 4동 지하로 걸어 내려갔다. 계단 끝에 '관계자 외 출입 금지'라는 표식이 붙어 있었다. 비밀번호를 누르고 안으로 들어갔다. 양수책상과 의자 하나가 놓여 있었고 뒤에서는 작은 불빛이 껌벅거리는 검은색 기계들이 철제 정리대 위에 올려져 있었다. 관리소장이 직접 컴퓨터를 작동했다.

"22일부터 확인하시려는 거죠?"

아이가 실종된 날이다. 관리소장은 그것도 외우고 있었다.

"네."

관리소장은 화면에 영상 하나를 띄웠다. 이미 형사에게 보여준 이력이 있어서 그런지 찾기 쉬운 것 같았다. 그는 빠르기를 4배속으로 맞춘 다음 자리에서 일어났다. 강수에게 자리를 비켜주었다. 강수가 자리에 앉아 화면 안으로 시선을 박았다. 영상 안에서 유정이 나타났다. 강수의 몸에 힘이 들어갔다.

"학생이 내려가는 영상입니다. 혼자 있지요."

관리소장의 말은 강수의 귀에 잘 들어오지 않았다. 유정은 화면 안에서 뒤를 돌아 거울을 보기도 하고 휴대폰을 만지작거리기도 했다. 얼마 뒤 자신의 인생이 어떻게 될지 전혀 모르는 순진함이 그의 가슴을 찢는 것 같았다.

"그리고 이후 영상들입니다."

관리소장은 선 채로 8배속으로 속도를 높였다. 얼굴을 알 수 없는 사람들이 타고 내렸다. 유정이 사는 13층에서 내리고 탄 사람들도 있지만, 소장은 그들이 입주민이라고 말해주었다. 형사의 조사 당시 경비원이 확인해줬다고 했다.

그리고 밤 12시경. 연락을 받은 강수가 올 때까지 그가 얼굴을 아는 사람은 CCTV에 찍히지 않았다. 정확히 말하자면 아내는 나오지 않았다.

그 이후 아내의 행적은 자신이 더 잘 알았다. 경찰에 신고한 이후 내내 아내는 경찰과 함께 있었다. 집에 연락이 올지도 모른다며 배치된 형사 한 명과 집을 지키고 있었다. 아내가 몰래 빠져나가 유정을 어떻게 했을 가능성은 없다고 봐야 했다.

깊은 안도의 한숨이 나왔다. 그리고 곧장 머릿속이 뒤엉켰다.

왜 아내까지 의심해야 했는가. 자신이 왜 이렇게 되어버렸는가. 아내만큼 유정을 사랑하는 사람은 없었다. 그럼에도 아내를 의심했다. 아내가 유정을 어떻게 해버렸다니, 어떻게 그런 끔찍한 생각을 할 수 있었을까.

보험 때문이다. 아내는 왜 갑자기 그런 이야기를 꺼낸 걸까. 그러지만 않았어도 아내를 이렇게 의심하는 일도 없었을 거다. 이번엔 자책이 그를 헤집었다. 손바닥으로 얼굴을 쓸어내렸다.

"확인시켜주셔서 감사합니다."

관리소장은 침착한 얼굴로 답하듯 고개를 숙였다. 그러나 그도 속으로는 그런 생각을 하고 있을 것이다. 남편이라는 작자가 아내를 의심했구나, 하고.

지하를 벗어나 1층으로 올라왔다. 여름의 햇볕이 따갑게 내리쬐고 있었다. 그러나 그의 가슴속에는 여전한 의혹이 마르지 않고 바닥에 남아 찰랑였다.

아내도 자신과 다르지 않았을 것이다. 유정은 우리의 목숨이나 다름없었다. 그런 아이가 죽었는데 왜 보험금 청구 같은 얘기를 해야만 했던 걸까. 그는 걸음을 멈췄다. 머리 위에서 비추는 햇살이 순간적으로 눈을 찔렀다. 그걸 잊고 있었다.

유정은 우리의 목숨과 마찬가지다. 그리고 유정을 잃었다. 아이의 엄마는 이제 살아갈 수가 없는 것이다.

곧장 몸을 돌렸다. 다급히 4동 안으로 뛰어 들어가면서 아내에게 전화를 걸었다. 아내는 전화를 받지 않았다. 엘리베이터의 상향 버튼을 눌렀다. LED 판을 보니 엘리베이터는 28층에서부터 내려오고 있었다. 가슴이 터질 듯이 답답했다. 계단을 향해 뛰었다.

13층까지 계단을 뛰어오르자 숨이 턱을 치받았다. 피비린내가 나는 것도 같았다. 그래도 다리를 멈출 수는 없었다.

바로 반 층을 뛰어올라 비상구 문을 열었다. 아내의 집 현관 문 앞에 들이닥치자마자 비밀번호를 눌렀다. 기계음을 내며 문은 아무런 저항 없이 열렸다. 신발을 신은 채로 안으로 뛰어 들어갔다. 생각하고 싶지도 않은 상황이 그의 눈앞에 펼쳐졌다.

아내는 블라인드 줄에 목을 매달고 있었다. 발아래로 화장대 의자가 나가떨어져 있었다. 목은 아래로 축 처져 있었고 발은 버둥거렸다. 단번에 아내에게로 달려갔다. 그러고는 아내의 몸을 온 힘을 다해 들어 올렸다.

"놔!"

꺽꺽거리면서도 아내는 그를 밀쳐내려고 발길질을 했다. 강수는 그녀를 놓을 수 없었다. 두 다리를 한 팔로 꽉 끌어안고서 들어 올린 채로 다른 한 팔로는 나동그라진 의자를 바로 세웠다. 그리고 의자 위에 올라가 아내의 목에 매인 끈을 풀었다. 어찌나 꽉 매여 있는지 잘 풀리지도 않아 몇 번이고 고생을 해야 했다. 아내의 몸이 바닥에 털퍼덕 떨어졌다.

"컥, 컥."

강수는 의자에서 내려와 아내의 어깨를 잡았다. 아내의 눈이 시뻘겋다. 실핏줄이 터진 것 같았다. 그녀의 눈은 희번덕거렸다. 강수는 손을 들어 사정없이 아내의 얼굴을 내려쳤다. 가녀린 목이 옆으로 돌아갔다. 그녀의 하얀 얼굴에 빨간 손자국이 곧장 올라왔다.

"정신 차려!"

강수는 온몸을 떨면서 소리를 질렀다.

"대체 이게 무슨 짓이야! 무슨 짓을 하는 거야!"

아내의 어깨가 크게 떨렸다. 그녀는 얼굴을 바닥으로 한 채 울기 시작했다. 그 울음은 점점 강해졌다. 살아버렸다는 후회 때문인지 죽음 앞까지 갔다 온 공포 때문인지 알 수 없었다. 깊고 깊은 울음은 강수의 가슴을 다 헤집어놓았다.

"살 수가 없잖아. 우리 유정이가 없는데. 어떻게 살아."

"살아야지! 우리 유정이 그렇게 만든 놈, 누군지 보고 싶지도 않아? 왜 우리 유정일 그랬는지 알아야 하지 않겠어? 그렇게 만든 놈 벌받는 거 봐야지. 벌줘야지. 그래야 우리 유정이가 편히 잠들지!"

"당신 있잖아."

"뭐?"

아내는 천천히 고개를 들었다. 아내의 목에 빨간 줄이 가 있었다. 블라인드 줄이 목을 파고들어간 상처였다. 주변으로 손톱자국이 진하게 남아 있었다.

"당신이 해줘. 보험 수익자 다 당신으로 변경해놨어."

"그게 무슨 소리야?"

아내는 깊은 한숨을 쉬었다. 그러고는 다리를 쭉 폈다. 블라인드 틈으로 보이는 바깥을 내다보았다.

"평소에 유정이가 늘 그랬어. 아빠가 불쌍하다고. 우리 편하게 지내게 하려고 우리랑 같이 있지도 못하고 몰래몰래 만나고, 너무 불쌍하다고. 아빠가 옛날처럼 힘든 일도 안 하고 편하게 지내기라도 했으면 좋겠다고. 유정이 보험금 나오면 당신 어느 정도 편해질 수 있지 않아? 그래서 내가 유서 남겨놨어. 내 앞으로 남는 재산 전부 다 당신에게 가도록. 그러면 유정이 보험금도 당신한테 갈 수 있잖아."

"지금 그게 말이 된다고 생각해? 우리 유정이 살해당했어! 나더러 그 돈으로 혼자 호의호식하면서 살라고? 당신은? 당신은 왜 죽는데?"

"우리 유정이 혼자 보낼 수 없잖아."

목소리에 울음이 가득 차 있었다. 그 고통과 힘겨움의 무게에 강수는 짓이겨질 것 같았다.

"나 우리 유정이 그렇게 만든 사람 꼭 잡아내야 한다고 생각해. 왜 우리 유정이한테 그랬는지 알아야 돼. 그리고 똑같이 만들어주고 싶어. 법이 그럴 수 없다면 우리 딸한테 한 짓 그대로 내가 갚아줘도 시원치 않아. 근데, 유정이 혼자 보낼 수 없어. 그렇게 힘들게 갔는데 그 힘든 길을 어떻게 혼자 보내."

"여보, 제발."

"매일 생각해. 내가 그날 유정이와 다투지 않았다면 어땠을까 하고."

"당신 때문이 아니야."

"알아. 모두들 그렇게 얘기해. 형사도, 엄마도, 인터넷에서도. 그런데 아니잖아. 내가 그날 유정이를 그렇게 내보내지만 않았어도 그런 일은 없었잖아."

"유정이를 그렇게 만든 건 살인범이야!"

아내의 어깨를 잡고 흔들었다. 불과 몇십 분 전까지 당신을 의심했노라고는 말할 수 없었다. 그랬던 자신이 악마처럼 느껴졌다.

"그래도……. 당신도 생각하잖아. 그날 그렇게 안 나갔다면 우리 유정이는 살았다고."

강수는 아내의 어깨에서 손을 내렸다. 온몸에 힘이 빠졌다. 그렇지 않다고 말할 수 없어 미안했다. 한 번도 그 생각을 하지 않았다고 하면 거짓말이었다. 아이가 사라졌다는 걸 알았을 때, 대체 애한테 뭐라고 한 거냐고 아내를 다그치기까지 했었다. 아이가 죽었다는 걸 알았을 때 애가 그때 나가지만 않았더라도, 라는 생각을 조금도 하지 않았다고는 말할 수 없었다. 아내의 고통을 눈치채지 못하고 있었던 것도 아니었다. 아내는 지금까지 수십 번을 자기 때문이라며 울었다. 그때마다 괜찮다고 해주지 못했다. 마음속으로 진정 괜찮다고 생각하지 못했기 때문이라는 걸 알고 있다.

"이러지 말자."

강수는 힘겹게 말했다.

"이건 유정이가 원하는 게 아니야."

아내는 오열했다.

"나는 못 살겠어. 우리 유정이 없이, 우리 유정이 보내놓고 혼자 살 수가 없어."

"나도 그래!"

그는 아랫입술을 꾹 깨물었다.

"그래도 살자. 유정이 그렇게 만든 놈 잡아서 벌주자. 어떤 놈인지 똑똑히 보고 그놈 인생이 우리 유정이보다 더 망하는 걸 꼭 봐주자. 그렇게 해야 유정이 억울한 거 없이 갈 수 있어. 유정이를 따라가는 건 유정이가 원하는 일이 아니야. 유정이가 내가 편하길 바랐다고 그랬었지? 거봐. 우리 유정이는 그런 애야. 엄마가 이렇게 고통스러워하고 자길 따라오길 바라지 않을 거야. 그건 정말로 유정이가 바라는 게 아니야. 그러니까 정신 차려."

"여보, 여보. 어흐흑."

그녀는 강수의 무릎에 얼굴을 묻었다. 강수는 아내의 여린 어깨를 쓰다듬었다.

울음이 잦아들 때까지 기다렸다가 아내의 상체를 일으켰

다. 눈물로 흠뻑 젖은 얼굴을 똑바로 보면서 그는 스스로 다짐하듯 말했다.

"우리가 힘내자."

"응, 응."

"내가 내일 경찰서에 또 가볼 거야. 수사 상황이 어떻게 되어가는지도 확인할 거고 미진한 거 있으면 재촉도 할 거야. 안 되면 우리의 답답함을 인터넷에도 올리자. 우리 이겨내자."

"응."

강수는 아내를 일으켰다. 아내가 진정된 게 다행스럽게 여겨졌다. 그때 휴대폰이 울렸다. 아내의 것이었다. 강수는 일어나 테이블에서 아내의 휴대폰을 집어 건네주었다. 아내가 발신인을 보더니 고개를 갸웃했다.

"여보세요? 아 관리사무소요?"

강수가 아내를 보았다. 아무래도 CCTV를 보여준 건 때문에 아내에게 전화를 건 것 같았다. 혹시 모를 항의가 있을지도 모른다고 생각해서 뒤늦게 통보하려는 건지도 모른다. 아내가 상대방의 말을 듣더니 대답했다.

"네, 괜찮아요. 네."

갑자기 아내의 눈이 휘둥그레졌다.

"오늘요? 아니요."

아내가 강수를 보았다. 그러고는 눈을 빤히 보면서 대답했다.

"지금 확인하러 갈게요."

전화를 걸어온 관리소장의 말에 의하면 강수가 CCTV를 확인하고 난 뒤, 관리소장이 CCTV 확인을 좀 더 했던 모양이었다. '그냥'이라고 했지만 개인적인 호기심이나 공명심 때문이었는지도 모른다. 그런데 오늘 오전의 CCTV에서 누군가 13층에서 뛰어 엘리베이터를 타는 것이 촬영된 모양이었다. 손에는 장갑을 끼고 있었다고. 경비원에게 확인시켰더니 같은 층의 입주민도 아닌 것 같다고 했다.

"오늘 집에 누가 왔었어?"

"아니. 계속 안방에 누워 있었어."

누구였을까? 짚이는 인물이 없었다. 비밀번호 누르는 소리나 잠금 해제되는 소리 정도는 안방 문을 닫아놓고 있으면 들리지 않을 수 있다. 소리도 내지 않고 들어왔다는 것은 이 집의 비밀번호를 아는 사람이라는 뜻이었다. 하지만 아내에게 말도 하지 않고 다녀갈 사람은 없었다.

"오늘 유정이 방에 들어갔었어?"

유정의 방이 빠끔히 열려 있었다.

"아니."

두 사람은 서로를 마주 보다 곧장 일어나 유정의 방으로 들어갔다. 책상도 정돈된 채였고 침대도 정리해둔 그대로였지만 명백히 누군가 손을 댄 흔적이 있었다. 서랍을 열어보니 물건이 뒤죽박죽되어 있었다.

누군지 확인해야 했다. 두 사람은 관리사무소로 곧장 달려갔다. 관리소장을 따라 지하로 내려가 다시 CCTV 기계 앞에 섰다. 관리소장이 이미 열어둔 영상을 확인했다.

처음 보는 사람이었다. 30, 40대 정도로 보이는 여자였다. 엘리베이터 안으로 뛰어 들어오는 그녀의 손에는 장갑이 끼워져 있었다.

강수는 박동규 형사에게 전화를 걸었다.

# 김근미

## 1

지난밤에는 잠을 제대로 잘 수 없었다. 몸은 피곤하고 눈꺼풀은 무거운데 잠에 빠져들지 않았다. 이상한 생각들이 머릿속에서 부피를 키워갔다. 불안증에 빠진 것처럼 몸을 가만히 둘 수 없었다. 계속 뒤척거리자 어깨와 허리가 아파왔다. 다리가 그렇게 불편할 수가 없었다. 이리 두었다가, 저리 두었다가, 상체를 일으켜 앉았다가 다시 누웠다가를 수없이 반복했다. 결국 새벽 3시가 넘어서야 자력으로 자기를 포기하고 수면제를 먹었다.

너무 늦게 먹은 탓일까? 눈을 떴을 때는 머리가 무거웠다. 눈앞이 몽롱한 것 같기도 했다. 어디선가 기계음이 희미하게 들려왔다. 정신을 차렸을 때 휴대폰 벨 소리라는 것을 알 수 있었다. 손을 뻗어 침대 옆 협탁에서 휴대폰을 집어 들었다. 근미는 인상을 찌푸렸다. 아직 새벽 6시밖에 안 됐다는 것을 깨달았다. 고작 세 시간쯤 잔 것이었다. 그러나 짜증스러움의 근원은 얼마 자지 못했다는 절망감이 아니었다. 벨 소리는 알람이 아니었다. 시어머니의 전화였다. 받지 않을 수 없었다. 받지 않으면 또 무슨 사달이 날지 몰랐다.

"네, 어머니."

"목소리가 왜 그러니? 여태 잤니?"

'여태'라는 말이 신경을 긁었지만 다른 말은 하지 않았다. 새벽까지 잠을 못 잤다는 얘기는 꺼낼 생각도 안 했다. 말해봐야 시어머니에게는 '설명'이 아니라 '변명'이 될 거라는 걸 잘 알았기 때문이었다. 그녀의 불면증에 대해 시어머니는 늘 말했다.

"다 속이 편해서 그러는 거다. 하루 종일 바쁘게 움직여봐라. 잠이 안 오나."

그런 말을 몇 번씩이고 들으면 그냥 입을 다물게 된다.

"지금 일어났어요. 무슨 일이세요?"

혀를 차는 소리가 들려왔다.

"애 아침밥 차려 먹일 생각은 안 하고 여태껏 자고 있냐? 애들이 제대로 클 수 있는 게 저 혼자서 자연스럽게 되는 거 아니다. 다 부모의 정성을 먹고 자라는 거야. 우리 승윤이를 내가 얼마나 살뜰히 키웠는지 계속 얘기해주지 않았니? 애는 그렇게 키워야 하는 거라고 내가 몇 번이나 말했어?"

승윤은 죽은 남편의 이름이었다. 남편은 10년 전 사고로 세상을 떠났다. 승원의 초등학교 입학식 날이었다. 전날 열두 시간 넘게 이어진 수술 이후 당직을 서고 겨우 퇴근한 승윤은 아들 승원의 입학식에 가려고 병원을 나섰다가 교통사고를 당했다. 남편을 친 덤프트럭 운전기사는 밤새 고속도로를 달려와 졸음운전을 했다. 남편은 현장에서 즉사했다.

그 이후 10년을 홀로 승원을 키웠다. 사실은 홀로라고 표현할 수 없었다. 시어머님은 늘 승원이를 함께 키우려 했고 그것은 때로 근미에게 감시처럼 느껴졌다.

모든 것이 무거울 때가 있었다. 승원이 아프거나, 성적이 떨어질 때도 시어머니는 늘 근미 탓을 했다. 평소에 제대로 챙겨 먹이질 않아서 아이가 아프다고 했고, 근미의 정성이 부족해 아이가 학업에 집중하지 못하는 것 아니냐는 소리를 했다. 아침이며 저녁이며 잘 챙겨 먹인다고 하면 시어머니는 뱉듯이 말했다.

"영양학적인 걸 말하는 거다. 알지도 못하면서 말대답은."

근미의 최종 학력은 고졸이었다. 학원에 다녀 간호조무사 자격증을 따 대학병원에 취업했다. 거기서 남편인 승윤을 만났다. 만난 지 2개월 만에 임신해 결혼하게 됐다. 근미는 스무 살이었고, 승윤은 서른두 살이었다. 간호사 언니들이 수군거리는 것을 알고 있었다. 남편의 친구들도 남편에게 '도둑놈'이라고 말했지만 사실 자신을 향한 말이라는 걸 알고 있었다. '어린 나이에 남자 잘 꼬셔서 시집 잘 간 애'라는 시선이 모두에게 박혀 있었다. 결혼을 약속하면서 병원을 그만둘 때 모두의 시기 어린 시선을 잊을 수 없다. 시어머니라고 다르지 않았다. 그래도 행복했다. 남편은 생각보다 잘해줬고, 어린 나이에 한 임신이지만 배가 점점 불러오면서 배 속에서 자신의 존재감을 드러내는 아이가 사랑스러웠다. 시어머니의 날카로운 말이 버거울 때도 있었지만 같이 사는 건 아니기에 참을 수 있었다.

하지만 남편이 죽으면서 모든 것이 산산이 부서졌다.

벗어나고 싶을 때도 있었다. 시어머니가 참견하지 못하도록 승원이와 단둘이서만 살고 싶을 때도 있었다. 같이 사는 것도 아니라서 물리적으로 공동 양육을 하는 건 아니지만 시어머니는 항상 전화하고 아무 때나 찾아오며 근미를 죄어왔다.

'이제 그만 오세요. 제가 승원이의 엄마예요. 이제 승원이는 제가 키워요. 아무런 간섭도 하지 마세요.'

그런 말이 목구멍 끝까지 수십 번은 올라왔다. 그러나 단한 번도 내뱉지 못한 소리였다. 시어머니에게 나쁜 소리를 듣지 않으려고 무던히도 애를 썼다. 시어머니는 아비 없는 자식이라는 소리를 듣게 하지 말라고 누누이 말했다. 그래서 근미는 먹이는 것도 입히는 것도 모두 최고급으로만 골랐다. 시어머니에게 아이를 잘 키우는 며느리가 되는 것이, 잘 보이는 것이 인생 최고의 목표인 사람처럼 살았다.

근미는 시어머니에게 생활 지원을 받고 있었다. 남편이 어릴 때 시아버님이 돌아가시고 혼자 남은 시어머니는 사채업에 손을 댔다. 원래 돈에 눈이 밝은 사람이었다. 근미가 결혼할 당시에는 이미 헤아리지 못할 정도로 많은 부를 축적한 상태였다. 근미에게도 남편이 남긴 재산이 있긴 했다. 아파트도 남편의 소유였으니 아들인 승원과 함께 유산으로 물려받은 셈이다. 퇴직금과 일부 예금도 있었다. 그러나 그것이 평생을 보장해주진 못했다. 그녀는 젊었지만 결혼 후 경력 단절 기간이 길었고, 다시 일을 할 자신도 없었다. 시어머님이 주시는 돈으로 승원과 생활했다. 잔소리는 거기에 따른 비용이다, 라고 생각하면 스스로와 타협할 수 있었다. 가끔 끔찍할 정도로 막말을 들을 때에도 그때만 눈감으면 편한 생활을 유지할 수 있었다. 자신이 한심하게 느껴질 때도 있지만 딱 그때뿐이었다. 사회로 나가야 한다는 두려움은 항상 그녀의 발목을 잡았다.

"승원이는 요즘 어떠냐?"

근미는 눈을 깊게 감았다가 뜨며 침대에서 몸을 일으켜 앉았다. 머릿속에 열기가 가득 갇혀 있는 기분이었다.

"별로 달라진 거 없어요. 학교도 잘 다니고 학원도 다녀요. 힘들어하거나 그 일을 신경 쓰는 것 같진 않아요."

"진짜로 그렇다면 다행이다만, 네가 워낙에 눈치가 없으니 내가 어떻게 맘을 놓을 수가 있겠냐. 승원이한테 학교 끝나면 전화 한번 하라고 해라."

"알겠습니다."

"성적 떨어지지 않게 잘 관리해."

"네."

"과외 계속 시키는 거지?"

"그럼요."

근미는 대답을 하면서 이불의 보풀을 잡아당겼다. 실이 길게 따라 나왔다. 힘 있게 당겨 끊었다.

지난 학기까지 승원의 성적은 날로 떨어지고 있었다. 매번 확인하려는 시어머니에게 처음엔 거짓말을 하기도 했지만 성적표를 보고 싶어 해서 결국 승원의 성적이 떨어졌다는 걸 말할 수밖에 없었다. 무거운 철퇴는 근미에게 날아왔다. 다른 부모들 같으면 성적 잘 올리는 학원 정보를 수집해 아이에게 제대로 된 교육을 받게 할 텐데 근미는 그걸 못한다는 질타였다. 마음이 조급해져서 이것저것을 알아보다가 결국 불법 과외에 손을 뻗었다. 시어머님께는 자세히 말하지 않았다. 이후 다행히 승원의 성적이 올랐다. 시어머니의 가시 같은 말에서 근미도 벗어날 수 있었다.

"승원이 학비랑 생활비 이달에도 입금하마."

"감사합니다. 어머님."

"애 잘 지켜봐. 또 경찰서 같은 데 드나드는 일 있으면 가만히 안 있을 거다."

"그럼요, 어머님."

"큰일 할 애다. 이상한 애들 꼬이지 않게 잘해."

"네."

길고 긴 전화가 겨우 끝났다. 근미는 시어머니가 전화를 완전히 끊을 때까지 기다렸다가 깊은 한숨을 내쉬며 휴대폰을 내려놓았다. 실수로 전화를 먼저 끊어도 난리가 나기 때문에 조심해야 한다.

예리한 두통이 엄습했다. 양손으로 관자놀이를 힘껏 눌렀다. 그래도 두통은 쉬이 사라지지 않았다. 최근 들어 두통이 잦았다. 진통제를 먹어도 그때뿐이었다. 병원을 가보았지만 이렇다 할 병명은 나오지 않았다. 결국 또 진통제를 처방받아 먹었다.

이 모든 게 스트레스 때문이라는 것을 알고 있었다. 얼마 전 사건 때부터 통증이 시작됐다. 시어머니의 전화도 그즈음부터 폭발했다.

승원에게 여자친구가 생겼다는 건 알고 있었다. 특별히 말한 적은 없지만 가끔 통화하는 소리를 방문 너머로 들었다. 그래도 문제가 될 거라고는 생각하지 않았다. 학원을 마치고 돌아오면 밤 11시가 넘었는데, 그 시간을 지키지 않은 적도 없었다. 중학교 3학년 때부터 방에 들어오는 걸 몹시 싫어해서 승원이가 혼자 뭘 하는지 알지 못했다. 성적이 떨어지기 시작했을 때 열심히 요즘 뜨는 일타 강사를 알아보러 다녔다. 자꾸만 '네가 부족해서'라는 소리를 들으면 그게 자신 안에서 기정사실이 되어버리고 만다. 근미는 승원에게서 문제를 찾지 않았다. 모두 자신이 부족해서라고 생각했다. 이리저리 다른 학부모들을 만나 조언을 구하느라 정작 승원에게 무슨 일이 있는지, 요즘 공부에 집중 못 할 일이 있는지 묻지 않았다.

불편한 일이 있긴 했다. 어느 날 새벽녘, 근미는 목이 말라 잠에서 깼다. 안방을 나와 거실을 가로질러 주방으로 들어갔다. 물을 마시고 나오는데 승원의 방에서 이상한 소리가 들렸다. 시간을 보니 새벽 2시가 조금 넘어 있었다. 아직 공부를 하는 건가 싶긴 했지만 그 생각은 곧장 바뀌었다. 신음 같은 소리가 들려오고 있었다. 아픈 건가, 하는 순진한 생각은 들지 않았다. 자기도 모르게 조심스럽게 문을 열었다. 어두컴컴한 방 안에서 컴퓨터 앞에 앉은 승원이 바지를 내리고 손을 빠르게 움직이고 있었다. 귀에는 헤드폰을 껴 문이 열리는 소리도 못 들은 것 같았다. 승원이 보고 있는 컴퓨터 화면에서는 젊은 남녀 두 명이 뒤엉켜 있었다. 근미는 깜짝 놀라 문을 닫고 말았다.

다음 날 승원이 학교에 간 다음 컴퓨터를 켜보았다. 저장되어 있는 파일 중 동영상을 검색하자 몇백 개나 되는 영상들이 줄지어 나왔다. 영상의 제목은 입에도 담을 수 없는 것들이었다. 남자아이들에게는 자연스러운 일이라는 걸 머리로는 알고 있었다. 하지만 어떻게 대처해야 할지 알 수 없었다. 남편이 살아 있었다면 의논할 수 있었을 텐데 그것도 불가능했다. 그렇다고 시어머님께 얘기할 수도 없었다. 시어머님이라면 당장 승원이를 불러 무릎을 꿇리고 그 앞에 동영상을 틀어 보일 것이었다. 결국 인터넷에 검색한 결과 모르는 척하고 넘어가는 것이 제일이라는 결론을 내렸다. 그래도 신경이 쓰이긴 했다. 새벽녘에 깨거나 잠에 못 드는 날이 있으면 발소리를 죽이고 승원의 방 앞을 서성이기도 했다. '그런' 소리를 들은 것이 몇 번쯤 되었다. 너무 심취해 있는 것이 아닐까 걱정되기도 했다.

그즈음 뉴스에 여학생 실종 사건이 보도되었다. 사진 속 여학생이 착용한 교복으로 보아 승원과 같은 학교라는 것은 알고 있었지만, 승원이 아는 아이라고는, 아니 승원의 여자친구라고는 생각도 못 하고 있었다.

그 사실을 근미는 실종 사건이 보도되던 날 아침, 형사가 찾아와서 알았다. 형사는 승원을 만나고자 했다. 마침 등교 전이어서 승원은 집에 있었다. 승원을 불러 거실로 나오게 했다. 처음 보는 남자 둘이 거실에서 자신을 기다리고 있는 것을 본 승원의 놀란 눈은 형사라는 말에 더욱 커졌다. 보호자인 근미가 동석했다.

"얘 알지?"

자신을 박동규라고 소개한 형사가 사진 한 장을 내밀었다. 안에는 단정하게 교복을 입은 여학생이 카메라를 보며 미소 짓고 있었다. 맑고 또렷한 눈동자가 인상적인 아이. 연예인처럼 예쁜 얼굴이라고 할 수는 없지만 야무져 보이는 표정의 그 아이를 근미는 알고 있었다. 바로 승원의 여자친구였다.

승원이 고개를 끄덕였다.

"둘이 사귀었지?"

근미는 승원을 보았지만 승원은 근미에게로 시선을 돌리지 않았다. 승원은 그저 고개만 끄덕였다.

"마지막으로 연락한 게 언제니?"

질문하는 형사의 얼굴을 보고 근미는 알 수 있었다. 이 형사는 지금 승원이를 떠보고 있는 것이다. 사람이 실종되면 당연히 통화 기록부터 살펴볼 것이었다. 만약 승원이가 거짓말을 한다면 당연히 용의자가 된다. 근미는 긴장되는 얼굴로 승원이의 입만 쳐다보았다.

승원은 대답 없이 휴대폰을 열었다. 손가락을 움직여 뭔가를 스크롤하더니 대답했다.

"8월 21일에 통화했어요."

"무슨 얘기를 했니?"

"만나자고요."

승원이는 동요하지 않았다. 대답하는 목소리나 얼굴은 무덤덤했다.

"그래서 만났니?"

"네. 저녁 6시에."

"무슨 얘기를 했니?"

승원이가 형사의 얼굴을 봤다.

"그것까지 얘기해야 돼요?"

"알겠지만 유정이가 실종된 상태란다. 유정이가 누굴 만났고 무슨 얘기를 했는지 다 들어야 해. 기분이 나쁠 수도 있겠지만 너한테만 물어보는 건 아니다. 유정이랑 연락한 사람들, 유정이 친구들에게 다 물어보는 질문이야."

"헤어지자는 얘길 했어요."

"왜?"

형사들은 놀라지 않았다. 이미 알고 있었던 일인지도 모른다. 승원은 고개를 한번 갸웃했다.

"별로 재미없어서요."

형사들은 당황하지 않았다. 뭐가 재미없느냐고 물은 것이 다였다. 그냥 사귀는 게 재미없어져서요, 라고 승원은 대답했다. 어린 시절 가지고 놀던 장난감을 팽개쳐놓던 때와 다르지 않았다.

형사들은 그 만남 이후 승원이가 더 이상 실종된 유정이란 아이와 연락하지 않은 것을 알고 있었다. 하지만 헤어지고 나서 어디를 갔는지 누구와 만났는지 세세하게 물었다. 승원은 친구들과 PC방에 갔었고 이후 집으로 돌아왔다고 말했다. 시간도 비교적 정확히 기억하고 있었고 PC방 이름도 말했다. 같이 있었던 친구들의 이름과 전화번호도 휴대폰에 저장된 것을 확인해가면서 다 말했다. 근미에게는 독서실에 간다고 했었다. 거짓말을 했다는 것에 조금도 개의치 않아 하는 모습이었다.

형사들은 승원의 말을 꼼꼼히 메모했다. 그러고는 소파에서 일어났다. 혹시 유정에 대해 더 하고 싶은 말이나 기억나는 게 있으면 얘기해달라는 말을 잊지 않았다. 형사들도 필요하면 또다시 연락할지도 모른다는 말을 했다. 그리고 정확히 이틀 후 형사들은 승원에게 출석요구서를 보냈다. 유정이란 아이의 시신이 발견된 후였다. 그 일로 다시 한번 승원은 조사를 받았다. 시어머님은 그 사실을 알고 득달같이 집으로 달려왔다. 귀한 자식인 승원을 경찰서나 들락거리게 했다는 사실에 분노했다. 승원은 자기 방에 들어가 나오지 않았다.

근미는 생각에서 깨어났다. 한번 몰입하면 자꾸만 깊이 파고들어 생각의 부피가 커졌다. 그것은 너무 무거워서 통증을 남겼다. 고개를 뒤흔들었다. 자꾸 생각을 이어가면 안 된다. 병원에서 처방받은 진통제를 협탁 서랍을 열어 꺼냈다. 그녀는 자신의 몸을 덮고 있는 이불을 젖히고 침대에서 내려왔다.

방문을 열고 거실로 나갔다. 주방에서 나온 불빛이 거실의 어둠을 희미하게 밀어내고 있었다. 승원의 방 쪽을 보았다. 문은 닫혀 있었지만 주방에 있는 것은 승원일 것이 분명했다. 왜 이렇게 일찍 일어났을까 싶은 마음에 주방으로 들어갔다. 안으로 들어서자마자 멈칫했다.

승원은 식탁에 앉아 있었다. 앞에는 물이 반쯤 든 머그잔이 놓여 있었다. 승원은 근미가 들어오는 것도 모르는 듯했다. 눈에는 초점이 없었다. 어디를 보는지 알 수 없는 눈으로 멍하니 앉아 있었다. 무슨 생각에 빠져 있는 걸까. 불안감이 몰려들었다.

"뭐 해?"

화들짝 놀라며 승원이 고개를 들었다. 사실 승원이 이런 얼굴로 멍하니 앉아 있는 일은 근래 매우 잦았다. 걸핏하면 뭔가 생각에 빠져 헤어나지를 못했다. 학교에서도 이런 일이 잦은지 담임선생님에게서 연락이 온 적도 있었다. 학원은 툭하면 빠졌다. 승원에게 아무 일도 없다고 시어머니에게 말한 것은 거짓말이었다. 승원은 요즘 확실히 이상했다.

"무슨 생각해?"

"아무것도 아냐."

승원이 의자에서 일어섰다. 의자 끌리는 소리가 났다. 승원이 근미를 스쳐 지나가려 했다.

"정신 빼놓고 있지 마."

근미가 단호히 말했다. 승원이 걸음을 멈칫하고는 근미를 보았다. 근미는 더욱 엄한 얼굴을 했다. 시어머니에게 매일 듣는 당부 아닌 당부는 근미를 지겹게 만들었지만 동시에 그 말에 사로잡혔다. 절대 승원을 잘못 키우지 않겠다는 생각이 그녀를 강하게 붙잡았다. 그녀에게는 승원을 어떤 흠결도 없이 최고로 키워낼 목표가 있었다.

"너한텐 아무 일도 없었어."

근미는 승원의 어깨를 잡았다. 그러고는 눈을 똑바로 보았다. 승원이 눈을 마주쳐왔다. 시선이 떨리고 있었다.

"그렇지?"

몇 번이나 확인했다. 승원과 그 아이의 사망은 아무런 관

련이 없다. 아무런 관련이 없어야 했다. 거기엔 한 점 걱정도
없다.

승원에게는 알리바이가 있었다.


## 2


승원을 등교시킨 후 설거지를 했다. 승원은 아침도 먹는
둥 마는 둥 했다. 이상한 데에 신경을 팔지 말라며 한 소리
했지만 귀담아듣는 것 같지는 않았다. 유정의 죽음은 승원
의 잘못이 아니다. 승원이 마음 복잡할 일은 하나도 없다. 무
엇보다 유정이 죽기 전 이미 승원은 유정과 헤어지려고 했
었다. 매달린 것은 유정 쪽이었다.

설거지를 마쳤을 때 초인종이 울렸다. 아침 9시가 되기
10여 분 전이었다. 심장이 뛰었다. 또 시어머니가 찾아온 것
은 아닐까 하는 생각이 들었다. 아침부터 시어머니가 찾아
올 만한 별일 같은 건 없었다. 그러나 워낙 예상치 못하게 불
쑥불쑥 찾아오는 양반이라 아니라고 장담하지도 못했다.

긴장하는 마음을 억누르며 거실로 나갔다. 월패드를 확
인했다. 시어머니가 온 것은 아니었다. 하지만 그만큼 놀랐
다. 월패드 화면 속에 있는 얼굴은 익숙한 남자의 것이었다.
형사였다.

"무슨 일이시죠?"

"여쭤볼 게 있습니다. 잠깐 열어주시죠."

몸이 긴장되는 것을 느끼며 공동 현관문을 열었다. 잠시 후 엘리베이터를 타고 올라온 형사가 초인종을 눌렀다. 앞에서 기다리고 있다가 문을 열었다. 그는 만면에 여유 만만한 미소를 띠고 있었다. 지난번에 봤던 것처럼 눈빛만은 날카로웠다. 습관인지, 아니면 뭔가를 확인하려고 하는지 근미의 어깨 너머로 집 안을 한 바퀴 휘 둘러보았다. 마치 뭔가를 읽어내려는 사람처럼.

"무슨 일이시죠?"

다시 한번 물었다.

"몇 가지 확인해보고 싶은 게 있어서요. 안으로 좀 들어가도 될까요?"

"네."

근미는 얼른 몸을 비켰다. 형사를 밖에 세워두고 이야기하다가 이웃이 발견하면 이상한 소문이 날지도 몰랐다. 형사는 고개를 살짝 숙여 묵례하고는 현관으로 들어와 신발을 벗었다. 거실에 들어서며 근미에게 물었다.

"승원 학생은 등교를 했겠네요."

"시간이 벌써 몇 시인데요. 당연하죠."

그를 지나쳐 거실 소파 쪽으로 향하며 근미가 대답했다.

형사를 안쪽으로 안내하려는 것이었다. 그녀의 제스처를 알아본 듯 자연스럽게 형사가 소파 쪽으로 다가왔다.

"지난번에 인사드렸죠. 박동규 형사입니다."

"네, 그런데 오늘은 무슨 일로?"

박동규 형사가 부드럽게 웃었다.

"잠깐 앉아도 될까요?"

천천히 하자는 뉘앙스 같았다. 근미는 아차 싶은 듯 손으로 입을 가렸다. 그러고는 차를 마시겠느냐고 물었다. 시원한 물이면 좋겠다고 해서 얼음을 몇 조각 띄워 정수기 물을 받아다 주었다. 박동규 형사는 물을 아주 달게 마셨다. 이른 아침부터 수사를 위해 밖을 한참 다녔을지도 모른다. 무슨 조사를 했는지 궁금했다.

근미는 박동규 형사의 맞은편에 앉았다. 그가 용건을 꺼내기까지 무슨 일로 왔느냐고 더 이상 묻지 않기로 했다. 너무 급하게 나가면 이쪽에 급하게 굴 만한 이유가 있어 보인다. 그럴 필요는 없었다.

앞서 승원을 불러 조사할 때는 미리 연락을 했었다. 출석 요청을 하고 날짜를 조정해 경찰서에 아이와 함께 갔었다. 그런데 오늘은 이렇게 연락도 없이 불쑥 나타났다. 그럴 만한 이유가 궁금했다. 입을 다문 채 그가 말을 꺼내기를 기다렸다.

"유정 학생 일로 찾아왔습니다."

한참 만에 박동규 형사가 입을 열었다.

"그러시겠죠."

박동규 형사의 눈이 한순간 빛난 것 같았다.

"왜 그렇게 생각하시죠?"

지체 없이 대답했다.

"그 일이 아니면 저희 집에 형사님이 오실 일이 있을 리가 없죠."

박동규 형사가 어렴풋이 미소를 지었다. 그는 테이블에 올려둔 물잔을 다시 들어 한 모금 삼키고, 천천히 그 컵을 내려놓고 고개를 들었다.

"유정 학생, 아시죠?"

너무나 당연한 질문을 왜 다시 하는 걸까. 당연하다는 얼굴로 대답했다.

"당연히 알죠. 이 상황에 모를 수가 있나요?"

형사는 고개를 가볍게 저었다.

"아뇨, 유정 학생이 실종되기 전에, 유정 학생을 만나신 적 있죠?"

잠깐, 자신이 숨을 멈췄다는 걸 그녀는 느끼지 못하고 있었다. 근미는 떨리는 눈으로 형사의 얼굴을 보았다. 형사가 꼿꼿한 눈길로 자신을 응시하고 있다. 거짓말은 용납하지 않겠다는 듯이. 이미 모든 것을 확인하고 왔는지도 모른다.

하지만 그럴 리가 없다. 근미가 유정을 만난 건 승원도 모르는 일이다. 따로 연락해 만난 것도 아니고 직접 근미가 유정을 찾아가서 만났다. 그러니 유정의 휴대폰에도 근미와 연락한 기록은 없을 것이다. 어떻게 형사가 알았는지 알 수 없었다.

"그건……."

"만나는 걸 본 학생이 있습니다."

거짓말은 용납할 수 없다는 선언으로 들렸다.

"유정이가 실종되던 날 하교 후, 유정이를 본 학생이 있었습니다. 인사를 하려는데 학교 앞에서 기다리고 있던 어떤 아주머니가 나타나 함께 어딘가로 갔다고 하더군요. 누굴까 궁금했지만 인사는 하지 않았다고 했습니다. 그리고 그 학생은 자신의 목적지인 학원으로 가려고 버스 정류장으로 갔는데 거기 골목에서 다시 유정이를 봤다고 했습니다. 거기서 그 학생이 본 게 뭔지 혹시 아십니까?"

심장이 무섭게 뛰었다. 그 학생이 봤다는 여자는 자신이 확실했다. 그날 근미는 유정을 만났다. 버스 정류장 근처 골목. 분명 유정을 그리로 끌고 간 사실이 있다. 카페 같은 데서 할 이야기가 아니었다.

박동규 형사가 말했다.

113

"유정이의 뺨을 때리셨죠?"

근미는 얼른 대답이 나오지 않았다. 자신임을 부인한다면 어떻게 되는 걸까, 하는 생각도 들었다. 하지만 그 생각은 곧장 박동규 형사의 말에 의해 부정되었다.

"그 학생은 거기서 그 아주머니의 얼굴을 자세히 봤다고합니다. 그리고 승원이 어머님인 것을 알았죠. 승원이 어머님, 어머니회 회원이시죠? 그 학생 어머니도 회원이어서 가끔 자기 엄마를 기다리다가 본 적이 있다고 했습니다."

"만난 건 사실입니다."

"때리신 것도 맞죠?"

"……네."

"무슨 일인지 들을 수 있을까요?"

근미는 크게 한숨을 들이쉬었다. 그날은 무척 더웠다. 조금만 움직여도 땀이 났고 뜨거운 바람이 불어올 때면 숨이 턱턱 막혔다. 아무 말도 하지 않고 고개만 숙이고 있는 그 애를 보는데 짜증이 치받혔다.

"헤어져."

"안 돼요."

그 아이는 처음부터 근미의 마음에 들지 않았다. 볼 만한건 성적밖에 없었다. 아이 자체가 어두웠다. 어머니회 회원들의 이야기를 들어보니 부모가 이혼했다고 했다. 아버지의 사업은 완전히 망해 지금 하루 벌어 하루 먹고사는 처지라고 했다. 그나마 이혼 전에 아내 명의로 돌린 아파트에 살고 있다는 얘기를 하며 위장 이혼이라는 단어가 나왔다. 그런 복잡한 집안과 승원이 얽히는 것은 딱 사양이었다. 시어머니가 알면 기함할 일이었다.

무엇보다 승원에게 중요한 시기였다. 성적이 계속 떨어진 상황이라 어쩔 수 없이 불법 고액 과외를 붙이기로 했다. 성적을 다시 올리고 전국에서 손에 꼽히는 대학에 안착하기까지 그 어떤 잡음이나 승원의 발목을 붙잡을 일은 없어야 했다.

"승원이가, 그 아이를 만나고 있다는 걸 알았어요. 근데 고등학교 3학년이잖아요. 얼마나 중요한 시기예요. 그래서 잘 타이르려고 만난 거예요. 그 아이도 성적 좋은 애라고 알고 있어요. 서로 공부에 몰입하는 게 좋은 일 아니겠어요?"

"그래서요?"

"타이르려 했습니다. 근데 눈을 똑바로 뜨고 바락바락 대들잖아요. 어른 말이 끝나기도 전에 '안 돼요' 그러더니 아줌마가 아들 인생에 왜 참견을 하냐고, 이렇게 몰래 만나러 온 거 승원이도 아냐고 따지더라고요."

유정이 그렇게 소리쳤을 때 이성을 잃고 뺨을 때렸다.

"그러셨군요. 그 이후에 승원이는 아무 말 없었습니까?"

이 부분은 지난번 조사에서도 경찰이 승원에게 확인한 사실이었다. 근미와 만난 이후 유정은 승원에게 따로 연락하지 않았다. 승원도 연락 없는 유정을 궁금해하지 않았다. 헤어지지 말자고 매달릴까 봐 연락도 하지 않았다고 경찰 조사에서 말했었다. 그날 유정은 집에 돌아가지 않았다. 무슨 일이 있었는지 근미는 알지 못했다. 그길로 실종됐고 사망한 채로 발견됐다.

"저한테는 아무 말 없었습니다. 그런데 승원이가 말씀드렸잖아요. 헤어지자고 했다고."

형사가 고개를 끄덕였다.

"네. 그건 알고 있습니다만, 혹시 아드님이 어머님에게는 뭔가 다른 말을 하지 않았을까 싶어 여쭤보는 거죠."

근미는 미간을 찌푸렸다.

"다른 말 뭐요?"

박동규 형사가 미소를 지었다.

"뭐든지요."

"그런 말 없었어요."

"알겠습니다."

그는 고개를 끄덕이며 들고 있던 수첩을 뒤적거렸다. 이걸로 이야기가 끝난 건 아닌 것 같았다. 생각해보니 아까 들어올 때 몇 가지 확인하려 한다고 말했었다. 또 뭘 물어보려는 걸까. 회피하고 싶은 마음을 붙들며 근미는 허리를 꼿꼿이 세웠다.

이윽고 박동규 형사가 다이어리에서 뭔가를 한 장 꺼내 테이블 위에 올려놓았다. 그러고는 근미 쪽을 향해 스윽 밀었다. 근미의 시선이 그쪽으로 향했다. 숨이 멎을 만큼 놀랐다기보다는 올 게 왔다는 생각이 들었다.

사진 안에는 한 여자가 찍혀 있었다. 엘리베이터 안으로 들어가려는 듯한 모습이었다. 모자를 쓰고 있었고 손에는 장갑을 꼈다. 모르는 사람이 보면 누구인지 전혀 분간할 수 없을 것이었다. 하지만 근미는 알아볼 수 있었다. 바로 자신이었다.

"이게 뭐죠?"

근미는 자신의 목소리가 떨리지 않았다고 자신할 수 있었다.

"어제 유정 학생의 집에 누군가 몰래 침입했습니다. 다른 물건은 건드리지 않고 유정 양의 방만 잔뜩 뒤져놓았죠. 유정 어머님 말씀에 따르면 다행히 없어진 물건은 없는 것 같다고 하는데, 이 사람은 대체 뭘 찾으러 왔을까요?"

"그거야 저는 모르죠."

자신도 모르게 눈을 피했다.

"어머님."

박동규 형사가 몸을 앞으로 기울였다.

"물론 이 영상은 법영상 분석을 받겠지만 말입니다. 영상 속에는 특별한 움직임이 있어요. 바로 오른쪽 어깨를 늘어 트리고 걷는다는 거죠. 제가 보기에 어머님도 오른쪽 어깨 가 기울어져 있는데, 제 착각인가요?"

"그게 무슨 말도 안 되는 소리죠?"

근미는 소리를 버럭 질렀다.

"그럼 제가 그 아이 집에 몰래 들어갔단 말인가요?"

"그렇게 단정 짓는 건 아닙니다. 그래서 여쭤보는 거죠."

"그게 뭐가 여쭤보는 거예요? 날 의심하는 거잖아요. 내 가 왜요? 그 아이 집에 내가 왜 들어가냐고요. 그리고 어떻 게 그 집에 들어가겠어요? 비밀번호 같은 것도 모르는데?"

"그러게 말입니다."

기회를 잡은 재규어처럼 박동규 형사가 몸을 앞으로 내 밀었다. 비밀번호 얘기는 하지 않는 게 좋았을까?

"비밀번호를 모르는데 어떻게 들어갔을까요? 그런데 이 런 가능성도 있죠. 남자친구에게라면 비밀번호를 알려줄 수도 있지 않을까?"

"지금 뭘 하시는 거예요?"

"그럼 묻겠습니다. 어제 오전 10시부터 낮 1시까지 뭘 하 셨습니까?"

근미는 잠시 입을 다물었다. 흠, 하고 숨을 내쉬었다. 진정해야 한다. 괜히 흥분하면 잘 넘어갈 일도 그르칠 수가 있다.

"등산을 갔습니다. 건강 때문에 산에 자주 오릅니다."

"그래서 등산 점퍼를 입고 계셨군요."

형사의 다이어리에서 또 한 장의 사진이 나왔다. 바로 근미가 자신의 집에서 나가던 엘리베이터 CCTV 화면이었다. 영상 속에서 근미는 등산 점퍼를 입고 있었다. 어제 그 집에 갔을 때는 등산 점퍼를 벗었다. 모자는 가방 속에 미리 준비한 걸로 착용했다. 완전히 다른 옷을 입고 있어서 절대 자신이 아니라고 우기면 우길 수 있을 것이었다.

"어디 산이죠?"

"영인산입니다. 트레킹 코스가 잘되어 있죠."

자주 갔던 산이다. 입구에 CCTV가 있지만 구역이 넓어 사각지대가 많다. 트레킹 코스 안쪽으로는 CCTV가 전혀 없었다. 거기서 자신의 모습을 발견하지 못하더라도 근미가 영인산을 오르지 않았다는 증거로는 쓸 수 없을 것이다.

박동규 형사는 수첩에 메모를 했다. 조금은 우쭐한 기분으로 그 모습을 지켜봤다.

"마지막으로 한 가지 더 묻겠습니다."

근미는 박동규 형사를 응시했다. 어떤 말로도 흔들리지

않을 생각이었다.

"8월 22일 저녁 9시부터 밤 12시까지 무엇을 하셨는지 말씀해주시겠습니까?"

굳이 달력을 보지 않아도 그 날짜를 근미는 알 수 있었다. 바로 유정의 사망 추정 시각이었다. 이 형사는 자신을 의심하고 있다.

"집에 있었습니다. 아이의 과외가 있는 날이었어요. 과외를 하면 두세 시간은 걸리기 때문에 선생님과 승원이가 먹을 간식을 준비해야 했죠. 일주일에 두 번은 항상 그렇게 하고 있습니다."

"그날 승원이는 그 시각에 PC방에 있지 않았나요?"

"네, 맞아요. 그날은 선생님께서 개인적인 일로 과외를 다음으로 미루자고 하셔서 그러자고 했습니다. 집으로 바로 돌아오라고 했는데 독서실에서 공부를 하고 오겠다더군요. PC방에 갔었다는 사실은 나중에 경찰 조사에서 알았습니다."

"그러면 그 이후에는 계속 집에 계셨나요?"

"네. 승원이가 언제 돌아올지 몰랐으니까요. 일찍 오면 저녁이나 간식도 챙겨줘야 하고. 고등학생 아이를 둔 엄마는 늘 바쁘답니다."

"혹시 그날 집에 계시던 걸 본 사람이 있습니까? 누구와 만나셨다거나 누구와 통화하셨다거나."

"시어머니와 통화를 했습니다."

박동규 형사는 다시 메모했다. 근미는 그가 왜 통화 여부를 물었는지 약간은 알 것 같았다. 휴대폰으로 전화를 하면 인근 기지국의 전파를 쓰게 된다. 나중에 경찰은 어느 기지국이 있는 곳에서 통화를 했는지 찾을 수 있다. 그러면 통화를 집에서 했는지 다른 장소에서 했는지 알 수 있는 것이다. 근미는 하나도 긴장되지 않았다. 그날 집에서 시어머니와 통화를 했던 건 정확한 기억이었다. 또 지긋지긋한 잔소리를 들었다.

"자, 그럼."

박동규 형사가 재킷의 안주머니로 손을 넣었다. 근미는 살짝 미간을 찌푸리며 말했다.

"마지막 질문이라고 하지 않았나요?"

박동규 형사가 예의 부드러운 미소로 대답했다.

"네, 질문은 여기까지입니다. 지금부터는 이 댁에 대한 압수수색이 이뤄질 겁니다."

그는 주머니에서 종이를 한 장 꺼내 내밀었다. 압수수색 영장이었다.

심장이 쿵 하고 떨어졌다. 온몸의 피가 역류하는 기분이 들었다. 얼굴이 파랗게 질린 걸 스스로도 느낄 수 있었지만 자제할 수 없었다.

안 된다는 생각만 들었다.

안 된다. 이 집을 뒤져서는 안 된다. 그걸 찾아내서는 안 된다. 아들의 인생에는, 승원의 인생에는 단 한 점의 흠도 없어야만 한다.

# 허 승 원

## 1

유정과 사귀기 시작한 건 대단히 좋아해서라거나 볼 때마다 가슴이 설레는 그런 촌스러운 이유는 아니었다. 학기 초가 되면 남자아이든 여자아이든 곁눈질로 교실 안을 훑는다. 다른 반일 때도 있고 다른 학년일 때도 있다. 자기가 사귈 만한, 자신이 좋아하거나 자신을 좋아해줄 만한 사람이 있는지 확인하는 과정이다. 모두라고 할 수는 없지만 많은 아이들이 유난스러운 몸짓을 하거나 목소리를 높인다. 관심을 끌기 위해서다. 서로 사귀거나, 썸을 타거나, 다른 학교로 눈을 돌리는 시기, 그게 학기 초다.

유정이를 알게 된 것은 신문부에서였다. 승원은 초등학교 때 방송반이었고, 중학교에서는 교지편집부에 들었다. 고등학교에서는 신문부에서 교지를 제작한다고 해 신문부에 들었다. 승원은 최종적으로 방송사 취업을 목표로 하고 있다. 아나운서나 기자가 될 생각이다. 꿈이라고 할 것까지는 없었다. 골치 아픈 의사나 검사 같은 것은 하고 싶지도 않고 성적도 되지 않았다. 두 직업을 제외하고 남 보기에, 정확히는 엄마가 주변에 혹은 할머니에게 알리기 좋을 만한 직업이 방송사를 다니는 직업이 아닐까 해서 생각해본 것이었다. 어린 시절의 그 생각은 바로 승원의 목표이자 엄마의 목표가 되었다. 어린 시절부터 저는 방송사를 목표로 달려왔습니다, 그런 한마디를 면접장에서 하기 위해 초등학교 때부터 생활기록부 관리를 하고 있는 것뿐이다.

"저 때문에 누군가가 좋은 영향을 받게 하고 싶었습니다. 저로 인해 누군가의 삶을 변화시킬 수 있는 사람이 되고 싶습니다."

신문부 가입 후 첫 자기소개 시간에 그런 낯간지러운 이야기를 했었다. 당연히 진심은 아니었다. 그렇다고 "엄마가 가입하래서요"라고 말할 수는 없다. 이름을 얘기하고 살짝 고개를 숙였을 때 박수가 나왔다. 그때 신문부 전원이 담당 선생님의 지시에 따라 부실에 동그랗게 앉아 있었다. 자리에 앉는데 맞은편에 앉아 있던 여자아이와 눈이 마주쳤다. 자신을 빤히 보고 있는 그 아이의 눈동자는 흐릿했다. 뭔가 생각이 많아 보였다. 그게 유정이었다.

유정이는 단연 눈에 띄는 아이였다. 얼굴도 예쁜 편이고 다른 아이들처럼 까르르 웃어대지도 않았다. 여자아이들 사이에서도 알게 모르게 친구가 많은 타입이었고, 남자아이들에게서는 은근히 관심을 받는 눈치였다. 수첩에 뭔가를 적어 넣을 때 흘러내린 한쪽 머리를 귀 뒤로 넘길 때면 드러나는 하얀 목덜미가 가슴을 설레게 한 적도 있었다. 치마 아래로 내려오는 곧고 가는 다리가 예뻤다. 봉긋한 가슴은 가끔 수업 중에 떠오르기도 했다.

곧장 사귀자고 하지 않은 것은 유정의 성적이 재수 없을 정도로 좋았기 때문이다. 그 애는 매번 1, 2등만을 차지했다. 2등으로 밀려나도 한두 문제의 근소한 차이였다. 전교 10등 안에 드는 것이 최대의 목표인 자신보다 성적이 월등한 것은 별로였다. 잘난 척할 게 분명했다. 그런데 유정은 그러지 않았다. 성적 이야기를 먼저 꺼낸 적은 단 한 번도 없었다. 부실에서 만나면 항상 신문 발행에 관한 이야기만 할 뿐, 잡담을 한 적이 없었다. 자신보다 성적이 좋은 것은 재수 없지만, 다른 여자애들처럼 머릿속이 꽃밭이 아닌 점은 좋았다.

그날은 왜 하필 두 사람만 부실에 남아 있었을까? 지금 생각해보면 승원은 잘 기억나지 않았다. 왜 그랬는지는 모르겠지만 두 사람은 부실에 남아 마지막 기사를 출력해 오자를 검토해야 했다. 화면으로 볼 때는 잘 나오지 않지만 출력해서 보면 꼭 오타가 있곤 했기에 두 번, 세 번 교정을 보는 것은 관례였다.

프린터기가 움직이는 소리를 들으며 유정을 보았다. 유정은 창문 앞에 서서 밖을 내다보고 있었다. 그 무덤덤해 보이는 옆얼굴을 보며 자신도 모르게 말했다.

"사귈래?"

유정이가 고개를 이쪽으로 돌렸다. 생각지도 못한 말을 들었다는 얼굴이었다. 승원은 가만히 그 애의 대답을 기다렸다. 거절당해도 그다지 상처받을 것 같지는 않았다. 사귀어도, 안 사귀어도 그만인 그런 감정이었다.

의외의 말을 한 것은 유정이었다.

"나한테 잘해주지 않을 자신 있어?"

어안이 벙벙했다. 자신에게 잘해주지 않고는 못 배길 거라는 어이없는 자신감에 찬 말투가 아니었다. 절대 잘해주지 말라는 경고였다. 여자아이들은 사귀면 당연히 상대가 자신에게 잘해주기를 바란다. 50일, 100일, 1년. 날짜를 세어가며 이벤트해주기를 바라고 평소에는 남들에게 보여줄 만한 매너를 부리길 바란다. 적어도 승원이 아는 여자아이들은 그랬다. 앤 뭘까. 물끄러미 보다가 물었다.

"폭력 남친이 필요해?"

유정이 웃음을 터트렸다. 그렇게 큰 소리를 내며 웃는 걸 처음 보았다. 배를 부여잡고 눈가에 눈물이 맺힐 정도로 웃어댔다. 나중에는 승원도 어이없어서 유정을 따라 웃었다.

유정이 웃음을 멈췄다. 눈가에는 웃음이 남아 있었지만 눈동자만은 진지했다.

"나한테 잘해주려고 무리하지 않을 자신이 있냐는 말이야. 나한테 잘해주려고 노력하지 말고, 애쓰지도 말고, 불행하지도 말고, 힘들지도 않을 자신이."

진짜로 그 말이 무얼 뜻하는지는 사귀고 나서야 알 수 있었다.

'모든 게 다 널 위해서야.'

'널 믿어.'

'우린 너에게 다 해줬다.'

'내 인생이 너야.'

유정은 엄마에게 매일같이 그런 말을 들었다. 아빠 역시 유정을 위해 혼자의 삶을 택했다. 위장 이혼을 했다는 이야기도 사귀고 나서 한참 후에 들었다. 그런 상황이 유정은 무거웠다. 바늘이 솟아오른 바닥 위에서 까치발을 하는 심정으로 공부했고 기대에 부응하기 위해 최선을 다해야 했다. 항상 행동이 바른 사람이어야 했고 부모님의 심기를 건드리지 않기 위해 온 신경을 기울였다. 유정은 더 이상 자신을 위해 뭔가를 하는 사람이 늘어나지 않기만을 바랐던 것이다.

유정이 고백을 받아들인 이유는 어쩌면 그것이었을지도

모른다. 자신을 해방시켜줄 출구. 부모의 미래로, 부모의 잘난 딸로 연기하지 않아도 될 어떤 공간 같은 것이 필요했는지도 모른다.

그런 이야기를 들었을 때 승원은 공감했다. 자신 역시 엄마 때문에 공부와의 힘겨운 싸움을 하는 중이었다. 유정의 부모님 이야기를 들었을 때는 불쌍하기도 했다. 그런 상황에 있는 유정이 안쓰러웠다.

그런데 사람은 이상하다. 다른 사람의 약점을 들으면 자신에게 유리하게 이용하려 든다. 나약해서인지도 모르고 사악해서인지도 모른다. 그건 습성이 아니라 본성이다.

사귀면서 많은 일이 있었다. 다른 아이들이 그렇듯 여러 문제로 싸우기도 했다. 연락이 안 되는 문제도 있었고, 승원이 친구들과 게임을 하는 문제로도 싸웠다. 그때마다 승원은 말했다.

"너 때문에 힘들어."

그러면 유정은 곧장 입을 다물었다. 금세 웃었다.

"생각해보니 네 입장에서는 그럴 수도 있겠다."

늘 그렇게 싸움은 마무리 지어졌다. 자기도 모르게 유정의 콤플렉스를 이용한 것 같아 미안했지만 그것도 처음 몇 번에 그쳤다. 나중에는 습관처럼 그 말이 나왔다.

전화벨이 울려 정신이 퍼뜩 들었다. 손에 쥔 휴대폰이 울리고 있었다. 옆을 돌아보니 다른 아이들이 전화를 안 받냐는 듯 승원을 보고 있었다. 학원 버스에 타 있었다. 잠깐 생각에 잠긴다는 것이 거의 넋을 놓고 있던 모양이다. 요즘은 늘 이런 식이다. 아마 유정의 시신이 발견되고 나서부터 더한 것 같았다.

전화는 엄마에게서 걸려온 것이었다.

"왜?"

전화기 너머에서 엄마의 날카로운 목소리가 들려왔다. 엄마는 완전히 흥분해 있었다. 처음엔 인상을 찌푸렸던 승원의 얼굴이 점점 창백해지기 시작했다. 승원은 아무런 말도 하지 못하고 전화를 끊었다.

"아저씨!"

차는 거의 학원 앞에 다다르고 있었다.

"아저씨! 좀 내려주세요!"

승원은 더욱 크게 소리를 질렀다. 어쩌면 비명처럼 들리기도 했다.


학원 차에서 내린 승원은 곧장 앱을 이용해 택시를 잡았다. 택시가 도착하는 데까지 6분 걸린다는 안내가 떴지만 승원이 체감한 시간은 그보다 훨씬 길었다. 택시를 타고 집까지 가는데 심장이 무섭도록 뛰었다. 도대체 왜 일이 이렇게 된 건지, 엄마는 왜 그런 짓을 한 건지 화가 불같이 솟았다. 앞으로 자신의 인생이 어떻게 될지를 생각하면 눈앞이 깜깜했다.

아파트 단지 안으로 택시가 들어서자마자 동 앞에서 내려 엘리베이터로 달려 들어갔다. 다행히 엘리베이터는 1층에 서 있었다. 바로 집으로 올라갔다. 비밀번호를 누르고 현관문을 열었다. 예상했던 것과는 다르게 집 안은 어지럽지 않았다. 도둑이라도 든 것처럼 모든 물건이 엉망이 되어 있는 건 아니었다. 경찰이 가택 수색을 했다고 하는데 그런 티는 나지 않았다.

엄마는 집에 없었다.

승원은 얼른 휴대폰을 꺼내 들었다. 그사이 전화가 와 있었다. 화면에 뜬 '엄마'라는 글자를 보자 얼굴이 벌겋게 달아올랐다. 전화를 받았다.

"뭐가 어떻게 된 거야?"

"형사들이……."

엄마의 목소리에는 힘이 없었다. 누군가 보면 배터리가 다 된 장난감에서 흘러나오는 잡음처럼 들릴지도 몰랐다. 엄마의 목소리는 젖어 있었다. 어쩌면 울고 있었는지 모른다. 아마도 울었겠지. 하루 이틀 일이 아니다. 승원은 엄마의 눈물이 지겨웠다. 매일 승원을 붙잡고 엄마는 울었다. 할머니 때문이라고 말했지만 그 기저에 숨은 뜻을 알고 있다. 너 때문이다. 너 하나를 키우기 위해 내가 이 모진 고통을 감내하고 있다.

그게 승원이 유정에게 관심을 가진 이유였을지도 모른다. 유정이 가진 무게를, 그 압박을 공감하고 있기 때문이다.

승원은 가슴이 답답해 터질 것 같았다.

"제대로 말해보라고! 형사들이 뭐?"

"일기장을 가져갔어."

승원의 얼굴이 무섭도록 구겨졌다.

"일기장? 무슨 일기장!"

다그치듯 말이 튀어나왔다. 엄마는 기어들어가는 목소리로 대답했다.

"유정이…… 일기장."

승원은 자신도 모르게 그 자리에 털썩 주저앉았다. 발끝으로 온몸의 기운이 쑥 빠져나가는 것 같았다. 피가 한 방울도 남지 않고 바깥으로 뿜어져 나간 것 같다. 머리가 어지러웠고 이어 두통이 밀려왔다. 입술이 바짝 타들어갔다.

"그게 왜 엄마한테 있어?"

유정이 매일 일기를 쓴다는 건 이미 알고 있었다. 유정이 실종되고 경찰이 조사를 시작할 무렵부터 승원의 신경은 그 일기장에 온통 붙들려 있었다. 유정의 일기장은 발견되어서는 안 됐다. 그래서 새벽같이 학교에 가 유정의 사물함을 열었다. 열쇠 같은 건 당연히 갖고 있지 않았다. 준비한 망치로 잠금장치를 부숴 문을 열었다. 얄팍한 스테인리스로 만들어진 사물함 자물쇠는 간단히 부서졌다.

그 안에 일기장은 없었다.

도무지 이해할 수 없었다. 그렇게 찾아도 없던 일기장이 왜 갑자기 튀어나온 걸까. 유정이 실종된 이후, 특히나 시신이 발견되고 나서 형사들은 눈에 불을 켜고 유정의 주변을 훑었다. 유정의 생활상을 알기 위해 유정의 휴대폰과 물건들을 온통 뒤졌다. 그래서 승원은 형사들의 손에 유정의 일기장이 들어갈 거라고 생각했다.

마음의 준비를 해야 했다. 마음은 그렇게 먹었지만 잘되지 않았다. 앞으로 자신의 인생이 어떻게 될지를 생각하면 두려웠다. 형사에게 처음 출석 요구를 받았을 때 그래서 무척이나 긴장했다. 엄마와 함께 출석해 조사를 받았다. 조사에서는 유정이와 어떻게 만나게 되었는지, 언제 마지막으로 만났는지, 유정이가 특별한 이야기를 한 적은 없는지 같은 걸 물었다. 그리고 유정이 실종된 날부터 시신이 발견된 날까지 승원의 일거수일투족을 캐물었다. 알리바이를 확인하려고 하는 게 분명했다.

유정의 일기장에 관한 이야기는 한마디도 나오지 않았다.

경찰이 일기장을 찾지 못한 것이 분명했다. 경찰서를 나오면서 짜릿한 기분이 들었지만 그 끄트머리를 붙들고 곧장 불안감이 고개를 치밀었다. 일기장이 없을 리가 없었다. 곧 어디선가 튀어나와 자신을 공격할 것 같았다.

"혹시 무슨 일 있니?"

승원의 불안을 느낀 엄마가 물었다. 승원은 일기장에 대한 이야기를 했다. 그게 발견되면 안 되는 이유를 엄마는 알고 있었다.

"걔 집 비밀번호 알아?"

승원은 놀란 눈으로 엄마를 보았다. 엄마는 눈을 똑바로 뜨고 다시 물었다.

"알아?"

그 표정에 신뢰가 갔는지도 모른다. 어떻게든 해결해줄 거라고 믿었는지도 모른다. 엄마니까, 엄마가 해결해낼 거라고 생각했다. 그러지 말았어야 했다.

승원은 유정의 집 비밀번호를 알고 있었다. 유정을 키우기 위해 매일 밤낮으로 일하는 그 애의 엄마 덕에 그 집은 자주 비어 있었다. 여기저기 놀러 다니고 게임이나 하는 게 지겨워질 때면 그 애의 집에 자주 갔다. 유정의 휴대폰 번호 뒷자리와 생일이 조합된 번호였다.

엄마는 그 번호로 유정의 집에 몰래 들어간 모양이었다.

예상은 했다. 찾아 나올 수 있느냐 없느냐의 문제라고 생각했다. 더 큰 문제는 생각지도 못했다.

"CCTV를 들고 경찰이 찾아왔었어."

엄마는 울먹이며 말했다.

"그냥 위로해주려고 집 앞에 갔던 거라고, 안 들어갔다고 수없이 말했는데……. 믿지 않았어."

믿을 리가 없었다. 누군가 뒤진 흔적이 있다고 유정의 부모가 신고한 탓이었다. 꼼꼼히 일 처리를 하지 못했다는 데서 화가 불끈 솟았다.

"그래서?"

"형사가 수색영장을 들고 왔어."

당연하다. 사람이 죽었다. 그리고 그 집에 몰래 들어가 뭔가를 훔쳐 갖고 나왔다. 아니, 훔쳤는지 아닌지는 모르지만 집 안을 뒤졌다. 명백한 이유가 있는 게 분명한 행동이었다.

화를 꾹 참듯이 눈을 깊이 감았다 떴다.

"그래서?"

"……찾았어. 일기장을."

수색영장을 가지고 온 형사들은 온 집 안을 뒤졌다. 그러고는 안방의 침대 매트리스 아래에서 문제의 일기장을 발견했다. 승원은 이해할 수 없었다. 일기장을 찾았으면 당장 없애지 않고 그걸 왜 집에 가지고 와 숨긴 건가. 할머니가 늘

분통을 터트리는 것은 엄마의 이런 아둔함 때문인지도 모른다.

승원은 침을 꿀꺽 삼켰다.

"……그래서?"

"지금 경찰서 연행됐어."

더 이상 '그래서?'라고 묻지 않았다. 침묵이 이어지자 엄마가 말을 이었다.

"일기장을 왜 훔쳐 갔냐고 물으면 그저 아들의 살해당한 여자친구 부모가 안타까워 어떻게든 도움을 주고 싶어서 그랬다고 할 거야."

엄마는 무슨 대단한 계획이라도 세운 것처럼 목소리를 죽였다. 말도 안 되는 소리였다. 도움을 주고 싶다고 몰래 비밀번호를 누르고 침입하는 사람은 없다. 당연히 경찰도 믿지 않을 것이다. 하지만 엄마는 그렇게 하면 모든 게 해결될 거라고 순진하게 믿고 있었다. 아니, 아둔하게도.

지금쯤 유정의 일기장이 하나하나 형사들 앞에서 까발려지고 있을 것이었다.

"으아아악!"

승원은 참다못한 고함을 질렀다. 씩씩거리며 가슴을 가라앉히려 애썼다.

큰 문제는 아니다. 승원도 분명 일기장을 숨기고 싶었다.

엄마 덕분에 그 일기장이 드러나게 생겼지만 자신은 괜찮을 거였다. 비난은 받겠지만 정 안 되면 아는 사람이 없는 곳으로 이사를 가서 살면 된다.

다른 건 문제 되지 않는다. 자신에게는 알리바이가 있다.

## 2

"나한테 잘해주지 않을 자신 있어?"

사귀자는 말을 처음 했을 때 유정이 그렇게 말한 이유가 유정의 엄마 아빠한테 있다는 사실을 조금 나중에야 알았다. 그런 아픔을 갖고 있다고 해서 유정은 어둡지 않았다. 우울해하지도 않았다. 항상 밝았고, 그런 유정과 있는 게 즐거웠던 때가 많았다. 성격도 성적도 좋고, 얼굴도 예쁜 편이고, 괜찮은 아파트에 사는 괜찮은 애. 다른 아이들 보기에 어깨가 으쓱하기도 했다.

아버지 사업이 망한 뒤 어머니와 어쩔 수 없이 이혼하는 바람에 아버지와는 살 수 없다고 우울한 얼굴로 말했을 때, 승원은 의외라는 생각을 했다.

"그런데도 너는 꽤 밝게 사네."

승원은 그러지 못하는 편이니까 그런 생각이 드는 것도 무리는 아니었다. 어쩌면 두 분의 이혼 자체가 위장이기 때문에 그런 걸지도 모른다고 생각했다. 유정은 말했다.

"괜찮은 척을 계속하다 보면 이렇게 돼."

"괜찮아져?"

유정은 돌아보고 웃었다.

"괜찮아지지는 않아. 대신 괜찮은 척에 익숙해지게 돼. 괜찮은 척을 자연스럽게 할 수 있지."

괜찮은 척을 자연스럽게 할 수 있는 거면 괜찮은 거 아닌가. 승원은 공감이 되지 않았지만 길게 묻지 않았다. 진지한 이야기를 하는 건 재미없다.

그 일 말고는 딱히 유정이 자신의 우울을 얘기한 적은 없다. 유정과 사귀는 일은 즐거웠다. 학원에 다니니 매일 만나노는 건 아니지만 주말에는 자주 함께 있었다. 엄마에게는 스터디카페에서 친구들과 공부한다고 했다.

처음엔 같이 밥을 먹고 영화를 봤다. 카페를 가고 쇼핑을 했다. 가끔 네 컷 사진이라는 걸 찍기도 했다. 노래방을 간 적도 있었다. 그런데 그게 루틴이 되어버려 나중에는 재미가 없어졌다. 숙제하는 기분이 들기도 했다. 카페에서는 대화도 없이 각자 휴대폰을 보며 앉아 있을 때도 많았다. 슬슬 재미가 없어졌다. 친구들과 함께 있을 때 농담 따먹기를 하듯 은근슬쩍 그런 기분을 털어놓았다.

"야, 요새 누가 그렇게 범생이같이 노냐?"

승원의 이야기를 들은 녀석이 쏘아붙이듯 말했다.

"그럼 어떻게 놀아?"

남자 녀석들은 눈빛을 교환하더니 낄낄거렸다. 승원은 어리둥절하게 그 애들을 보았다. 녀석들은 자기들끼리 뭔가를 속닥거렸다. 그러더니 한 녀석이 승원의 귓가에 입술을 갖다 댔다. 명택이라는 친구였다.

"걔랑 그거 해봤냐?"

아무리 순진하다고 해도 그 순간 명택이 말한 '그거'라는 게 뭔지 모를 수 없었다. 머릿속에 드는 생각과 동시에 얼굴에 열이 올랐다. 그 반응을 보고 다른 녀석들은 다시금 웃어댔다. 다들 경험이 있는 것 같았다. 그렇다고 멍청이처럼 "너희들은 해봤어?" 물을 생각은 없었다.

승원의 어리바리한 얼굴이 녀석들에게는 대답이 된 것 같았다. 명택은 숙였던 허리를 펴며 말했다.

"너 여친이랑 룸카페도 안 가봤냐?"

"룸카페?"

명택이 피식 웃었다. 그러고는 큰 비밀 이야기라도 해주듯 목소리를 낮추었다.

"요즘 거기서 다 해. 그냥 노래방처럼 방이 있는데 거기 들어가서 노는 거야. TV도 있고 창도 다 가려져 있어. 안에서 뭘 하든 주인은 신경도 안 써."

"뭘 하든이래."

둘러싸고 있는 녀석들이 웃음을 터트리며 서로를 쳐댔다. 괜히 승원의 어깨를 잡고 흔드는 녀석도 있었다. 승원은 룸카페에 대해서는 전혀 알지 못했지만 자세히 묻지는 않았다. 친구들 사이에서 모자란 놈 취급을 받기는 싫었다. 명택이 승원의 어깨를 감싸안으며 속삭였다.

"요즘 여친이랑 안 하는 놈은 너밖에 없을 거다."

그 이후 다른 사람들의 눈에 띄지 않게 휴대폰으로 룸카페를 검색해봤다. 룸카페는 명택의 말대로 안에 들어가면 주인이 뭘 하는지조차 모를 밀폐된 공간이었다. 룸의 크기는 대부분 작은 노래방 하나 정도 되었는데 창이 없거나 선팅지로 가려져 있었다. 접이식 소파를 펼치면 누울 만한 침대처럼 만들어지는 곳도 있었다. 비용도 노래방과 큰 차이 없었다. 한 사람당 만 원씩만 내면 과자와 음료수도 무제한으로 먹을 수 있었다. TV에는 각종 OTT 프로그램이 깔려 있어서 영화든 드라마든 볼 수 있었다. 거기서 생일파티를 하기도 하고 편하게 영화를 보기도 하는 것 같았다. 물론 처음에는 말이다.

모두 그렇게만 사용하는 건 아닌 듯했다. 특히나 아무 데나 갈 수 없는 청소년들 사이에서는.

그때쯤부터 그 생각만 했다. 다른 녀석들은 전부 여자와 해봤을까. 실제로 유정과 섹스를 하는 상상도 했다. 유정을 보면 왠지 가슴만 보게 되고 치마 아래로 드러나는 다리에 성기가 무지근해지기도 했다. 밤에는 불법 사이트에 들어가 야한 동영상을 다운받아 보았다. 헤드폰을 끼고 봤기 때문에 엄마가 알 리는 없었다.

자위를 많이 했다. 하지 않고는 견딜 수 없었다. 성기를 손에 쥐고 숨을 헉헉대다 보면 머리끝부터 발끝까지 말할 수 없는 감각이 차올랐다. 그러고 나면 몸에 기운이 빠지고 죄책감 비슷한 기분이 들기도 했다. 그런데 어느 때부턴가 그런 느낌이 없었다. 실제로 유정과 한다면 이것보다 더 짜릿한 기분이 들까 궁금했다. 자위할 때 유정의 알몸을 떠올리기도 했다. 동영상 속 여자들의 얼굴에 유정의 얼굴을 덧입혀보기도 했다.

— 영화 예매할까?

주말이 다가오던 목요일 저녁 유정에게서 메시지가 왔다. 거의 습관처럼 하는 메시지다. 영화는 대부분 유정의 취향에 맞춰 예매하고 돈은 반씩 내왔다. 점심을 승원이 사면 카페 비용은 유정이 냈다. 사귄 지 한 달이 넘어가면서 데이트통장을 만들자는 얘기가 나왔지만 승원이 귀찮다며 거절했다. 슬슬 유정과의 사이가 재미없어지던 시점이었다.

그런데 이제 다시 흥미가 생기기 시작했다.

—아니, 영화는 보는데 우리 다른 데 가서 보자.

—어디 가서? DVD방?

승원은 웃었다.

—룸카페.

룸카페에 대해 유정이 모르면 좋고 알아도 상관없었다. 룸카페를 아는데도 따라온다면 이미 마음의 준비가 됐다는 얘기나 다름없었다.

—그런 게 있어?

—어.

그 주 주말에 만났다. 유정은 하얀색 원피스를 입고 나왔다. 둥근 칼라가 커다랗게 달려 있었고 허리는 끈으로 조이는 원피스였다. 걸을 때마다 치마 끝이 허벅지를 치며 속살을 드러냈다. 그 아래로 손을 넣는 상상을 자신도 모르게 했다.

"가자."

미리 알아본 룸카페가 있었다. 주인과는 입실할 때만 보면 됐고 음료를 가지고 들어간 다음에는 나올 필요가 없었다. 당연히 창문은 없었고 복도는 어두웠다. 방은 좁았지만 둘이 있기에는 충분했고 침대 같은 소파는 아니었지만 작은 2인용 소파 아래로 누울 수 있게 매트가 깔려 있었다.

룸카페는 미리 알아본 것과 크게 다르지 않았다. 돈을 치르고 안으로 들어갔다. 방 번호를 안내받고 좁은 복도를 따라 걸었다. 복도 양옆으로 있는 방 앞을 지날 때 안에서 무슨 소리가 들리나 신경을 썼다. 방음은 잘되지 않는지 여러 소리가 뒤섞여 들렸는데 보통 영화를 보는 것 같았다. 전쟁영화를 보는지 어떤 방 안에서는 총소리가 들려오고 있었다. 다른 손님들을 마주치지는 않았다.

"이런 데도 다 있네."

방 안으로 들어가자 유정이 신기하다는 듯 방을 둘러보았다. 방 안은 예상 외로 밝았다. 아이보리색 소파에는 버터색 쿠션이 놓여 있었고 여기저기 아기자기한 소품들로 꾸며져 있었다. 음침할 거라 생각했는데 생각보다 그렇지는 않았다. 신발을 벗고 올라간 유정이 소파에 다리를 모으고 앉아 미소를 지었다. 그 와중에도 치마 아래쪽이 신경 쓰였다.

"내가 음료랑 과자 가지고 올게."

"그래."

긴장은 기대를 동반했다. 과자와 음료를 대충 담아 들고 방 안으로 돌아갔을 때 유정은 영화를 고르고 있었다. 유정이 고른 것은 1년 전에 개봉한 범죄영화였다. 살인 사건이 발생하고 시신이 없어지면서 생기는 미스터리를 푸는 영화였다.

"이런 건 재미없어."

문을 닫고 들어간 승원이 유정에게서 리모컨을 받아 들고 직접 검색했다. 승원이 찾은 영화는 미국 로맨스영화였다. 이것 역시 미리 찾아놓은 영화다. 19금 영화는 아니지만 키스 신이 많다는 리뷰를 보고 골랐다.

"너 이런 영화 안 좋아하잖아?"

"아니, 요즘엔 이런 게 재밌더라고."

영화를 틀고 승원은 얼른 불을 껐다. 창 하나 없는 어두운 공간에 모니터 화면만 환하게 빛났다. 영화가 시작되자 유정은 화면을 응시했다. 아무 생각 없어 보였다. 승원은 당연히 집중하지 못했다. 유정이 몇 번이나 과자를 집어 먹는 동안 승원은 음료수만 홀짝였다.

드디어 첫 번째 키스 신이 나왔다.

묘한 공기가 방 안을 메우는 것이 느껴졌다. 승원은 자기도 모르게 침을 삼키며 옆을 보았다. 유정은 화면에 집중하고 있었다. 영화에 집중한 것이 아니라 고집스럽게 화면만 보고 있는 거라는 걸 알 수 있었다. 몸을 자연스럽게 유정에게 기울였다. 유정은 고개를 살짝 비틀면서 입안으로 입술을 말아 넣었다가 뺐다. 긴장한 그 입술 위에 승원이 입술을 덮었다.

키스를 처음 한 것은 아니었다. 첫 키스는 사귀고 나서 사흘째였다. 그 뒤로도 몇 번쯤 했다. 하지만 그건 입술을 붙이고 문지른 것 정도에 지나지 않았다. 오늘 승원은 조금 더 깊은 키스를 원했다. 영화에서 본, 더 깊은 관계로 나아가기로 결심했다. 머릿속에는 뭔가가 꽉 차 있었는데 그게 본능에 가까운 열망 덩어리라는 것을 깨닫지 못하고 있었다.

고집스럽게 꼭 붙어 있는 유정의 입술을 자신의 혀로 가르고 들어갔다. 유정의 입안으로 승원의 혀가 들어가자 당황한 유정은 승원의 팔을 잡고 있던 손에 힘을 꽉 주었다. 흡, 하고 숨을 들이쉬었다. 승원은 서툰 솜씨였지만 혀로 유정의 혀를 어루만졌다.

그때 승원의 손은 유정의 뺨 위에 있었다. 그 손이 천천히 아래로 향했다. 그러고는 유정의 동그란 가슴 위에 얹었다. 손을 오므려 말랑한 가슴을 꾹 잡아보았다. 단번에 성기가 발기했다.

"자, 잠깐만."

당황한 유정이 승원의 손을 잡아뗐다. 양손으로 승원의 어깨를 밀었다. 승원은 온몸이 후끈거리는 것을 느끼면서도 유정에게서 떨어져 나갈 수밖에 없었다. 유정은 당황한 듯 크게 뜬 눈을 깜박였다.

"저기 좀……."

"우리 사귄 지 한 달도 넘었잖아. 남들도 다 이 정도는 해."

승원이 다시 유정의 입술을 덮으려 했다. 유정이 고개를 비틀었다. 그녀는 문 쪽을 보고 있었다. 승원이 말했다.

"아무도 안 봐. 창도 없잖아."

승원은 유정의 턱을 잡고 다시 입을 맞추었다. 그러고는 천천히 깊은 키스를 하기 시작했다. 이번엔 손을 바로 유정의 가슴에 올렸다. 유정이 몸을 움찔하기는 했지만 승원을 밀어내지는 않았다. 승원은 조금 더 나아가보기로 했다. 손을 아래로 내려 유정의 원피스 아래로 넣었다. 유정의 몸이 굳는 게 느껴졌지만 승원의 손은 유정의 속옷까지 다다랐다. 그 속옷 끝을 잡았을 때 유정이 다시 승원을 밀어냈다.

"잠깐만."

"왜?"

승원이 번들거리는 눈으로 유정을 보았다. 화면 속 영화에서는 주인공이 회사 상사에게 괴롭힘을 당하고 있었지만 그건 전혀 승원의 관심사가 아니었다. 유정은 승원에게서 얼른 몸을 떼며 옷매무새를 다듬었다.

"너무 갑작스러워."

"다들 이 정도는 한다니까?"

"그래도 이건 아닌 것 같아. 미안."

유정은 얼른 일어나 방문을 열었다. 그러고는 쏜살같이 밖으로 나가버렸다. 유정을 불렀지만, 뒤도 보지 않았다. 방문이 닫혔다. 깊은 짜증이 솟구쳤다. 승원은 주먹으로 바닥을 쳤다.

밖으로 나가니 유정이 기다리고 있었다. 승원은 계단을 내려서며 유정을 흘끗 본 후 혼자 앞서 걸어가기 시작했다. 유정이 그 뒤를 따라왔다. 뭔가 말을 걸려고 하는 것 같았지만 금세 입을 다물어버리곤 했다.

도로변에 서서 앱으로 택시를 불렀다. 5분도 지나지 않아 콜을 받은 택시가 왔다. 승원은 바로 택시에 타버렸다. 창밖으로 당황한 유정이 있었지만 본 척도 하지 않았다.

택시를 타고 집으로 향하는데 유정에게서 메시지가 왔다.

―미안해. 내가 너무 당황했어.

―생각지도 못한 일이라.

―그래도 오늘 즐거웠어.

메시지는 몇 분 간격으로 이어졌다. 승원은 답하지 않았다.

―화났어?

―너무 민망해서 그랬어.

그 말에 답장을 보냈다.

―나는 안 민망한 줄 알아? 너 때문에 다 망쳤어.

승원은 잘 알았다. 유정이 '너 때문에'라는 말에 얼마나 취약한지를.

머리로 아는 건 아니었다. 거의 본능으로 알았다. 유정은 사과 문자를 계속 보냈다. 승원은 유정이 다섯 번 보내면 한 번 대답을 보낼까 말까 하는 정도로 성의 없는 문자를 보냈다. 마침 그즈음부터 승원의 성적이 떨어지기 시작했다. 엄마는 불법 과외도 불사했다. 학원을 줄이고 잠을 줄여서 집에서 불법 과외를 받았다. 스트레스가 극에 달했다. 유정도 그 사실을 알았다. 그래서 승원의 눈치를 자주 보았다. 승원을 기분 좋게 하려고 어떻게든 밝은 목소리를 냈다. 그렇게 얼마를 있었을까. 유정에게서 메시지가 왔다.

─이번 주에 룸카페 갈까?

회심의 미소를 지었던 것 같다. 그리고 그 주 주말에 바로 유정과 룸카페에서 첫 경험을 했다. 유정은 내내 긴장한 얼굴이었다. 나무토막같이 누워서 승원이 벗기는 대로 가만있었다. 승원은 동영상에서 본 대로 유정의 가슴을 빨고 성기를 만졌다. 삽입을 할 때 유정이 너무 아파했다. 비명을 지를까 봐 입을 막았다. 주먹을 너무 꽉 쥐어 유정의 손바닥에 손톱자국이 난 것은 나중에 나와서야 알았다.

섹스는 별로였다. 너무 기대한 탓인지 어이없게 끝나버렸다. 통나무처럼 누워 있던 유정은 일어나 물티슈로 아래를 닦았다. 승원이 먼저 룸카페를 나왔고 별말 없이 유정이 그 뒤를 따랐다. 그날은 유정을 택시에 태워 먼저 보냈다.

그날 이후 몇 번 더 관계를 했다. 룸카페에서 할 때도 있었고, 한번은 유정의 집에 가서 하기도 했다. 유정의 엄마가 워크숍으로 집을 비운 날이었다. 바닥이 아닌 침대에서, 어른이 없는 집에서 하는 건 생각보다 나쁘지 않았다. 그럴 때는 유정에게 이런저런 요구를 했다. 나무토막처럼 있지 말고 슬슬 몸을 움직이라고도 했다. 마음껏 소리를 내게 했다. 그건 승원의 기분을 좋게 했다. 거의 만날 때마다 했다. 유정의 엄마는 자주 집에 늦게 들어왔다. 대부분 유정의 집에서였다. 그러다가 비밀번호도 자연스럽게 알게 됐다.

그때쯤부터 재미없어졌다.

유정과는 매번 비슷한 패턴이었다. 한번 알고 나니 그다지 흥분되지 않는 날도 많았다. 그보다는 떨어지는 성적이 더 신경 쓰였다. 과외에 시간을 많이 투자했다. 유정의 문자를 읽지 않는 날도 많았다. 유정은 왠지 점점 더 자주 메시지를 보냈다.

그래서 지겨워졌다. 차가워진 것을 느껴서인지 유정은 더욱 매달렸다. 안 그러더니 자주 만나자고 했고 만나면 어떻게든 룸카페로 그를 이끌려 했다. 자신에게 잘 보이는 것이 인생 최대의 목표인 애처럼 굴었다. 지긋지긋했다.

결국 유정에게 헤어지자고 했다.

"너 그거 집착이야, 알아?"

헤어지기 싫다는 유정에게 소리를 질렀다.

"지긋지긋해. 네 불행이 나한테 옮는 것 같다고."

그 말이 유정에게 상처가 될 거라는 걸 명백히 알았다. 알면서 말한 거다. 상처를 받으라고. 그리고 떨어지라고. 그 말을 들은 유정의 창백해진 얼굴을 잊을 수가 없다.

그랬던 유정이 사라졌다. 유정은 결국 시신으로 발견되었다. 남자친구였던 자신이 수사 대상에 오른 것은 어쩔 수 없는 일이었다. 유정과 헤어졌다고 모두 진술했다. 유정이 사라진 날부터의 승원의 알리바이는 명확했다.

하지만 다시 경찰이 출석요구서를 보내왔다. 엄마 때문에 유정의 일기장이 발견됐기 때문이다. 경찰이 무슨 얘기를 할지는 이미 알고 있었다. 사라지기 하루 전 유정이 자신에게 와서 던졌던 그 폭탄 같은 한마디.

"나 임신했어."

**3**

귀로는 들었지만, 그 뜻이 이해되지 않는다는 것은 이런 순간을 두고 하는 말일 것이다. 승원은 한참이나 멍하니 유정을 바라보았다. 하얗게 질린 얼굴로 손을 떨고 있었다. 그 손에 뭔가 막대기 같은 것이 들려 있었다. 승원이 아무런 대답이 없자 유정은 그걸 승원에게 내밀었다. 승원은 차마 받

149

지 못하고 내려다보기만 했다. 플라스틱 막대기 가운데에 빨간색 줄이 두 개 그어져 있었다.

그게 뭔지 모를 정도로 바보는 아니다. TV에서도 몇 번인 가 보았고 학교에서도 성교육 시간에 본 적이 있다. 하지만 그런 걸 배우는 그 순간에도 이것이 자신의 눈앞에 들이밀 어질 것이라고는 생각해본 적이 없었다.

"그래서?"

"뭐?"

생각지도 못한 말을 들었다는 듯이 유정이 고개를 퍼뜩 들었다. 승원은 짜증이 가득 밴 얼굴로 머리를 쓸어 넘겼다.

"이걸 나보고 어쩌라고? 설마 낳겠다는 뜻은 아니지?"

그렇게 말했을 때 유정은 명백히 상처를 받은 표정이었 다. 유정은 임신테스트기를 쥔 손에 힘을 꼭 주었다.

"그런 뜻은 아니야. 나도 무서워. 무서워서 어쩔 줄 모르 겠어서……. 의논해야 할 것 같아서 온 거야."

승원은 기가 막힌다는 듯 목소리를 높였다.

"나한테 의논해서 어쩌자고? 니가 알아서 해야 할 거 아 니야."

유정의 몸이 굳었다.

"너는 어떻게 그렇게 조심성이 없냐? 그런 거 하면 여자 들이 알아서 피하고 그런 거 있지 않냐?"

"지금 이게 나 때문만이라는 거야?"

"상황이 지금 그렇잖아. 그래서 뭐? 낳겠다는 건 아닐 거고 같이 병원이라도 가자는 건 아니지?"

"그럼 나 혼자 가?"

"고등학생들끼리 간다고 잘도 수술해주겠다."

"그럼 어떻게 해."

유정은 몸을 부르르 떨었다. 주저앉아 울음을 터트릴 것만 같은 얼굴이었다. 완전히 패닉 상태에 빠진 것 같았다. 하지만 승원은 그런 유정을 붙잡아주거나 안아서 위로해줄 마음은 없었다. 여기서 자칫 잘못하면 발목이 잡힌다. 제대로 선을 그어야 한다. 그 생각뿐이었다. 유정이 울 듯한 목소리로 말했다.

"난 엄마한테 말할 수 없어. 말했다가는 울 엄마 난리 날 거야. 나 때문에 그렇게 고생하시는데, 실망을 끼칠 수는 없어."

"얘가 큰일 날 소리 하네. 말하긴 누구한테 말해!"

"그럼 어떻게 하라고."

유정은 완전히 울상이었다. 승원은 엄지손톱을 물어뜯었다. 어릴 때부터 긴장이 될 때면 하는 버릇이었다. 중학교에 들어서면서 완전히 없어진 버릇이라고 생각했는데 이 순간에 겨우 고친 버릇이 튀어나왔다. 마음이 조급해지면서 가슴이 조이는 느낌이 들었다. 유정이 원망스럽기만 했다. 한참 만에 방법이 생각났다.

"인터넷에서 어른 하나 섭외하면 돼."

"그게 무슨 소리야?"

"담배 하나 사는 데도 대리 구매가 돼. 돈 주면 그 정도 일 해줄 사람 없을까 봐? 부모라고 속이고 데리고 가서 수술하면 돼."

승원은 피우지 않지만 친구들은 다 그런 식으로 담배를 구했다. 인터넷에 검색하면 간단히 [댈구해드립니다] 라는 글을 찾아볼 수 있었다. '댈구'는 대리 구매의 준말이다. 담뱃값에 1, 2천 원만 더 내면 담배를 사다 주는 어른은 쌔고 쌨다. 돈은 좀 많이 들겠지만 병원에 같이 가줄 성인 하나 구하지 못할 리 없었다.

"그럼 지워?"

유정은 손을 배에 올리고 있었다. 기가 막혀 말이 안 나왔다.

"그럼 낳을 거야? 얘가 사람 잡을 소리 하네?"

"그런 게 아니라 무서워. 애를 지우는 거 무섭단 말이야."

"낳는 건 안 무섭냐?"

"그것도 무섭지. 근데 배 속에서 애를 죽이는 거잖아. 내 배 속에서 살인이 일어난다고 생각하면……."

"소설 쓰고 앉았네. 지금 그딴 소리나 할 때야?"

소리를 버럭 질러 핀잔을 주었다. 그러고는 지갑을 열었다. 용돈을 받은 지 얼마 되지 않아 5만 원짜리 두 장이 들어 있었다. 그걸 꺼내 유정에게 던졌다. 돈은 팔락거리며 날아가 유정의 배를 맞고 힘없이 바닥에 떨어졌다.

"일단 그걸로 사람 구해봐. 수술이라도 하게 되면 나중에 따로 연락해. 수술비 절반은 내가 낼 테니까."

사실 모른 척하려면 충분히 할 수도 있었다. 그래도 같이 책임을 져주는 게 인간적이라고 생각됐다.

유정은 돈을 얼른 집어 들지 않았다.

"그리고 잊었나 본데. 나는 분명히 헤어지자고 말했다."

유정이 고개를 들었다.

"우리 헤어졌다고. 나 귀찮게 할 일 만들지 말라는 거야. 괜히 소문이라도 냈다가는 가만히 안 있을 거니까 알아서 해."

대답은 돌아오지 않았다.

"알아들었어?"

이번엔 대답을 기다리지 않고 홱 돌아섰다. 유정은 그런 승원을 잡지 않았다. 바닥에 떨어진 돈을 줍지도 않았다. 괜히 자존심을 부리는 거라고 생각했다. 어차피 자신이 들어가면 돈을 들고 갈 거라고 생각했다. 일이 이쯤에서 정리되기를 바랐다.

그런데 승원은 그 자리에 붙박인 듯 서버렸다.

"엄마……."

눈앞에 엄마가 있었다. 충격을 받은 얼굴은 이미 두 사람의 이야기를 모두 들었다고 말하는 것 같았다. 시간이 멈춘 듯 셋 모두 그 자리에서 움직이지 않았다. 유정의 얼굴은 파랗게 질려 있었다. 핏기가 가신 얼굴의 엄마가 천천히 걸음을 떼 가까이 다가왔다.

"내가 잘못 들은 거지?"

아무도, 어떤 대답도 하지 못했다.

"내가 잘못 들은 거냐고!"

"엄마."

엄마가 고개를 돌렸다. 승원은 엄마가 자신의 뺨을 때릴지도 모른다고 생각했다. 그러나 그런 일은 벌어지지 않았다. 엄마는 아주 낮은 목소리로 말했다.

"넌 들어가."

"어?"

"넌 들어가라고. 어서!"

단지 안을 쩌렁쩌렁 울리는 소리에 승원은 유정을 한번 힐끗 보고는 걸음을 옮겼다. 유정의 애원하는 눈빛이 마음에 걸렸지만, 이 자리에서 누구보다 도망치고 싶은 것은 승

154

원 자신이었다.

엄마와 유정 사이에 어떤 대화가 오갔는지는 모른다. 엄마는 밖에서 채 30분을 있지 않았다. 돌아온 엄마는 단호히 말했다.

"엄마가 정리할 거야. 그러니까 앞으로 그 애 만나지 마."

"애 지운대?"

엄마가 고개를 홱 돌렸다. 그 눈이 너무 매서워서 승원은 움찔 놀랐다. 한 번도 엄마의 그런 눈빛은 보지 못했다. 화가 난 할머니의 눈을 떠올리게 했다.

"넌 그런 거 신경 쓰지 마. 그러니까 그 애랑 연락도 하지 말고 만나지도 마."

승원은 기어들어가는 목소리로 대답했다.

"어차피 헤어지려고 했어."

엄마는 낮은 한숨을 쉬었다.

"그럼 됐어. 나머지는 엄마가 해결해. 두 번 다시 이 얘기는 꺼내지 마. 넌 아무 신경도 쓰지 말고 공부에나 신경 써."

"알았어."

엄마는 말 그대로 두 번 다시 그 얘기를 하지 않았다. 승원도 자신의 시간으로 돌아갈 수 있었다. 독서실에 가겠다고 집을 나와 친구들과 PC방에 갔다.

엄마가 해결한다는 말은 진짜였다. 이틀 정도 유정에게

서 연락이 오지 않았다. 어쩌고 있는지 전혀 궁금하지 않은 것은 아니었지만 괜히 연락을 했다가 발목을 잡힐까 걱정되어 하지 않았다. 유정에게서 연락이 없는 것을 보면 일이 잘 해결되고 있는 것 같기도 했다. 엄마가 데리고 가 수술을 했는지도 몰랐다. 유정이 자신을 귀찮게 할 생각을 하지는 않는 것 같아 다행이라고 생각했다.

그럴 때 경찰이 찾아왔다.

유정이 실종됐다는 것이다. 유정의 휴대폰 메시지 기록을 토대로 승원과 사귀었다는 것을 알게 된 것 같았다.

승원은 유정이 가출을 한 건 아닐까 생각했다. 임신한 게 무서워서 무턱대고 집을 나갔나 싶었다. 청소년 보호시설이나 미혼모 시설이 있다는 것은 평소에 뉴스를 통해 알고 있었다. 유정이 그런 곳에 갔을 거라는 생각이 들었다. 가슴이 답답해졌다. 어느 날 갑자기 애를 안고 들이닥치지는 않을까 하는 걱정이 들었다. 그때까지만 해도 범죄에 대한 생각은 조금도 하지 않았다.

그런데 유정의 시신이 발견되었다. 자살일까 싶었던 것도 잠시, 명백한 살인이라고 했다. 누군가 끈으로 유정의 목을 졸라 죽였다고 했다.

유정과 대화하는 내용을 엄마에게 들켜 유정을 혼자 두고 들어왔던 날, 유정은 승원에게 연락하지 않았다. 다음 날 유정이 학교에 온 것은 알았지만 걱정하는 것처럼 자신을 찾아오거나 하지는 않았다. 정말로 엄마가 해결한 건지도 몰랐다. 기분이 홀가분해졌다. 하교 후 승원은 친구들에게 연락을 돌렸다.

그날 밤 10시까지 PC방에서 놀았고 곧장 집으로 돌아왔다. 그 뒤로 유정의 시신이 발견될 때까지 학교와 학원 그리고 집을 오갔다. 모든 내역은 CCTV로 남아 있을 것이다. 경찰 역시 그걸 확인하고 자신에게는 용의점이 없다는 걸 알았기에 더는 귀찮게 하지 않았을 것이다.

유정을 누가 죽였을까? 승원도 궁금했다. 마음속에 어렴풋한 의심이 없는 것은 아니었다. 혹시 유정이 대리 보호자가 될 사람을 구하지 않았을까? 그 사람을 만나 무슨 문제가 있었던 것 아닐까? 예를 들면 대리 보호자가 될 사람을 남자로 구했는데, 그 사람이 유정을 성폭행하려 하다 살인을 했다든가 하는 것 말이다. 유정이 발견됐을 때 성폭행의 흔적은 없었지만 유정의 하의는 벗겨져 있었다고 했다.

그래도 다행이라는 생각이 가슴 깊은 곳에서 불쑥 머리를 치켜들었다.

살해당한 것은 안타깝지만 이제 유정이 없으니 자신을 곤란하게 할 일은 생기지 않을 것이다. 예전처럼 다시 공부에 매진하면 될 일이고 괜찮은 대학에 들어가 자신의 삶을 살면 된다. 유정의 죽음에 슬프지 않은 자신을 보면서 조금 놀랐지만 그뿐이었다.

유정의 일기장은 유정이 실종됐다는 걸 알았을 때부터 불안 요소였다. 매일 일기를 쓰던 유정이 자신의 임신 사실을 일기에 적지 않았을 리 없었다. 거기에 자신의 이름이 있을 것은 명확했다. 새벽같이 학교에 가 유정의 사물함을 뜯었다. 하지만 찾을 수 없었다. 집에 있을까? 그렇다면 분명 경찰이 먼저 찾았을 것이다. 내용을 봤다면 자신을 찾아오지 않았을 리 없다.

초조했다. 아무것도에 집중할 수 없었다. 자꾸 유정의 일기장 내용만 신경 쓰였다. 임신시킨 것만 쓰여 있으면 다행이었다. 자신은 상관없다고 발을 빼고 대리 보호자를 구하라는 얘기만 하고 돈을 던진 것까지 쓰여 있다면, 그게 알려진다면 자신은 더 이상 얼굴을 들고 다닐 수가 없을 것이었다.

승원의 그런 불안을 먼저 느낀 것은 엄마였다.

"혹시 무슨 일 있니?"

그렇게 물어왔을 때 엄마의 얼굴은 어두웠다.

"아무 일도 아냐."

돌아서는 승원의 손을 엄마가 다급히 잡았다.

"난 네 엄마야. 무슨 일이 있으면 엄마한테 말해야 해. 엄

마는 항상 네 편이야. 어떤 순간이 와도 널 위해서, 네 편이
되어줄 사람이야."

엄마의 눈빛은 불안에 떨리고 있었다. 승원은 엄마가 왜
그런 눈빛을 하는지 몰랐다. 엄마라면 다른 곳에 신경 쓰지
말고 공부나 하라고 화를 내야 했다. 왜 엄마가 불안해하는
지 이해할 수 없었다. 승원이 가만히 응시하자 엄마는 불안
에 완전히 무너진 얼굴로 말했다.

"설마……. 그 앨 죽인 게 너니?"

유정의 임신 때만큼은 아니지만 승원은 순간적으로 머릿
속이 멍했다. 자신도 모르게 엄마의 손을 뿌리쳤다.

"뭐라는 거야?"

"그게 아니면 요즘 왜 그렇게 정신을 딴 데 놓고 있어? 밥
도 잘 못 먹고. 너 너무 불안해 보여."

승원은 자신의 엄마를 빤히 보았다. 엄마는 나약한 사람
이었다. 매일 할머니에게 그런 취급을 받아도 할머니를 벗
어나지 못하는 사람이었다. 아빠가 죽었으니 충분히 할머
니와 연을 끊을 수도 있었다. 그러나 돈이 필요했다. 엄마는
스스로 돈을 벌 수 없는 사람이었다. 지금의 생활 정도는 유
지하고 싶고, 자식도 키워야 했다. 그걸 엄마는 스스로 감당
할 수 없었다. 그래서 할머니에게 손을 벌리고 살면서 할머
니의 노예가 된 사람이었다. 승원은 엄마를 그렇게 판단하

고 있다.

자신에게 문제가 생긴다면 할머니의 노여움을 살 거다. 엄마가 가장 두려워하는 상황이다.

"걔 일기를 썼었어."

엄마가 눈을 깜박였다.

"내 얘기가 적혀 있을 거야."

엄마의 얼굴이 경악으로 일그러졌다.

"내가 죽인 건 아니라도 내가 임신시켰다는 사실이 밝혀지면……. 그리고 그걸 수습하려다 죽은 거면 나는……."

그게 드러나면 자신은 학교에서 완전히 쓰레기가 되는 것이었다. 어쩌면 전학을 가야 할지도 모른다. 경찰 조사를 처음부터 다시 받게 되는 계기가 될 수도 있다. 무엇보다 다른 아이들에게 받는 시선이 끔찍이도 싫었다. 만약 그렇게 되면 공부도 삶도 유지할 수 없을 거라고, 승원은 엄마를 협박하듯 말했다.

"그러면 할머니도 난리 날 거잖아."

"일기장이 있었다면 경찰이 벌써 찾았을 거야."

"그런 걸 적어놓은 거니까 방에 아무렇게나 두지는 않았겠지."

"그럼 학교에 있나?"

"사물함은 이미 내가 뒤져봤어."

엄마는 뭔가를 생각하다 결심한 듯 물었다.

"걔 집 비밀번호 알아?"


다음 날 유정의 친구인 한수연을 찾아갔다. 한수연은 생각보다 침착한 얼굴이었다. 유정이가 죽어 슬픔에 가득 차 있는 것 같지는 않았다. 유정의 제일 친한 친구였지만 진정한 친구였는지는 알 수 없었다.

"물어볼 게 있어."

"뭔데?"

"유정이 일기장에 대해서 알아?"

한수연은 승원의 얼굴을 빤히 보았다. 뭔가를 읽어내려는 사람처럼 승원의 얼굴을 살펴보았다. 그러고는 한참 만에 입을 열었다.

"일기를 매일 썼다는 건 알고 있어."

"그 일기장이 어디 있는지 알아?"

"유정이 사물함……. 너야?"

"묻는 말에만 대답해. 그 일기장이 어디 있는지 아냐고."

한수연은 한참 생각에 잠겼다. 가끔 아랫입술을 잘근 깨물기도 하고 한숨을 내쉬며 머리를 쓸어 넘기기도 했다.

"자기 속내를 다 써놓는 일기장이라 숨겨놓는다고 했어."

"어디에 숨겨놨는지 알아?"

"방에. 자기 방 책상하고 벽 사이에 조금 뜬 공간이 있는데 거기에 끼워서 숨겨놓았다가 몰래 꺼내서 쓴다고 했어."

"알았어."

승원은 바로 말을 이었다.

"내가 너한테 오늘 물은 건 없었던 일로 해줘."

승원은 돌아섰다. 그 발길을 잡은 것은 한수연의 말이었다.

"그 일기장!"

승원이 다시 뒤돌아보았다. 한수연이 얼굴을 일그러트리며 시선을 피했다. 뭔가 불편한 듯 보였다.

"없앨 거야?"

승원의 눈에 의아한 기색이 서렸다.

"그건 왜?"

"그 일기장을 빼 오려는 거지? 어떻게? 집 비밀번호도 모르잖아."

"그걸 왜 네가 궁금해하냐고."

한수연은 대답하지 않았다. 대신 한쪽 팔로 다른 쪽 팔을 쓸었다. 뭔가 곤란해하는 것을 느낄 수 있었다. 승원은 그대로 돌아섰다. 그리고 천천히 걸어 교실로 돌아오면서 확신할 수 있었다.

한수연. 너 역시 그 일기장에 뭔가 있구나.

하지만 한수연에 대해서 생각할 시간은 없었다. 어쨌든

일기장을 찾으면 알게 될 일이었다. 집에 돌아와 엄마에게 일기장의 위치에 대해 이야기해주었다.

일기장은 엄마가 가지고 나왔다. 그런데 덜미를 잡혀 자신을 곤란하게 하리라곤 생각하지 못했다.


**4**


승원은 한참이나 멍하니 거실에 앉아 있었다. 그것 말고는 자신이 뭘 해야 하는지 알지 못했다. 저녁 시간이 다 됐지만 엄마는 여전히 집에 돌아오지 않고 있었다. 조사가 얼마나 길어질지 알 수 없었다. 배도 고프지 않았다.

초인종이 울렸다.

튕기듯 소파에서 일어섰다. 급한 걸음으로 거실을 가로질렀다. 누구인지 묻지도 않고 바로 문을 열었다.

"아……."

승원은 곤란한 듯한 얼굴을 하며 한 걸음 물러났다. 현관 앞에 서 있는 것은 선생님이었다. 엄마가 붙여준 뒤로 과외를 하러 일주일에 세 번 집으로 방문하고 있다. 선생님은 문 앞에서 멀뚱히 서 있는 승원이 이상한지 고개를 갸웃했다.

"무슨 일 있니?"

"그게 저……."

대답하려 할 때였다. 승원의 눈이 휘둥그레졌다. 선생님의 등 뒤로 두 명의 남자가 나타났기 때문이었다.

"허승원 학생?"

처음 보는 남자들이었다. 하지만 말투만 들어도 경찰이라는 것을 알 수 있었다. 지난번에 조사를 담당했던 형사는 아니었다. 그는 지금쯤 엄마를 조사하고 있을지도 모른다.

"무슨 일……."

가운데 선 선생님이 어리둥절한 얼굴로 그들과 승원의 얼굴을 번갈아 보았다. 형사들은 선생님을 향해 신분증을 들어 보였다.

"형사입니다. 허승원 학생과 관계가 어떻게 되시죠?"

선생님이 놀라 승원을 보았다. 승원이 재빨리 대답했다.

"과외 선생님이세요."

말을 걸어온 형사가 고개를 끄덕였다.

"과외 시간인가 보구나. 그런데 어쩌지? 같이 가서 설명해줘야 할 일이 있는 것 같은데."

승원은 완전히 당황해서 안절부절못하고 있는 선생님에게 말했다.

"선생님, 과외는 다음에 받을게요."

"어? 으, 응. 그래!"

선생님은 곧장 형사들 옆을 비켜 지나갔다. 선생님이 엘리베이터를 타고 내려간 뒤 승원은 형사에게 말했다.

"지갑이랑 휴대폰만 들고 나올게요."

"그래라. 여기서 기다리고 있을게."

여유 만만한 미소를 띠며 형사가 말했다. 승원은 현관문을 열어둔 채로 안으로 들어갔다. 가방은 아직 거실에 있었다. 가방을 열어 지갑을 꺼내고 테이블 위에 올려둔 휴대폰을 쥐고 잠시 그대로 서 있었다. 심장께가 불안하게 일렁였다. 크게 한숨을 내쉬며 마음을 다잡았다. 승원은 자기에게 암시를 걸듯 속으로 말을 걸었다.

'불안할 건 없다. 어차피 내가 죽인 것도 아니다. 임신한 애를 버렸다는 게 알려지면 나는 쓰레기 취급을 받겠지. 이제 그따위 건 상관없어. 전학을 가면 그만이야.'

처음부터 그냥 그렇게 생각했으면 좋았을 거라고 후회했다. 승원은 현관문으로 나갔다.

"가시죠."

형사들이 타고 온 차는 경찰차가 아니었다. 형사들은 다른 사람들의 눈을 피하기 위해 일반 차량을 타고 다닌다고 소설에서 본 적이 있었다. 다행이라는 생각이 들었다. 안 그랬다면 한 시간 내로 708호 아들이 경찰에 끌려갔다고 온 아파트에 소문이 날 것이었다. 그러고 보니 엄마는 어떤 차를 타고 갔을지 궁금하다.

뒷좌석에 올라타자 옆자리에 줄곧 말이 없던 형사가 앉았다. 조수석도 있는데 굳이 왜 옆에 타는지 불편하다는 생각이 들었지만 그들만의 규칙이 있을 거라 짐작하고 굳이 묻지 않았다. 차는 꽉 막힌 도로에 진입해 가다 서기를 반복하다가 눈에 익은 경찰서로 진입했다. 이미 해는 기울어 주변이 어두컴컴했다.

차가 주차장에 멈춰 서자 승원은 형사들을 따라 내렸다. 운전석에 있던 형사가 바로 옆으로 왔다. 도망이라도 갈까 봐 그러나 싶어 어이가 없었지만 말하지 않았다. 그들을 따라 들어간 곳은 지난번에도 갔었던 형사과였다. 혹시나 했는데 안으로 들어가자 앞서 조사를 담당했던 형사가 이쪽을 쳐다보고 있었다. 이름이 잘 기억나지는 않았지만 잘생긴 외모에 다정한 미소를 띠면서도 눈빛만은 날카로워서 바로 알아볼 수 있었다.

자연스럽게 그 형사의 앞에 앉았다. 승원을 데리고 온 두 명의 형사는 각자 자신의 자리로 흩어졌다. 주변을 둘러보았다. 엄마는 보이지 않았다.

"엄마는요?"

형사가 부드럽게 웃었다. 저 미소를 믿지 않는다.

"조사를 받는 중이시지."

승원은 눈을 아래로 내리깔았다.

"엄마가 왜 조사를 받고 계시는지 알지?"

"알아요."

승원은 일부러 당당하게 말했다. 형사의 웃는 표정에는 변함이 없었다.

"네가 엄마에게 일기장을 가져다주라고 부탁했니?"

"아뇨."

"유정이의 사물함을 부순 것도 너지? 일기장을 찾으려고. 그렇지?"

승원은 대답하지 않았다. 그것만으로 박동규 형사에게는 충분한 대답이 된 것 같았다.

"일기장이 어디에 있는지는 어떻게 알았지?"

승원은 잠시 머뭇거렸다. 하지만 말해도 상관없다고 곧 생각하게 됐다. 한수연에게서 들었다고 해도 그 애에게 해가 갈 일은 없다.

"현유정이랑 제일 친했던 애한테 들었어요."

"그 아이 이름이 뭐지?"

"……한수연이요."

박동규 형사는 잠시 뭔가를 생각했다. 그러고는 옆에 밀어두었던 수첩을 열어 메모를 했다. 한수연에게 확인하려는 건지도 모른다. 메모를 마친 형사는 다시 승원에게로 고개를 들었다.

"왜 그렇게까지 그 일기장이 필요했니?"

승원은 하, 기가 찬다는 듯 웃었다.

"일기장 읽어봤으면 이미 아시잖아요."

박동규 형사가 고개를 끄덕였다.

"유정이가 임신했다고 알고 있어서 그 사실을 숨기고 싶었니?"

뻔한 답을 할 생각은 없었다.

"그래서 헤어지자고 했지?"

승원은 대답하지 않았다. 예상한 반응이었는지 박동규 형사가 바로 말을 이었다.

"유정이 통화 내역을 확인했단다. 아이를 지우라고 하고 나서 너는 한 번도 유정이에게 전화를 걸지 않았더구나."

"엄마가, 알아서 해줄 거라고 생각했어요."

"엄마가?"

형사의 질문에 고개를 들었다. 그 순간 깨달았다. 그 사실까지는 형사가 몰랐던 모양이었다. 유정의 임신 사실을 안 엄마는 분명히 유정을 찾아갔을 거였다. 그 사실을 형사가 모른다는 건 일기장에 거기까지는 쓰여 있지 않다는 얘기였다. 그때쯤의 유정은 일기를 쓸 수 없을 정도로 정신이 나가 있었을지 모른다.

"엄마한테도 얘기를 했니?"

"했다기보단……. 알게 되셨어요."

"그래서?"

승원은 고개를 들었다. 무슨 말인지 모르겠다는 얼굴을 했다. 박동규 형사의 미간이 찌푸려졌다.

"그다음에 엄마가 어떻게 했는지 몰라? 엄마한테 묻지도 않았단 말이야?"

"말했잖아요. 알아서 해줄 거라고 생각했다고."

박동규 형사가 크게 한숨을 내쉬었다. 승원은 다시 바닥으로 시선을 내렸다. 일부러 자신을 긴장하게 하려는 제스처라고 생각했다.

"그러고 나서 유정이와 만난 적 없어? 무슨 얘기를 들은 적은?"

"그 이후로 만난 적 없어요. 학교에서 부딪칠 뻔하긴 했는데 제가 피했고, 그러고 나서는 걔한테서도 연락 안 왔고요. 지난번에도 말씀드렸잖아요."

"정말이야?"

"뭐가 의심스러우신데요? 제 휴대폰 다 조사하셨잖아요. 유정이 통화 내역도 확인하셨다면서요."

"밖에서 따로 만난 적은 없어?"

"없어요."

"학교 밖에서 통화한 적은?"

그 순간 승원은 박동규 형사가 무슨 생각을 하는지 알아차렸다. 학교 밖의 공중전화를 통해 불러낸 것은 아니냐고 의심하는 것이었다.

"그런 적 없어요."

"한 번도?"

"네."

너무나 당연하다는 듯한 대답에 박동규 형사는 불쾌함을 숨기지 않았다.

"임신을 알게 된 유정이가 얼마나 당혹스럽고 무서울지 넌 생각도 안 했어? 어쩜 그렇게 무책임하니? 그 이후로 쭉 유정이를 피한 게 전부란 말이야?"

비난을 받자 승원의 얼굴이 달아올랐다. 하지 않으려던 말이 자기도 모르게 불쑥 튀어나왔다.

"나는 뭐 가만히 있은 줄 아세요? 걔도 지우고 싶다고 해서 방법도 알려줬다고요."

"방법?"

승원은 아랫입술을 깨물었다. 얘기해도 상관없을 거라는 생각이 들었다. 아니, 어쩌면 수사에 도움이 될지도 모른다.

"댈구라고 아세요?"

"그게 뭔데?"

"대리 구매요. 인터넷에 검색하면 많이 나와요. 수수료만

주면 담배 심부름 해주는 어른들 있어요."

예상치 못했던 말이었는지 박동규 형사가 눈을 크게 떴다.

"그런 거 알아보라고 했어요. 돈 좀 더 주면 보호자 역할 해주는 사람도 있지 않겠냐고."

"그래서?"

"그걸 알아봤는지 어쨌는지는 몰라요. 그 뒤로는 연락 안 했으니까."

승원은 목소리를 낮췄다.

"근데 그걸 알아봤다면 이상한 사람 만나 잘못된 거 아닐까요? 성폭행을 당할 뻔하다가 살해됐다거나."

"유정이의 휴대폰상에는 의심스러운 통화 내역 같은 건 없었어."

"에이."

승원이 한숨을 내쉬었다.

"그걸 누가 전화로 얘기해요. 인스타그램 DM이나 페북 메신저 아니면 텔레그램으로 보내지."

박동규는 잠시 생각하더니 오른쪽을 돌아보며 누군가를 불렀다. 책상에 앉아 있던 형사가 다가왔다. 아까 승원을 데리고 온 두 형사 중 한 명이었다. 그는 박동규 형사의 뒤에 서더니 허리를 숙였다. 그의 귀에 박동규 형사가 몇 마디를 흘려 넣었다. 그는 고개를 끄덕이고는 곧장 돌아서서 어딘가로 가버렸다. 분명 조금 전 승원의 말로 조사를 더 진행하려는 것이었다. 승원이 눈치를 보다 말했다.

"이건 당연히 비밀 유지되죠?"

"뭐가?"

"유정이 임신부터……. 제가 댈구 하라고 했다는 거요."

"무섭기는 하니?"

한심하다는 눈빛이었다. 분명히 승원의 눈에는 그렇게 보였다. 승원은 온 힘을 다해 형사를 노려보았다. 박동규 형사의 표정에는 변함이 없었다.

"승원아!"

갑자기 자신을 부르는 익숙한 목소리에 승원은 소리가 나는 쪽으로 시선을 돌렸다. 입구 반대쪽 방에서 나오던 엄마가 그를 부르며 달려오고 있었다. 엄마가 나온 방에서 다른 형사가 나왔다. 조사를 마친 모양이었다. 승원은 엄마를 향해 일어섰다. 하지만 엄마는 승원에게까지 도달하지 못했다. 갑자기 누군가가 끼어들어 엄마의 뺨을 후려쳤다. 엄마는 누가 붙잡아줄 새도 없이 책상 사이로 넘어졌다. 의자와 휴지통이 쓰러지는 소리가 커다랗게 공간을 울렸다.

"할머니!"

승원이 소리쳤지만 할머니는 이쪽을 보지도 않았다. 한쪽에 들고 있던 가방을 거의 집어 던지고는 넘어진 엄마를 향해 달려들었다. 할머니는 자신이 입고 있는 옷의 허리춤이 끌려 올라가는 것도 의식하지 못한 채 허리를 숙여 엄마의 머리채를 잡았다.

"네가 기어이 승원이를 이런 데까지 오게 만들어? 내가 뭐라고 했냐? 너는 승원이 하나만 잘 키우면 된다고 했지? 그런데 그거 하나를 못 해? 이 멍청한 년! 한심한 년! 도대체 무슨 짓을 해서 승원이까지 이런 델 들락거리게 하냔 말이야!"

"어머니, 죄송해요, 잘못했어요, 어머니!"

"어르신! 이러시면 안 됩니다!"

"할머니!"

주변에 있던 여러 형사와 승원까지 할머니에게 달려들어 말리려 했지만 할머니의 악력은 상상을 초월했다. 기어이 엄마의 머리를 엉망으로 쥐어뜯고 나서야 손을 뗐다. 엄마의 블라우스 단추 세 개가 떨어져 나가 있었다. 엄마는 한 손으로 블라우스 자락을 움켜쥐고 다른 한 손으로는 머리를 쓰다듬었다. 언제 맞았는지 입가에 피가 나 있었다. 할머니는 경찰들이 양쪽에서 붙들고 있었지만 거세게 몸을 뒤흔들었다.

"귀중한 우리 삼대독자를! 네가 감히! 네까짓 게 감히!"

"어르신! 여기서 이러시면 안 돼요!"

형사들이 있는 힘껏 말렸다. 그러고는 할머니를 어딘가

로 끌고 갔다. 경찰 정복을 입은 여성 경찰관이 다가와 엄마를 부축해 일으켰다. 할머니가 간 곳과는 반대 방향으로 엄마를 이끌었다. 둘을 분리시키는 것이 낫다고 판단한 듯했다. 여성 경찰관은 엄마를 데리고 가며 박동규 형사를 보았다. 그가 고개를 한 번 끄덕이자 그녀도 고개를 끄덕이고는 사라졌다. 아직 조사가 끝나지 않았다는 걸 알 수 있었다.

"놀랐지? 잠깐 앉아라."

박동규 형사는 다시 승원을 자리에 앉혔다.

"물이라도 줄까?"

대답하지 않자 박동규 형사가 정수기 있는 쪽으로 걸어갔다. 승원은 짜증스러운 한숨을 쉬었다.

할머니가 어떻게 알았을지는 뻔했다. 엄마가 전화한 것이었다. 승원은 엄마가 이해되지 않았다. 매번 할머니에게 당하고 욕을 얻어먹으면서도 이런 일이 있을 때마다 할머니에게 보고를 했다. 승원이 생각할 때 굳이 보고하지 않아도 되는 일에도 일일이 연락했다. 그때마다 할머니는 집에와서 소리를 질렀다. 엄마를 때릴 때도 있었다. 하는 말 대부분이 '쓸모없는 년'으로 귀결됐다. 그렇게 당하면서도 엄마는 할머니에게 알리지 않으면 큰일이 난다는 듯이 연락하기를 반복했다.

그 이유를 승원은 알 것 같았다.

이제 엄마에게 할머니는 절대적인 존재가 된 것이다. 엄마는 처음엔 할머니가 싫었을지 모른다. 그렇지만 모든 경제권을 쥐고 있는 할머니에게 의지하지 않을 수 없었다. 할머니가 아니고서는 승원을 키우며 자립심 있게 살 수 있다는 생각을 해본 적도 없을 것이다. 엄마는 할머니가 없으면 못 살 사람처럼 굴었다. 그렇게 의지를 하니 이제 엄마는 단 하나도 스스로 결정하지 못했다. 승원의 교복마저 할머니의 허락을 받고 사는 사람이었다. 자기가 어떤 꼴을 당할지 알면서도 특히나 승원과 관련된 일이라면 할머니에게 보고하지 않고는 못 견디는 사람이었다. 승원은 한번 엄마에게 물어본 적이 있었다. 할머니가 모르고 지나갈 수도 있는 일을 왜 일일이 알려서 그런 꼴을 당하냐고.

"할머니가 아셔야 맞게 처리를 하지."

그때 알게 되었다. 엄마는 이제 스스로를 신용하지 못하는 사람이 되었다. 할머니의 말이 아니면 그 어떤 것도 결정할 수 없는 사람이 되었다. 한심하다.

거기까지 생각한 승원은 한 가지를 알 수 있었다.

엄마는 할머니에게 유정의 임신 사실을 알렸다. 할머니는 뭘 시켰을까? 분명 낙태시키라고 했겠지. 그렇다면 엄마는 어떤 수를 써서라도 아이를 없애려 했을 거였다.

"한 가지 여쭐 게 있어요."

물을 떠 와 건네주는 박동규 형사를 향해 승원이 고개를 들었다.

"엄마의 알리바이는 다 조사됐나요?"

의외의 말을 들었다는 듯 박동규 형사가 눈을 둥그렇게 떴다.

승원은 생각했다. 할머니의 말을 어떻게든 받들려는 엄마는 절대 어기면 안 되는 지령이라도 받은 사람처럼 자신을 괴롭혔다. 어떻게든 성적을 높이려 불법 과외든 뭐든 상관 않고 받게 했으며, 일거수일투족을 감시했다. 엄마는 할머니의 인형에 불과하다. 그런 엄마라면 필요 없다. 차라리 엄마가 유정이를 죽인 거라면.

승원은 그 순간 진심으로 그런 생각을 했다.

# 김근미

## 1

"괜찮으세요?"

정복을 입은 경찰관이 근미의 앞에 물이 담긴 종이컵을
내려놓았다. 그녀의 가슴팍에 '심선희'라는 명찰이 걸려 있
었다. 근미는 종이컵을 받아 입을 적셨다. 입안이 바짝 말라
있었다. 그러고는 문득 주변을 둘러보았다.

네 평도 채 되지 않을 것 같은 작은 방이었다. 컴퓨터가
올려진 편수책상 하나가 놓여 있었고 그것만으로도 방은
꽉 찼다. 근미는 책상 맞은편에 앉아 있었다. 올려다본 천장
구석에 CCTV 카메라의 불빛이 반짝이고 있었다.

조금 전까지 근미는 이 방에서 대기하고 있었다. 이미 유
정의 집에 일기장을 가지러 무단 침입했던 부분에 대해서
는 조사를 받았다. 하지만 추가 조사를 하러 형사님이 올 거
라며 기다리라는 얘기를 들었다. 근미는 박동규 형사를 떠
올렸다. 지난번에 승원이와 함께 왔을 때도 그 형사가 담당

했었다. 박동규 형사는 승원이와 먼저 대화할 생각인 것 같았다.

그러던 도중 화장실에 가고 싶었다. 문을 살짝 열자 심선희가 보였다. 화장실에 가고 싶다고 하고 함께 밖으로 나왔다. 그때 들이닥친 시어머니와 마주쳤다.

머리와 옷을 뜯기고 몇 대인지도 모를 매를 맞았다. 다른 사람들의 시선 따위 전혀 신경 쓰지 않는 시어머니의 폭언이 쏟아졌다. 시어머니는 근미의 잘못된 행동으로 승원이가 경찰서에 들락거리게 된 것 자체를 용납하지 못하는 것 같았다. 예상치 못했던 상황은 아니었다. 시어머니에게 연락을 한 것은 자신이었다. 승원이가 경찰 조사를 받게 되었다고 와달라고 했다. 자신은 언제 조사가 끝날지 모르는 상황이었다.

"네, 괜찮아요."

근미는 머리를 쓸어 넘기며 말했다. 심선희의 눈길에 안쓰러움이 가득 담겨 있었다. 동정의 시선이 부담스러웠다.

"승원이는요?"

"조사 끝났습니다. 시어머니 되시는 분이 데리고 가셨어요."

"네."

노크 소리가 들렸고 심선희가 대답하자, 문이 열리고 남자 한 명이 들어왔다. 사복을 입고 있었고 날카로운 눈빛이 낯익었다. 박동규 형사였다. 그는 심선희와 눈빛을 교환했다. 심선희가 밖으로 나가고 문이 닫혔다. 사무실을 빙 돌아 박동규가 책상 앞에 앉았다. 조금은 긴장된 기분으로 근미는 박동규를 향해 몸을 돌렸다.

"괜찮으세요?"

박동규가 심선희와 같은 것을 물었다. 근미는 고개를 끄덕였다.

"괜찮아요."

"조사를 이미 한차례 받으셨지만 추가로 질문을 드릴 게 있어 이렇게 기다리시라고 한 겁니다."

박동규는 책상 옆에 있던 파일을 열었다. 그러고는 마우스를 달칵거렸다. 근미에 대한 조사 파일을 여는 것 같았다.

"유정 학생의 집에서 무단으로 일기장을 가지고 나오셨습니다. 왜 그러셨습니까?"

"그건 아까 다 말씀드린 내용인데요."

박동규는 눈 하나 깜짝하지 않았다.

"다시 한번 얘기해주시죠."

근미는 낮게 한숨을 내쉬었다.

"그 아이가 임신을 했고, 그게 우리 승원이의 아이라는 게 밝혀지면 안 된다고 생각했어요."

"왜죠?"

근미가 어이없다는 듯 인상을 찌푸렸다.

"왜냐뇨?"

"어차피 승원 학생은 이미 유정이의 사망 사건과는 아무 상관도 없다는 게 밝혀졌습니다. 알리바이도 명확하죠. 그러니 관계없는 거 아닙니까?"

"남의 자식 일이라고 너무 쉽게 생각하시네요. 그게 알려지면 다른 사람들이 얼마나 제멋대로 찧고 떠들겠어요? 그러면 우리 승원이가 앞으로 얼마나 힘들어할지 상상이나 해보셨어요? 막말로 우리 승원이 아이인지 어쩐지도 모르는데."

"네?"

못 들을 말을 들었다는 표정이다. 하지만 근미는 한 치의 주저함도 없었다. 그녀의 몸은 한껏 앞으로 기울어 있었다.

"그렇잖아요. 겨우 고등학생밖에 안 된 애가 벌써 임신을 하다뇨. 그런 애 행실은 안 봐도 뻔한 것 아니겠어요? 그 배 속에 들은 게 승원이 애인지 아닌지 알 수 없는 거잖아요. 그런 상황에서 괜한 소문으로 승원이 발목이 잡혀서야 되겠어요?"

승원에게 그런 오물이 묻는 것은 상상만 해도 싫었다. 승원은 훨씬 더 높은 곳에서 살아야 할 아이였다. 평범한 사람들하고는 다른, 성공의 길만 걸어야 하는 아이였다. 자신은 그렇게 살지 못했다. 그녀 역시 남들보다는 조금 이른 나이에 임신해 결혼했다. 온 마음을 다해 사랑하던 남자는 아니었지만 그의 배경이 좋았기에 나쁘지 않은 결혼이라고 생각했다. 배 속의 아이도 결정에 한몫했다.

결혼 생활이 순탄치 않았던 것만은 아니었다. 남편은 성실한 사람이었고 근미에게도 잘했다. 단 한 가지 힘든 점이라면 시어머니의 존재였다. 시어머니는 자신이 임신으로 남편의 발목을 잡았다고 생각했다. 시집살이가 고달팠다. 걸핏하면 집에 찾아와 잔소리를 퍼부었다. 시댁에 있는 커튼과 이불을 모조리 욕조에 담가놓고 전화를 걸기도 했다. 아침에 눈을 뜨면 어떻게 괴롭힐까를 연구하지 않고서는 저러지 못할 것 같았다.

그러다 남편이 죽었다. '남편 잡아먹은 년'이라는 꼬리표가 붙었다.

그래도 시어머니를 떠나지는 못했다. 스스로 살 자신이 없었기 때문이었다. 그래서 더더욱 승원만은 자신 같은 삶을 살길 바라지 않았다. 누구도 넘보지 못할 최고의 삶을, 스스로 당당하게 두 발을 딛고 살길 바랐다. 다행히 머리는 아버지를 닮아서 좋은 편이었다.

그런데 승원이 고등학교에 들어가자 성적이 떨어지기 시

작했다. 그건 당혹스러운 일이었다. 모든 굴욕을 겪어가며 시어머니에게 탄 돈으로 부족하지 않게 학원비를 댔다. 다른 아이들에 비해 모자라게 한 것은 없다고 생각했는데 성적은 날로 하향선을 그렸다. 시어머니는 성적이 나올 때마다 성적표를 가지고 오라고 명령했다. 당연히 그 책임이 근미에게로 향했다. 어떻게든 성적을 끌어올려야 했다. 다른 엄마들에게 귀동냥으로 괜찮다는 학원을 알아내 보내보기도 했지만 차이는 크지 않았다. 결국 불법 고액 과외를 시작했다.

지금 생각하면 그게 다 그 유정이라는 아이 탓 같았다. 한창 성에 관심이 생길 나이의 승원을 그 아이가 뒤흔들어놓은 것이다. 밤마다 혼자 헤드폰을 끼고 야한 동영상을 보던 승원의 모습을 떠올리며 근미는 유정에게 모든 책임을 돌렸다.

그런데 유정이 임신을 했다. 승원의 삶이 당장 하수구에 처박히는 것 같았다. 자신과 비슷한 삶을 살게 될지도 모르는 유정에 대해서는 조금도 생각하지 않았다. 이게 소문이 나면 승원은 발목이 잡힌다. 그 생각뿐이었다.

"오늘 아침 댁에 찾아뵈었을 때, 현유정 학생을 만나셨다는 날에 헤어지라고 말했다고 하셨었는데 그것만이 아니죠?"

생각에 잠겨 있던 근미는 고개를 들었다. 박동규 형사가 명백한 비난의 눈길로 자신을 보고 있었다. 배 속에 든 아이가 승원의 아이인지 아닌지 모른다고 말한 것 때문인 듯했다. 아무래도 상관없다. 누구든 자신의 입장으로 살아보지 않았으면 그 심정을 알 수 없을 것이었다.

근미는 그날로 생각을 돌렸다. 유정이 아이를 가졌다며 승원을 찾아온 날, 근미는 자신이 모든 걸 해결하겠다고 승원에게 약속했다. 승원은 아무것도 신경 쓰지 말라고 했다. 그럴 자신이 있었고, 당연히 그렇게 해야 했다. 고액 과외의 효과가 제대로 빛을 발하고 있던 타이밍이었다. 지난 학기 기말고사에서도 생각보다 좋은 점수를 얻었지만 더 그녀를 기쁘게 했던 것은 이번 달 모의고사 결과였다. 이번 모의고사에서 승원은 만점을 받아 전교 1등이 되었다. 당연한 결과기도 했지만 살면서 이렇게 기뻤던 적은 없는 것 같았다. 그런 행복을 깨뜨릴 수는 없었다. 유정에게 낙태를 요구했다. 유정은 우물쭈물 대답을 못 했다. 근미는 유정에게 다시 만나자고 했다. 자신도 경황이 없었다. 생각을 좀 정리할 필요가 있었다.

다음 날 유정을 찾아갔다. 미리 전화를 하면 도망이라도 갈까 봐 학교 앞에서 기다렸다. 기다린 지 30분 만에 유정이 정문으로 나왔다. 얼굴은 금방 알아볼 수 있었다. 정문 앞에서 기다리고 있는 근미를 발견한 유정은 걸음을 멈칫했다. 그 얼굴이 새하얗게 질렸다. 못 알아볼 수가 없었다.

유정을 데리고 학교 뒤편 골목으로 들어갔다. 듣는 사람이 없는 줄 알았는데 누군가 봤다는 건 미처 알지 못했다.

"내가 왜 왔는지 알지?"

유정은 대답 없이 고개를 끄덕였다.

"어떻게 할 거니?"

놀란 듯 유정이 고개를 들었다. 몇 번 달싹이던 입술을 꾹 다물었다. 유정은 고개를 숙였다. 한참 만에 기어들어가는 목소리로 대답했다.

"모르겠어요."

답답함에 가슴이 터질 것 같았다.

"모르겠다니! 그렇게 아무 생각이 없으니까 이 꼴이 난 거 아니니?"

근미는 대답이 없는 유정을 노려보았다.

"부모님께 말할 거야?"

유정의 고개가 더욱 수그러졌다. 그럴 줄 알았다고, 근미는 생각했다. 아무리 뻔뻔하다고 해도 제 부모에게 쉽게 얘기하지는 못할 것이다.

"좋아, 잘 들어."

근미는 유정의 어깨에 양쪽 팔을 얹었다. 하얗게 질린 얼굴로 유정이 고개를 들었다.

"내가 네 보호자가 될 거야. 너희 엄마 주민등록번호 알지? 그것만 대면 병원에서는 더 확인 안 해. 나랑 병원 가자. 무슨 얘긴지 알지?"

하얗던 유정의 얼굴이 더욱 새하얘졌다. 피가 한 방울도 흐르지 않는 아이 같았다. 그렇다고 해도 근미는 물러설 마음이 없었다.

"너희 부모님한테는 친구네 집 가서 하룻밤 잔다고 하면 돼. 하루면 된다고, 알았지?"

쥐고 있던 유정의 어깨를 더욱 힘주어 잡았다. 대답이 빨리 돌아오지 않았다. 유정의 표정을 확인하려고 고개를 숙였다.

"안 돼요."

"뭐?"

유정이 고개를 불쑥 치켜들었다.

"아줌마가 왜 참견을 하세요? 이렇게 몰래 만나러 온 거 승원이도 알아요?"

화가 치밀어 올랐다. 손을 들어 후려쳤다. 자신의 손이 홧홧하게 느껴질 정도였다. 새하얗던 유정의 뺨에 빨간 손바닥 자국이 올라왔다.

"대체 무슨 생각을 하는 거야? 안 돼? 뭐가 안 돼? 일이 생겼으면 처리할 생각을 해야지, 무조건 안 된다고 할 일이야? 인생 망치고 싶어?"

유정은 자신의 뺨에 손을 대고 있었다. 그 모습을 한참이나 노려보았다.

"그게 우리 승원이 아기가 맞긴 해?"

"네?"

유정이 화들짝 놀란 표정으로 고개를 들었다. 자신이 들은 소리를 믿을 수 없다는 듯 미간을 구기고 있었다.

"그렇잖아. 너처럼 막 굴러먹는 애, 누구 애를 가졌을 줄 알고?"

"아줌마!"

"왜? 말이 심해? 더 심하게 할 수도 있어. 너희 엄마 아빠 앞에 가서 더 심하게 말할 수도 있다고!"

소리를 내질렀다. 진심은 아니었다. 어떻게든 이 아이를 병원으로 끌고 가야 한다는 생각밖에는 없었다. 그것이 설득이 아니라 협박의 형태를 취하고 있었던 이유는 자신도 알지 못했다.

"엄마한테는 말하면 안 돼요."

울 것 같은 목소리였다. 근미는 회심의 미소를 지었다. 다시 유정의 어깨에 양손을 올렸다. 그녀는 고개를 숙여 유정의 얼굴에 제 얼굴을 바짝 가져다 대었다.

"그렇지? 그러니까 아줌마가 시키는 대로 해."

그러고 나서 병원 이름과 시간을 알려주었다. 그 시간에 병원 앞에서 만나 같이 일을 해결하자고 했다. 그러면 모든 것이 예전으로 돌아갈 거라고 말해줬다. 유정의 표정도 편하지는 않았다. 당연한 일이다. 모르겠다고 계속 되뇌이던 유정의 얼굴에는 두려움이 깔려 있었다. 근미는 자신이 유정에게 예전으로 돌아갈 기회를 줄 수 있다고 믿었다.

"그런데 그 시간에 그 애가 오지 않았어요. 나중에 승원이에게 그 애 연락처를 물어 다시 불러내려고 했습니다. 그런데……."

유정이가 사라졌다. 경찰이 승원을 찾아오는 바람에 그 사실을 알았다. 형사들은 승원이 유정에 대해 뭔가를 알 거라고 생각하고 조사를 온 것이었지만 근미는 그 순간 다른 생각을 하고 있었다. 유정이 낙태를 하고 싶지 않아 도망간 게 아닐까, 하는 생각.

별의별 생각이 다 들었다. 나중에 승원이 성공 가도를 달리고 있을 때 아이를 껴안고 나타나지나 않을까 하는 생각이 주를 이뤘다. 그러다 유정의 시신이 발견됐다. 솔직히, 다행이라고 생각했다. 유정의 일기장에 관한 이야기를 듣기 전까지.

"그러면 그 이후로 유정 학생을 만나신 적이 정말 한 번도 없습니까?"

"말씀드렸잖아요. 만나고 그다음 날 바로 실종 얘기를 들었다고."

"약속 장소에 나오지 않았으면 한번 연락해보실 만도 한데요."

"긁어 부스럼을 만드는 건 아닌가 생각했습니다. 그렇잖아요. 전화로 얘기하면 절 겁내던 아이도 태도를 바꿀 수 있으니까요. 그래서 다시 유정이를 찾아가려고 했습니다. 이번엔 만나서 바로 병원으로 끌고 가려고 했죠. 그런데 그렇게 될 줄은 몰랐습니다."

박동규 형사의 얼굴은 별로 탐탁지 않다는 표정이었다. 그러나 그게 사실이었다. 근미는 일부러 승원에게 유정의 전화번호를 묻지 않았다. 학교에서, 학원에서, 자신의 삶을 살아야 하는 아이를 불안하게 만들고 싶지 않았다.

"8월 22일부터 25일 사이에 뭘 하셨습니까? 시간대별로 정확히 기억은 안 나시겠지만 최대한 자세히 말씀해주십시오."

유정이 실종되고 시신으로 발견되기까지의 날짜였다.

"절 의심하시는 건가요?"

"수사상 모두에게 하는 의례적인 질문입니다."

그렇지는 않을 거라고 근미는 생각했다. 지금 이 순간 그들에게 자신은 용의자가 된 것이다. 그 증거로 지난번에는 승원에 대한 조사만 했지, 근미에게는 알리바이 같은 걸 묻지 않았다. 근미는 크게 숨을 들이켰다. 말해주지 못할 이유는 없었다.

"시간대별로 말할 것도 없어요. 22일이라면 제가 유정이를 만난 날이네요."

그날 유정은 귀가하지 않았다.

"유정이를 병원 앞에서 기다리다 오지 않아 바로 시어머니 댁으로 갔습니다. 이동은 택시로 했고요. 결제를 카드로 했으니 조사해보시려면 해보세요. 어머니 식사를 챙겨드리고 집안일을 했습니다. 그리고 저녁 8시경 집으로 돌아왔습니다. 그때도 택시로 돌아왔고요. 그다음 날엔 그 애를 다시 만나려고 했습니다. 그런데 경찰분들이 와서 실종 사실을 알았죠. 상황을 지켜봐야겠다고 생각했습니다. 그리고 25일이라고 하셨나요? 그날까지 내내 집과 시어머니 댁을 왔다 갔다 했습니다."

"시어머니 댁을 매일 가셨다고요?"

"원래는 일주일에 한 번 정도 갔습니다. 반찬을 챙겨드리고 빨래나 청소를 하죠. 그런데 요즘은 매일 갔습니다. 시어머니께서 지병이 있으세요. 당뇨, 고혈압, 고지혈증. 요즘 들어 고혈압과 당뇨 관리가 제대로 안 되어서 걱정되더라고요. 약을 잘 챙겨 드시는지도 확인하고 식사도 살펴드리곤 합니다."

"그러면 같이 사시는 게 낫지 않나요?"

근미는 형사를 빤히 보았다. 박동규 형사가 시선을 컴퓨터로 옮겼다.

"시어머니 댁 주소가 어떻게 됩니까?"

근미는 주소를 있는 대로 불렀다. 시어머니는 가연동에 있는 가연 타워팰리스에 살고 있다. 당연히 CCTV가 있다. 그것으로 형사들은 근미의 알리바이를 확인할 것이었다. 근미는 조금도 거리낄 것이 없었다.

"오늘은 일단 여기까지만 하겠습니다. 고생하셨습니다."

"오늘은 일단…… 이라고요?"

"혹시 뭔가 여쭤볼 것이 있으면 또 연락드릴 수도 있습니다. 그리고 유정 양 집에 들어가 일기장을 가지고 온 건에 관해서는 아까 조사받으실 때 말씀을 들으셨겠지만 주거침입과 절도죄로 불구속 수사를 받으실 겁니다. 유정 양 부모님의 고소도 있고요."

근미는 고개를 끄덕였다.

"혹시 더 궁금하신 것은 없습니까?"

근미는 잠시 생각한 후 물었다.

"아까 저희 시어머니는 괜찮으셨나요? 혹시 쓰러진 건 아니신지."

박동규 형사는 질린다는 표정을 했다.

"지금 궁금하신 게 그것밖에 없습니까?"


## 2


근미는 택시에서 내리자마자 곧장 시어머니의 집이 있는 아파트로 들어갔다. 그런 그녀의 걸음이 제법 빨랐다. 엘리베이터를 타고 18층으로 올라갔다. 시어머니 집 비밀번호는 이미 알고 있었다. 예전에는 일주일에 한 번, 근래 들어서는 거의 매일 한 번씩은 들르고 있다.

비밀번호를 누르고 안으로 들어갔을 때 거실에는 아무도 없었다. 근미는 어깨에 메고 있던 핸드백을 거실 소파 위에 올려두고 곧장 안방 쪽으로 향했다. 닫혀 있던 문을 열었다.

탁!

뭔가가 날아와 문에 부딪혔다. 조금만 문을 더 열었더라면 근미의 얼굴에 맞았을 것이었다. 바닥에는 상아로 만든 코끼리 장식품이 구르고 있었다. 시어머니가 아파트 노인회 회원들과 단체 여행을 가서 사 왔다던 장식품이었다. 시어머니는 똑같은 것을 승원에게도 사 줬다. 아마 승원은 그게 지금 어디 있는 줄도 모를 것이다. 아이의 취향과는 절대 맞지 않는 물건이었다.

"여기가 어디라고 들어와?"

핏기 없는 얼굴과는 반대로 목소리는 정정했다. 침대에 누워 있던 시어머니는 상체를 벌떡 일으키고 앉아 가슴을 씨근덕대고 있었다. 머리에 얹었던 젖은 수건이 베개에 떨어져 있었다. 에어컨을 틀고 있는데도 땀을 너무 흘려 입고 있던 티셔츠의 목덜미 색이 진하게 변해 있었다. 요즘 시어머니는 몸이 좋지 않다.

"괜찮으세요?"

근미는 걱정스레 물으며 침대 쪽으로 가까이 다가갔다. 시어머니가 눈을 흡뜨고 쳐다보았다. 당장에라도 옆에 만져지는 뭔가가 있으면 집어 던질 태세였다.

"멍청한 너 때문에 괜찮을 리가 있어? 너 때문에 내 수명이 준다, 줄어!"

"이래서 연락을 안 드리려고 했는데……."

근미는 기어들어가는 목소리로 말했다.

"연락을 안 하면 뭐? 내가 평생 모를 줄 알았어? 너 따위가 그런 큰일을 어떻게 처리한다고 나한테 연락을 안 해? 너는 어떻게 되어 처먹은 게 애 하나 제대로 관리를 못 해서 경찰서를 들락거리게 만들어, 어?"

시어머니의 고함이 커질수록 관자놀이의 심줄이 툭 불거

졌다. 당장에라도 뒤로 넘어갈 듯한 모습이었다. 근미는 고개를 숙이고 낮은 목소리로 말했다.

"제가 잘못 생각한 바람에……. 그래도 애를 혼자 조사받게 놔두는 것보다는 어머니께 전화드리는 게 맞을 것 같아서요. 혼자서는 너무 무섭기도 하고."

"대체 무슨 일이 있었던 게야? 넌 왜 남의 집에 들어가서 일기장인가 뭔가를 훔쳐 오고, 승원이는 경찰 조사를 받고, 무슨 일이냐고 대체!"

"사실은……."

근미는 차마 말을 잇지 못하고 머뭇거렸다.

"당장 제대로 말 안 해!"

시어머니의 불호령이 떨어졌다. 근미는 천천히 말하기 시작했다. 말하기 어렵다는 듯 눈을 피하며 승원이 유정을 임신시켰다는 걸 말했을 때 시어머니는 거의 넘어가기 일보 직전이었다.

"대체 너는 애 관리를……!"

말하던 시어머니는 입을 틀어막았다. 구역질이 올라오는 것 같았다. 이불을 걷어 헤치고 일어나려고 버둥거렸지만 노쇠한 몸은 빨리 움직여주지 않았다. 침대를 내려가다 결국 바닥에 토하고 말았다. 음식물은 거의 나오지 않았고 노란 위액만 바닥에 쏟아졌다.

근미는 황급히 밖으로 달려 나가 다용도실에서 걸레를 가지고 들어왔다. 그러고는 바닥에 쏟아진 토사물을 걸레로 닦았다. 잘못하여 손에도 묻었지만 그런 건 조금도 신경 쓰지 않았다.

"요즘 혈압 관리도 안 되시고 혈당도 조절이 안 되고…….병원을 다시 가보셔야겠어요, 어머니."

끙, 소리를 내며 시어머니는 뒤로 드러누웠다. 앉아 있을 기력도 없는 것 같았다.

"병원이 문제냐. 이게 다 너 때문이야. 내 속을 뒤집는 건 너란 말이다."

근미가 안방에 딸린 화장실에 들어가 걸레를 빠는 동안 시어머니의 욕설은 점점 거세졌다. 몸에 기력이 없으니 악만 남은 듯 점점 더 독한 소리만 해댔다. 근미가 걸레를 다 빨고 방 안으로 돌아오자 시어머니가 말했다.

"내 아들도 잡아먹은 년이 이제는 내 손자까지 잡아먹게 놔둘 줄 알고? 절대 안 되지. 절대 안 돼."

"그럴 일 없어요, 어머니. 아까 말씀드렸잖아요. 승원이는 이 일이랑 상관없어요."

"그것만 문제냐? 애한테 더러운 소문이 붙는 건 괜찮다는 거냐?"

근미는 걸레를 만지작거렸다.

"형사들이 비밀은 지켜줄 거예요."

"말은 잘 나오는구나."

시어머니는 밭은 숨을 뱉었다.

"멍청한 너 같은 거한테는 애 못 맡긴다."

"앞으로 뭐든지 다 상의드릴게요."

"한심한 것. 너 때문에 내 혈압이 더 오른다. 눈앞에서 사라져!"

시어머니는 몸을 모로 하고는 팔을 눈 위에 얹었다. 더 이상 얘기하고 싶지 않다는 단절의 뜻으로 보였다. 근미는 낮은 한숨을 내쉬며 말했다.

"어머니 약이랑 식사만 챙겨드리고요."

필요 없다고 소리를 지를 줄 알았는데 시어머니에게서는 아무런 반응이 없었다. 어지러움이 더 심해져서 그런지 아니면 아예 말을 섞고 싶지 않다는 뜻인지 알 수 없었다. 근미는 그런 시어머니를 물끄러미 내려다보다가 걸레를 쥔 채로 안방을 나왔다. 문을 닫고는 거실로 나와 바로 베란다로 들어갔다. 젖은 걸레를 빨래걸이에 털어 걸고 밖을 내다보았다. 햇살이 좋은 날이었다. 걸레는 냄새가 나지 않게 잘 마를 것 같았다.

그녀는 다시 거실로 들어갔다. TV가 올려진 테이블의 서랍을 열었다. 안에는 병원에서 처방받아온 약이 플라스틱

바구니에 잔뜩 들어 있었다. 그걸 꺼내놓고 일어나 주방으로 들어갔다. 식탁 위에는 일주일 치씩 약을 넣어둘 수 있는 케이스가 따로 있었다. 케이스는 일곱 칸으로 나뉘어 있었는데 한 칸의 뚜껑마다 월요일부터 일요일까지 요일이 적혀 있었다. 케이스 안은 텅 비어 있었다.

근미는 그걸 가지고 돌아와 거실 바닥에 앉은 채로 약을 나눠 담기 시작했다. 혈압약과 당뇨약, 고지혈증약은 모두 하루에 한 번만 먹으면 된다. 케이스 하나를 열어 한 번에 약을 먹을 수 있도록 각 칸마다 약을 나눠 넣었다. 전에는 일주일에 하루씩 시어머니 댁에 찾아와 이렇게 담아놓았지만 요즘은 매일 오는 편이다. 시어머니 건강이 부쩍 좋지 않기 때문에 매일 찾아와 혈압과 당뇨 수치를 재고 있다.

약을 다 넣은 케이스를 근미는 가만히 내려다보았다. 그러고는 다시 케이스에 손을 가져갔다.

혈압약에서 한 알, 당뇨약에서 한 알, 고지혈증약은 한 알뿐이라 건드릴 수 없다.

그렇게 손에 열네 알의 약이 들렸다. 근미는 그대로 일어나 화장실의 문을 열었다. 전에 없이 차가운 얼굴로 손에 든 열네 알의 약을 변기에 쏟아부었다. 곧장 변기의 버튼을 눌렀다. 고여 있던 물이 소용돌이치더니 약과 함께 시야에서 사라졌다. 근미의 얼굴에 화색이 돌았다.

벌써 넉 달째. 근미는 시어머니의 약에 손을 대고 있다. 그러니 당연히 혈압과 당뇨 수치가 조절되지 않았다. 시어머니가 매일 재는 혈압의 최고 수치는 매번 200을 넘어가고 병원에서 재는 당화혈색소도 기준치를 몇 배나 넘어섰다고 했다. 근미가 석 달에 한 번 모시고 가는 병원의 의사는 도저히 이해할 수 없다는 얼굴로 약이 안 맞아 그런 것 같다며 몇 번 약을 바꿔주었다. 그런데도 매번 비슷한 결과가 나왔다. 의사도 모르는 원인을 근미만은 알고 있었다. 약을 탈 때마다 근미가 병원에 같이 가는 이유도 다른 게 아니었다. 처방받은 약의 개수와 실제로 먹는 약의 개수가 다르다는 것을 시어머니가 눈치채지 못하게 하기 위해서다.

집에서 일어나는 모든 일을 시시콜콜 시어머니에게 보고하는 것을 승원은 늘 이해하지 못하겠다고 말했고 그런 자신을 답답하다는 듯 보았다. 그래도 근미는 시어머니에게 뭔가 일이 생길 때마다 보고 전화를 했다. 그녀가 보는 TV 드라마에서처럼 시어머니가 뒤로 넘어가 곧장 영안실로 들어갈 만한 일은 벌어지지 않았지만 분명 영향을 끼칠 거라고 근미는 확신하고 있다.

요즘 부쩍 노쇠해진 시어머니를 들여다보기 위해 매일 이 집에 찾아오며 문을 열 때마다 그런 생각을 한다. 오늘은 죽어 자빠지지 않았을까.

약을 넣은 케이스를 식탁에다 돌려놓았다. 시어머니는 내일부터 또 이 약을 먹으며 자신이 건강해지리라는 희망을 품을 것이다. 하지만 이 약은 근미의 희망이다. 빨리 시어머니가 죽어주길 바라는 희망.

시어머니가 죽으면 모든 게 해결된다. 유산을 물려받을 다른 자식은 없다. 모두 승원의 앞으로 돌아온다. 그러면 더 이상 시어머니에게 개 취급을 받을 이유도 없다. 일하지 않고도 승원을 돌볼 수 있다. 지금 생활에서 시어머니만 사라져준다면 모든 것이 행복해진다. 근미는 아파트 안을 한번 돌아보았다. 부촌에 위치한 28평짜리 아파트. 베란다 밖으로는 은파 시내가 펼쳐져 있다. 앞은 탁 트여 있다. 덕분에 이 아파트의 매매가는 높은 줄 모르고 계속 치솟는 중이었다. 이런 아파트는 시어머니에게 너무 과분하다.

유정의 사건을 겪으면서 잠시 다른 생각이 들지 않았던 것은 아니었다. 형사들은 유정을 누가 죽였는지 제대로 파악하지 못하는 것 같았다. 알리바이가 있어 명확히 범인이될 수 없는 승원을 두 번이나 불러 조사하는 것만 봐도 그들이 헛다리를 짚고 있다는 건 명확히 알 수 있었다. 뉴스에서도 경찰을 비난하는 기사들이 속속 올라왔다. 이렇게 무능력한 형사들이라면 자신이 시어머니를 죽여도 모르지 않을까. 시어머니는 좋지 못한 성격 때문에 곳곳에 원한을 사고 살았다. 노인회에서 이런저런 일로 다툰 사람들만 몇이 되고, 동네 평판도 좋지 않다. 시장에서는 자주 대거리를 했다.

그래서 아주 잠깐 그런 생각을 한 적도 있다. 용의자가 많으니 시어머니가 살해를 당해도 형사들은 범인을 못 잡지 않을까. 하지만 곧 고개를 저었다. 이 아파트에는 CCTV가 있다. 잠깐 인터넷을 찾아본 바로는 과학기술이 많이 발전해 눈에 안 보일 정도의 작은 흔적만 남아도 범인을 특정할 수 있다고 했다. 거기다 주변 사람들과 싸워 왕래가 없는 시어머니를 죽일 곳은 집 안밖에 없다. 들락거리는 것은 자신뿐이었다.

아니, 들키지 않는다고 해도 자신의 손으로 직접 그런 일을 한다는 건 너무 끔찍하다. 무서운 일이 아닐 수 없다. 시어머니는 병사여야 한다. 그래야 안전하게 자신의 손으로 모든 것이 들어온다.

"어머니, 슈퍼 좀 다녀올게요."

근미는 방 안을 향해 소리를 높여 말했다. 안방에서는 아무런 소리도 들려오지 않았다. 잠든 것인지도 모르지만 그 사이 죽은 것이라면 좋겠다.

시장 가방을 챙겨 아파트 단지 밖으로 걸어 나왔다. 단지 바로 앞에 슈퍼가 있었다. 대형 마트보다는 물건이 훨씬 적지만 없는 게 없다.

"안녕하세요."

근미는 인사를 하며 안으로 들어섰다. 카운터에 서 있던 직원이 근미를 알아보고는 고개를 숙여 인사했다. 근미는 시장 가방을 든 채로 가게 안을 한번 훑어보았다. 이곳 사장은 채소를 파는 코너에서 물건을 정리 중이었다. 그쪽으로 가까이 다가가자 일하다 말고 고개를 든 사장이 근미를 발견했다.

"자기 왔네!"

슈퍼 사장이 반갑게 알은체했다. 그녀가 차고 있는 앞치마에 누런 때가 얼룩져 있었다. 허리를 조인 탓에 두툼한 뱃살이 두 겹으로 접혔다. 웃으며 배를 문지르는 것은 습관인 것 같았다.

"오늘 신선한 채소 뭐 있어요?"

"당근 새로 들어왔어, 당근. 주스 하려고 그러지?"

슈퍼 사장이 자신이 정리 중이던 당근을 손바닥으로 툭툭 쳤다. 당근에는 흙이 잔뜩 엉겨 있었다. 그것만으로 신선해 보였다.

"네, 주스도 그렇고 나물 반찬도 좀 하려고요."

"요즘 매일 와?"

그녀는 근미의 집이 이곳이 아닌 걸 알고 있었다. 자주 슈퍼에 오며 얼굴을 익혀서 시어머니를 살피러 온다는 말을 한 적이 있었다. 이후에도 가끔 친근하게 대화를 나누며 이런저런 얘기를 했다. 근미의 집 사정을 사장은 대충 알고 있었다.

"네. 요즘 어머니가 부쩍 기운이 없어 하셔서요. 매일 주스도 갈아드리고 식사도 챙겨드리고 있어요."

사장은 감탄했다.

"대단하다, 진짜 대단해. 나라면 그렇게 못 하지 암. 남편도 없는데."

그렇게 말하곤 아차 싶었는지 사장이 근미의 눈치를 보았다. 자신이 실수한 건 아닌지 걱정하는 것이었다. 근미는 신경 쓰지 않는 듯 채소 코너를 눈길로 훑었다.

"시금치는 신선해요?"

당근 옆에 있던 시금치를 한 단 들고 요리조리 살폈다.

"좋아. 오늘 아침에 들어온 거야."

"이게 당뇨에 좋대서요."

사장은 감탄하는 표정을 지었다. 근미는 쑥스러운 듯 미소를 짓고는 시금치 두 단을 집었다. 옆에는 토마토가 있었다. 가장 신선해 보이는 것으로 몇 개 골랐다. 토마토 역시 당뇨에 좋다. 당뇨 환자들은 과일을 먹을 수가 없기 때문에 토마토를 간식으로 드리는 것도 좋은 방법이다.

"자반도 오늘 좋아."

"짠 음식은 좋지 않아서요."

"아, 그렇지, 참."

근미는 사장에게 살짝 고개를 숙여 보이고는 채소 코너를 한 바퀴 더 돌았다. 오이처럼 당이 전혀 없는 채소 몇 개와 생다시마를 샀다. 저녁에는 다시마에 쌈을 드실 수 있도록 해드리는 것도 좋을 것 같았다.

근미의 속사정을 아는 사람이라면 의아할지도 모른다. 시어머니가 일찍 죽기를 바라면서 왜 건강에 좋은 음식들만 그렇게 챙기는지를.

아무도 모를 테지만 누군가 그렇게 묻는다면 근미는 웃어줄 것 같다. 자신은 그런 하수가 아니라고. 만약 시어머니가 지병으로 집 안에서 병사한다면 이 슈퍼의 주인은 동네 사람들에게 말할 것이다.

"그 집 며느리가 참 잘했어. 몸에 좋은 것만 그렇게 사다 먹이고, 매일같이 건강 체크하면서……. 나라면 절대 그렇게 못 할 거야."

근미는 장을 다 보고는 시어머니의 집으로 돌아왔다. 장바구니를 주방에 가져다 놓고 안방의 문을 빠끔히 열었다. 잠이 든 건지 아닌지는 알 수 없지만 몸을 살짝 뒤척이면서 신음을 하고 있었다. 이마에 손을 얹은 것을 보니 두통이 있는 것 같았다. 그냥 문을 닫고 나왔다.

오늘은 근래 들어 최고의 스트레스를 받았을 것이다. 또 내일은 무슨 이야기로 속을 긁어놓을까? 시어머니는 하루 하루 자신이 죽음의 길로 들어서고 있다는 것도 모른 채 제 맘대로 화를 쏟아낼 것이다. 그런 생각만 하면 아무리 자신을 무시하는 시어머니의 말을 들어도 기분이 좋다.

사 온 물건들을 냉장고에 정리하고, 시어머니가 저녁에 먹을 요리를 간단히 해두고는 집으로 돌아왔다. 비밀번호를 누르고 문을 열었을 때 거실에는 어둠만 가득했다. 발소리를 죽이고 승원의 방 앞으로 갔다. 조용히 노크를 했다. 아무런 대답이 들려오지 않아서 조심스레 문을 열었다.

침대 위에 엎어져서 잠들어 있는 승원의 등판이 보였다. 짧은 바지 하나만 입고 상의는 완전히 벗은 상태였다. 깊이 잠들었는지 문을 여는 소리에도 깨어나지 않았다. 책상을 보니 헤드폰이 아무렇게나 던져져 있었다. 근미가 아침에 정리한 흔적은 남아 있지도 않았다.

또 이상한 영상을 봤을까?

오늘은 자신 때문에 엄마가 경찰에 끌려가 조사를 받았다. 승원도 조사를 받았을뿐더러 할머니가 경찰서에 쫓아와 엄마에게 폭언을 하며 머리부터 발끝까지 쥐어뜯어놓는 걸 다 보았다. 자신의 아이를 가진 유정은 죽었다. 이런 상황에서도 그런 영상이 보고 싶을까? 잠이 올까?

근미는 고개를 저었다. 조용히 방문을 닫고 나왔다.

자신이 잠시 잘못 생각했다. 승원은 그런 걱정을 하지 말아야 한다. 뒤를 돌아보지 않고 어떤 걱정, 근심도 없이 앞으로 훨훨 날아야 했다. 그런 뒷받침을 해주기 위해 어떤 모욕도 참고 살아왔다. 승원의 온전한 행복과 미래를 위해서.

근미는 거실로 나와 TV를 틀었다. 딱히 보고 싶은 것이 있는 건 아니었다. 적막이 무거웠다. 고요가 찾아오면 나쁜 생각이 든다. 자신이 지금 시어머니에게 하려는 일, 그리고 승원이 한 일들이 다 나쁘게만 느껴졌다.

TV에서는 아빠가 아이들을 돌보는 프로그램이 나오고 있었다. 육아에 지친 엄마에게 자유를 주고 아빠가 며칠간 혼자 아이를 돌보는 콘셉트의 리얼리티 프로그램이었다. TV 속 다정한 아빠를 보며 근미는 잠시 생각에 빠졌다. 승원에게도 아빠가 있었다면 뭔가 달라졌을까.

그러다 문득 다른 생각이 끼어들었다. 오늘 형사가 일어서려는 근미에게 한 말이 있었다.

'더 생각나는 것이 있으면 연락 주세요.'

그런 게 있을 리가 있겠냐고 생각했다. 형사들에게 하나부터 열까지 다 말했으니까. 그런데 이제 와 생각해보니 말하지 않은 게 있었다.

유정을 만나 뺨을 때리던 날, 자신이 그런 말을 했었다.

"엄마 전화번호 대!"

아기를 지우라는 말에 자꾸만 모르겠다는 대답을 해서
한 소리였다. 유정은 화들짝 놀라며 고개를 세차게 저었다.

"안 돼요. 엄마는 안 돼요!"

승원에게 들어 유정의 엄마 아빠가 따로 산다는 얘기는
알고 있었다. 아빠 쪽도 왕래가 있다고 들었다.

"그럼 아빠 연락처라도 대! 너는 도무지 말이 안 통하니
까 하는 얘기야!"

"제가……."

유정의 눈에서 눈물이 떨어졌다.

"제가 다시 연락드릴게요. 제가…….'

형사에게는 말하지 못했지만 지금에서야 그런 생각이 든
다. 유정이는 그날 아버지에게 연락을 했을까?

# 현 강 수

1

박동규 형사를 기다리며 강수는 마른손으로 얼굴을 쓸어
내렸다. 급격한 피로가 몰려오는 듯했다. 옆에는 아내가 앉
아 있었다. 그녀는 목에 습윤 드레싱붕대를 붙이고 있다. 목
을 매달았던 상흔이 그 아래에 있었다.

형사로부터 전화를 받았을 때, 강수는 아내를 여기에 데
리고 올 생각은 없었다. 어떤 것이든 유정의 이야기는 아내
를 자극할 것 같았다. 그러나 아내가 같이 오겠다고 고집을
썼다. 자신이 엄마라고, 어떤 일이든 자신이 알아야 한다고
말했다. 아무리 고집을 피운대도 혼자 놓고 올 수도 있었다.
하지만 그럴 수 없었다. 혼자 두면 아내가 또 무슨 짓을 할지
모른다.

경찰서에 와줄 수 있겠냐던 박동규 형사는 이유를 이야
기하지 않았다. 대체 무슨 일인데 말을 조심하는 건지 더 불
안이 커졌다. 아내를 옆자리에 태우고 운전해 경찰서에 도

착했다.

들어온 두 사람을 기다리던 박동규는 휴게실로 그들을 안내했다.

"오시느라 고생 많으셨습니다."

"아닙니다."

강수는 휴게실 테이블 의자를 빼 아내를 앉게 했다. 아내가 잠깐 비틀거리는 바람에 그녀의 팔을 잡아 얼른 부축했다. 박동규 형사가 놀라는 표정으로 그제야 아내의 상태를 확인했다. 목에 붙인 습윤 패드와 하얗게 질린 얼굴을 보고 그는 무슨 생각을 할까.

"괜찮으십니까?"

"괜찮습니다."

아내 대신 강수가 대답했다. 그러고는 물었다.

"우리 집을 뒤졌던 그 여자, 잡으셨습니까? 그것 때문에 부르신 거죠?"

박동규 형사는 천천히 고개를 끄덕였다. 그러고는 테이블 위에 두었던 다이어리 밑에서 손바닥만 한 노트 하나를 꺼냈다. 겉표지에는 다양한 스티커가 붙어 있었다. 강수는 처음 보는 것이었다.

"유정 양의 일기장입니다. 보신 적 있으신가요?"

강수는 놀란 눈으로 고개를 저었다. 같이 살지도 않는 자신이 알 리가 없었다. 곧장 아내를 보았다. 아내는 여전히 하얗게 질린 얼굴이었지만 일기장을 똑바로 응시했다. 아내도 고개를 저었다.

"일기를 쓰는지…… 몰랐어요."

"네, 일기장을 숨겨놓고 썼더라고요."

그래서 유정의 방을 조사할 때도 나오지 않았던 모양이었다. 그나저나 이상했다. 유정의 일기장이 갑자기 경찰의 손에 있는 것도 그렇거니와, 왜 이것을 전해주려 자신들을 불렀는지 곧바로 이해가 가지 않았다. 그러다 머리에 스치는 것이 있었다.

"그럼 혹시, 우리 집에 왔던 그 여자가……."

"네, 맞습니다."

강수는 유정의 방을 뒤진 흔적을 본 즉시 경찰에 신고했다. 경찰은 곧장 출동해 아파트 CCTV를 확인했다. 아내 집이 있는 13층에서 내린 여자는 한 사람이었다. 출력해온 CCTV의 장면을 박동규 형사가 내밀었지만 강수도 아내도 본 적이 없는 사람이었다. 이후 박동규 형사가 두 사람을 불렀다는 건 그 여자의 신원을 파악했다는 뜻이었다. 그런데 그 여자가 가지고 간 것이 유정의 일기였다는 사실에 머릿속은 더욱 혼란했다. 그 여자는 누구고, 왜 우리 유정이의 일기장이 필요했던 걸까?

"유정 양에게 남자친구가 있다는 사실, 아셨나요?"

강수는 아내를 보았다. 강수로서는 처음 듣는 이야기였다. 같이 살고 있는 아내라면 알 것도 같았다. 그런데 아내는 또다시 고개를 저었다. 대체 아이에 대해 아는 게 뭐냐는 소리가 목구멍으로 솟구쳤지만 꾹 참아 내렸다. 지금 아내를 자극해서 좋을 게 없었다.

"그런데 그게 그 여자랑…… 일기장이랑 무슨 상관이 있나요?"

"일단 보시는 게 좋을 것 같습니다."

박동규 형사는 유정의 것이라는 일기장을 내밀었다. 몇몇 군데에 포스트잇을 붙여 표시해놓은 곳이 있었다. 아내가 떨리는 손으로 일기장을 잡았다. 표시된 곳을 먼저 펴서 읽는 아내의 손이 파르르 떨렸다. 강수는 대체 무슨 내용이 적혀 있는지 짐작도 가지 않았다. 어떤 내용이길래 남의 집에 침입해서 일기장을 훔치는지 상상할 수 없었다.

툭.

아내의 손에서 일기장이 떨어졌다. 얼굴이 파랗게 질려 있었다. 강수는 얼른 일기장을 도로 주웠다. 지금 아내에게 물어봐야 제대로 된 대답이 나올 것 같지 않았다. 자신이 직접 눈으로 확인해야 했다.

내용을 읽을수록 손이 떨리는 것은, 일기장을 놓쳐버릴

정도로 온몸에 힘이 빠지는 것은 강수도 마찬가지였다.

"임신이라니……."

강수는 아내 쪽으로 고개를 홱 돌렸다. 당신도 알았냐는 질문은 필요치도 않았다. 알았다면 아내의 얼굴이 그렇게 엉망일 리 없었다.

"우리 유정이가 임신이라니……."

아내는 넋이 나간 듯 중얼거렸다. 강수는 정신을 똑바로 차리려 애썼다. 양손을 마주 쥐고 눈을 꾹 감은 채로 깊은숨을 몰아쉬었다. 그러고는 눈을 뜨고 박동규 형사를 똑바로 쳐다보았다. 박동규 형사는 두 사람이 이성을 찾을 때까지 얼마든지 기다려줄 태도로 앉아 있었다.

"그럼 그 여자가 우리 유정일 죽인 겁니까?"

"그런 건 아닙니다."

"그런데 왜 일기장을 훔친 겁니까?"

"사진 속 이 여자분이 유정 양의 남자친구 허승원 군의 모친입니다."

"그럼 그 자식이, 우리 유정일 임신시킨 그놈이 유정일 죽인 겁니까?"

박동규 형사는 천천히 고개를 저었다.

"현재까지 조사 결과로는 그렇지 않다고 생각합니다. 유정 양의 실종 당일부터 시신 발견 당시까지 알리바이가 명확하거든요."

박동규 형사의 말에도 의혹은 사그라지지 않았다.

"그럼 왜 우리 집에 침입해서까지 일기장을 훔쳐 간 겁니까?"

"일기장이 발견되면 자신의 아들이 유정 양을 임신시켰다는 이야기나 책임을 회피했다는 것이 소문날까 봐 두려웠던 것 같습니다."

강수는 주먹을 꾹 움켜쥐었다. 버림을 받았을 때 유정이 얼마나 막막했을지, 혼자 두려웠을지를 생각하면 참을 수 없는 분노가 치밀어 올랐다.

"승원이라는 이 자식이 누굽니까?"

"같은 학교에 다니는 학생입니다."

"머리에 피도 안 마른 것들이……."

혈류가 빠르게 머리 쪽으로 솟구쳐 오르는 것만 같았다. 그 녀석이 눈앞에 있다면 당장에라도 어떻게 해버리고 말 것 같았다. 그 어미라는 작자도 똑같은 인간이었다. 자기 자식에게 오점을 남기지 않겠다고 남의 집에 몰래 들어올 생각을 어떻게 할 수 있는 건지 이해가 가지 않았다. 책임을 지지 않으려는 놈이나 사건에서 자기 아들 이름만 빼려는 어미나 똑같은 작자였다.

"그래서 말입니다, 아버님."

박동규 형사가 조심스레 말을 건넸다.

"잠시 저와 얘기를 좀 하실 수 있으시겠습니까? 그래서 오시라고 했습니다."

"네?"

강수는 되물으며 고개를 돌려 아내를 보았다. 아내는 양 손으로 머리를 감싸안고 테이블에 기대어 있었다. 숙인 고개 아래로 눈물이 떨어져 내렸다. 강수는 다시 박동규 형사를 보았다. 그는 굳은 표정으로 강수를 보고 있었다. 꼭 둘이서만 해야 하는 이야기라고 표정이 말하고 있었다. 아내를 혼자 두는 것이 걱정되었지만 강수는 자리에서 일어섰다.

"그러시죠."

박동규 형사를 따라 복도를 걸었다. 형사팀 사무실로 들어가는 줄 알았는데 그게 아닌 모양이었다. 형사팀을 지나 더 걸어가 작은 방의 문을 열었다. 그가 한번 와본 적 있던 조사실이었다. 의아했지만 안으로 들어가 책상 앞에 놓인 철제 의자에 앉았다. 박동규 형사가 책상을 빙 돌아 맞은편에 앉았다. 그는 한 손으로 노트북의 키보드를 눌렀다. 전원을 켜는 것 같았다.

"여쭐 게 있어서 이렇게 따로 모셨습니다. 이해 부탁드립니다."

강수는 어색하게 살짝 고개를 숙였다.

"혹시 22일이나 그 이후, 유정 양이 아버님을 찾아가거나 전화한 적이 있습니까?"

강수는 어리둥절한 얼굴로 형사를 보았다. 이미 유정의 휴대폰 통화 기록을 다 조사했으니 유정이 자신에게 전화를 건 적이 없다는 건 알고 있을 터였다. 게다가 유정이 찾아온 적이 있다면 자신이 먼저 말했을 것이었다. 그걸 묻는다는 게 의아했다.

"아뇨. 저한테 온 적은 없습니다. 전화를 걸어오지도 않았어요. 근데 그걸 왜 물으시죠?"

"사실은 허승원 학생의 어머니, 그러니까 유정 양의 남자친구였던 학생의 어머니가 유정 양이 임신했다는 얘기를 듣고 유정 양을 찾아간 적이 있었던 모양입니다."

곤란한 듯한 얼굴로 박동규 형사는 말을 이었다. 그 말을 듣고 강수는 피가 거꾸로 솟는 것 같았다. 유정에게 낙태를 종용했다는 것이었다.

박동규 형사는 차마 유정이 뺨을 맞았다는 얘기까지는 하지 않았다.

"그러면서 어머니 연락처를 물었던 모양입니다. 어른들끼리 해결하겠다고요. 근데 유정 양이 절대 엄마한테는 알려서는 안 된다고 했다네요."

"그랬을 겁니다. 엄마가 자길 얼마나 믿고 의지하는지 아는 애니까요. 절대 실망 끼칠 수 없었을 겁니다."

"그래서 여쭤 겁니다. 유정 양은 의논 상대가 필요했을 거예요. 그래서 혹시 아버님을 찾아가지는 않았을까 해서⋯⋯."

강수는 고개를 저었다.

"찾아오지 않았습니다. 찾아왔다면 절대 유정이를 내버려두지 않았겠죠."

"그렇군요."

잠시 침묵이 흘렀다. 강수는 유정에 대한 생각을 하고 있었다. 조금 전 이야기처럼 유정은 엄마에게는 하지 못할 말을 아빠인 자신에게는 의논하곤 했다. 왜 자신에게 오지 않았던 걸까. 아빠에게도 차마 말하지 못할 큰일이었던 것이다. 혼자 끙끙 앓았을 유정을 생각하니 가슴이 미어지는 듯했다.

잠시 침묵을 지키고 있던 박동규 형사가 묻지 않을 수 없다는 듯 굳은 얼굴로 입을 열었다.

"22일 저녁 9시 이후 어디에 계셨습니까?"

강수는 고개를 들었다. 커다래진 그의 눈이 박동규 형사를 바라보았다. 지금 그 물음은 강수의 알리바이를 묻는 거였다.

"절 의심하는 겁니까? 내가 내 딸을 죽였다고요?"

"그런 게 아닙니다. 진상이 드러날 때까지 저희는 모든 것을 묻고 알아낼 수밖에 없습니다. 굳이 의심해서가 아니라 주변 분들의 행적에 따라 힌트를 얻을 수도 있기 때문에 여쭙는 겁니다. 아시겠지만, 유정이와 관련된 모든 분에게 동일하게 드리는 질문입니다."

그렇게는 말하고 있지만 이 형사는 자신을 의심하고 있다. 강수는 명백히 그런 생각이 들었다. 화는 났지만 말해주지 못할 것도 없다.

"그날은 돈을 빌려주기로 한 친구와 같이 있었습니다."

"돈이요?"

"네, 저도 재기를 해야 할 때가 됐다고 생각했습니다. 사업을 시작하려는데 마침 친구가 자금을 대주기로 했습니다. 빌려준다기보다는 투자의 개념이 더 맞겠네요. 그래서 그 친구와 사업 이야기도 할 겸 만났습니다."

"얼마나 같이 계셨습니까?"

"오후 4시에 만나서 밤 10시까지 같이 있었습니다. 그 친구와 헤어지고 나서는 바로 집으로 왔고요."

박동규 형사는 그의 말을 들으며 수첩에 뭔가를 간략히 적어 넣었다. 강수는 그가 자신의 말이 맞는지를 확인하려는 거라고 생각했다. 거리낄 것은 하나도 없었다.

"그 친구분 성함과 연락처를 좀 알려주실 수 있을까요?"

박동규 형사는 눈을 마주치지 않은 채 수첩을 내밀었다. 강수는 잠시 그를 보고는 곧바로 이름과 전화번호를 적어 주었다. 기분은 나쁘지만 딸을 죽인 범인을 찾는다는데 협조를 안 할 수는 없다.

"감사합니다."

"이만 돌아가봐도 되는 겁니까?"

"네."

"우리 유정이 일기장을 훔쳐 간 그 여자는 어떻게 되는 겁니까?"

"불구속기소 되셨습니다."

"꼭 엄벌에 처해주시기를 바랍니다."

강수는 이를 갈 듯 힘주어 말했다. 그 승원이라는 녀석의 낯짝도 보고 싶었다. 하지만 형사에게 말한다고 해서 만나게 해줄 것 같지는 않았다. 이름을 알았고 같은 학교 학생이라는 것도 알았다. 학교로 찾아가면 어떻게든 만날 수 있을 것이었다. 박동규 형사는 녀석의 엄마가 유정을 찾아갔다고 했다. 유정을 어떻게 대했을지는 뻔했다. 몰아세우고 겁을 줬을 것이다. 어쩌면 뺨을 때렸을지도 모른다. 그 녀석에게도 똑같이 해주겠다고 생각했다.

다시 휴게실로 돌아왔을 때 아내는 테이블에 엎드려 있었다. 모든 기운을 소진한 것 같았다.

"여보, 괜찮아?"

아내는 천천히 고개를 들었다. 손을 들어 흐트러진 머리를 쓰다듬었다.

"형사가 뭐래?"

"으응, 그냥. 유정이가 나에게 따로 연락한 적은 없었는지, 찾아온 건 없었는지 그런 걸 물었어."

알리바이를 조사했다고 말할 수는 없었다.

"유정이가 연락한 적 있어?"

"없어. 자, 일어나자."

아내가 힘없이 일어났다. 아내의 팔을 부축하고 휴게실을 나와 주차장으로 갔다. 아내를 옆 좌석에 태우고 집으로 향했다.

"집에 갈 거야?"

집에 도착한 아내는 강수의 도움으로 침대에 누우면서 그에게 물었다.

"가야지."

"응."

"이상한 생각 하지 마."

아내는 대답하지 않았다.

"우리 유정이 그렇게 만든 놈, 누군지 꼭 봐야지. 어떤 놈인지 꼭 보고 그 새끼 처벌받는 것까지, 끝까지 지켜봐야지.

그래야 우리 유정이도 편하게 눈감을 수 있을 거야. 그게 유정이 엄마 아빠로서 해줄 수 있는 거고. 알았지?"

아내는 잠시 뭔가를 생각하다가 응, 하고 고개를 끄덕였다. 강수는 이불을 끌어 아내의 목까지 덮어주었다.

"좀 자. 잠이 안 오면 수면제를 먹고서라도 자. 그리고 밥도 잘 챙겨 먹고."

"여보."

돌아서 나가려던 강수가 멈추어 서서 뒤돌아보았다.

"우리 다시 합칠까?"

강수는 씁쓸하게 웃었다.

"그게 우리 유정이가 바라던 일이라는 거, 나도 알아. 근데 지금 합치면 이나마 있는 재산이라도 다 빚쟁이들한테 넘어가."

아내는 등을 돌린 채로 대답하지 않았다.

"지금 친구 명의로 사업을 준비하고 있어. 조금만 기다려줘. 내가 꼭 재기할게. 그래서 우리 유정이한테 당당한 아빠가 될게."

"응."

아내의 대답을 듣고 나서야 강수는 방문을 조심스럽게 닫고 나왔다. 그러고는 거실을 가로지르다 문득 걸음을 멈춰 세우고 집 안을 둘러보았다. 이 집은 강수와 아내, 그리고 유정이 살던 곳이었다. 셋이서 열심히 삶을 꾸렸다. 그때는 이 집 안이 가득 찬 느낌을 받았다. 변한 건 아무것도 없지만 이제 이 집에는 아내만 혼자 남아 있다.

이제 잠에서 깬 아내가 거실로 나와 혼자 맞이할 이 집의 적막은 무거울 것이었다. 집에는 유정과 함께한 모든 추억이 다 스며들어 있다. 강수는 문을 열고 밖으로 나갔다. 엘리베이터의 하행 버튼을 누르고는 다시 한번 집 쪽으로 고개를 돌렸다.

이사를 가라고 하는 게 나을 것 같다는 생각이 들었다. 앞으로 혼자 살아야 하는데 이 집은 그녀에게 너무 크다.

강수는 엘리베이터를 타고 1층에서 내렸다. 주차장으로 가 자신의 차에 올라 시동을 걸었다. 그런 그의 눈길을 잡는 것이 있었다. 바로 블랙박스였다. 출발하려다 말고 그것을 물끄러미 보았다. 강수가 블랙박스로 손을 뻗는데 그의 휴대폰이 울렸다. 화면에는 발신인이 떠 있었다.

[동업자]

강수는 전화를 받았다.

"어, 자기야."

**2**

"어, 다 왔어. 금방 내려."

휴대전화를 귀에 대고 상대방에게 말하던 강수는 갑자기 생각났다는 듯 말을 이었다.

"나 전화 한 통만 하고 들어갈게. 잠깐 기다려."

전화기 너머에서 애교 섞인 목소리가 들려왔다. 강수의 입가에 어렴풋한 미소가 실렸다.

"나도. 빨리 갈게."

다정한 말투와는 달리 전화를 끊는 강수의 얼굴에서 미소가 사그라졌다. 그는 미간을 찌푸리고 블랙박스를 응시했다. 설마, 하는 생각과 함께 심장이 두근거렸다. 왠지 보면 안 될 것 같은 기분이 들었지만 보지 않을 수 없다는 것을 그는 잘 알고 있다. 손을 뻗어 블랙박스 기기를 조작했다.

영상 확인 버튼을 누르자 녹화된 파일들이 일렬로 나왔다. 파일명은 모두 녹화된 날짜로 저장되어 있었다. 버튼을 조작해 위로 올려 22일의 파일을 선택했다. 영상 파일을 여는 'OK' 버튼을 활성화시켜두고 잠시 깊은숨을 내쉬었다. '확인' 버튼을 눌렀다.

그의 차는 고속화도로를 달리고 있다. 그날은 새로 오픈하려는 사업장의 인테리어 상태를 보고 오는 날이라 저녁

늦게 집에 도착했다. 영상을 8배속으로 돌렸다. 눈에 걸리는 이상한 점은 발견되지 않았다. 강수는 영상을 끄고 다른 파일을 눌렀다. 같은 날 녹화된 마지막 영상이다. 달리는 차창 밖으로 어두워진 하늘이 보인다. 앞으로는 차의 헤드라이트가 길게 뻗어 있다. 익숙한 장소 앞에서 차는 크게 우회전한다. 바로 자신이 살고 있는 아파트 단지다. 두 개의 동을 가로질러 3동 앞 지상 주차장에 차를 세웠다.

강수는 눈을 크게 떴다. 운전석에 있을 때는 보이지 않던 것이 그의 눈에 들어왔기 때문이었다. 강수의 차보다 훨씬 멀리 서 있는 차 뒤에 작은 사람 같은 것이 보였다. 그 사람은 강수의 차가 들어오는 것을 확인했는지 이쪽을 향해 한 걸음 내디뎠다. 얼굴이 조금 더 선명하게 보였다. 강수는 자기도 모르게 블랙박스를 쥐고 있던 손을 툭 떨궜다.

유정이었다. 유정이 사라진 그날 밤 자신을 만나러 이 아파트에 왔다.

"아우, 조금만 있다가. 왜 이래 정말."

깔깔거리는 목소리가 강수의 귀를 파고들었다.

"가만히 있어봐."

그건 다시 듣지 않아도 자신의 목소리라는 것을 알 수 있었다. 강수는 화면 속 작은 점처럼 보이는 유정을 보았다. 유정은 천천히 멀어져갔다. 뒷걸음질을 치는 것이다. 이내 그

점은 사라져버렸다.

유정이 무엇을 봤는지는 강수가 훨씬 잘 알았다. 그는 그때 조수석에 서령을 태우고 있었다. 휴대폰 속 동업자로 저장되어 있는, 경찰에게는 그날 같이 있었다고 했던 동업자 윤서령이 앉아 있었다.

기분이 아주 좋은 날이었다. 아내로부터 목돈이 입금되었고 그걸로 가게 인테리어 대금을 치렀다. 기분을 내자며 서령을 태우고 은파시 외곽을 한 바퀴 드라이브했다. 맛있는 식사도 했고, 카페에도 갔다. 진한 커피를 마시며 강수는 서령의 손 위에 자신의 손을 올렸다. 빨간 매니큐어가 칠해져 있는 긴 손톱은 자극적이었다. 강수는 그날 서령에게 옆에 있어줘서 고맙다는 말을 했던 것 같다. 그런 이후 모텔로 향하려는 차를 돌려세운 것은 강수였다. 어차피 앞으로 같이 살아야 한다. 서로의 삶 속으로 더 깊이 들어가자는 뜻에서 강수는 자신의 집으로 차를 몰았다.

그때 강수의 아파트에서 유정이 자신을 기다리고 있었을 거라고는 생각지 못했다.

강수는 다시 화면을 조작해 영상을 앞으로 조금 돌렸다. 그러고는 다시 재생 버튼을 눌렀다.

"아우, 조금만 있다가. 왜 이래 정말."

"가만히 있어봐."

그들은 키스를 했다. 자신의 손이 서령의 옷 위를 더듬었던 것 같기도 하다. 그때의 기분으로는 차에서 일을 치렀어도 부족하지 않았을 것이었다.

그걸, 유정이 보았다.

화면 속에서 유정이 사라졌다. 그리고 그날 바로 유정이 실종되었다. 강수는 머리를 움켜쥐었다. 설마 그때 유정이 거기 있을 거라고는 생각도 하지 못했다. 그는 신음 같은 소리를 내며 머리를 운전대에 박았다.

유정이 얼마나 충격을 받았을지는 상상하지 않아도 알 수 있었다. 아빠 앞에 당연히 나타나지 못했을 것이었다. 그 다음에 유정은 어디로 갔을까? 경찰은 실종 당일 유정의 동선을 제대로 파악하지 못하고 있었다.

강수는 얼른 옆에 두었던 휴대폰을 쥐었다. 그러고는 주머니에서 명함 한 장을 꺼냈다. 박동규 형사의 명함이었다. 그 명함과 휴대폰을 번갈아 보며 번호를 찍었다. 통화 버튼 위에서 손가락이 멈췄다.

물론 이 아파트에 유정이 왔었다는 사실을 알면 일이 쉽게 풀릴 수도 있다. 아파트에서부터 이어지는 도로 CCTV를 샅샅이 수색하면 새로운 증거가 나올지도 모른다. 운이 좋으면 범인과 함께 있는 영상을 찾아낼 수도 있었다. 그렇게 된다면 유정을 죽인 범인을 잡을 수 있는 것이다. 아깝게 사그라져간 유정의 목숨을 그렇게나마 위로해줄지도 모른다.

'하지만.'

이 영상을 넘긴다면 자신이 외도를 하고 있었던 것까지 밝혀지게 된다. 아무리 경찰에 함구해달라고 부탁한다고 해도 그 사실이 아내에게 전해지지 말란 법은 없었다. 그렇게 된다면 지금까지 자신이 계획하던 것이 모두 어그러지고 만다.

그는 아랫입술을 깨물었다. 그리고 블랙박스 옆에 있는 작은 버튼을 눌렀다. 안에 있던 칩이 살짝 튀어나왔다. 그걸 빼 바로 주머니에 넣었다. 그는 차의 시동을 끄고 내렸다.

엘리베이터를 타고 집까지 올라갔다. 현관에서 비밀번호를 누르고 문을 열자 문 앞에 바로 그녀가 서 있었다. 윤서령. 자신을 흥분케 하고, 앞으로 자신과 살 여자, 그리고 자신을 살게 하는 여자.

서령이 얼른 달려와 그의 목에 매달렸다. 강수는 그녀의 한 줌도 채 되지 않을 것 같은 가녀린 허리를 한쪽 팔로 안은 채 그녀의 입술에 깊은 입맞춤을 했다. 서령은 장난을 치듯 얼굴을 이리저리로 비틀며 입술을 마구 문질렀다. 얼굴을 떼었을 때 그녀의 립스틱이 엉망으로 뭉개져 있는 것이 보였다. 분명 자신의 입술에도 묻었을 것이었다.

"왜 이제야 왔어?"

애교가 가득한 목소리로 서령이 물었다. 강수는 그녀를 왼쪽 팔로 끌어안고는 거실로 향했다. 그러고는 소파에 서령을 앉혔다.

"어제는 왜 안 들어왔냐니까?"

칭얼거리는 서령의 목소리를 들으며 강수는 화장실 문을 열었다. 세면대 앞에 서서 거울을 보았다. 예상한 대로 서령의 립스틱이 입술 위에 잔뜩 묻어 있었다. 그는 화장지를 한 장 떼어 입술을 닦았다. 서령이 잽싼 걸음으로 화장실 앞까지 왔다.

"빨리! 어제 왜 안 들어왔는지 말하란 말야."

강수의 팔에 매달린 서령을 그는 사랑스럽게 내려다보았다. 이런 애교는 그를 항상 녹게 만들었다. 서령은 "빨리, 빨리" 하며 강수를 화장실 밖으로 끌어내었다. 그러고는 강수를 강제로 소파에 앉혔다. 강수의 무릎 위에 서령이 올라앉았다. 그녀는 팔을 뻗어 강수의 목덜미를 감쌌다. 하체가 달라붙어 있어 강수는 자신의 몸이 조금씩 달아오르는 것을 느꼈다.

"그 여자 집에 있었지?"

서령은 강수의 아내를 그렇게 불렀다.

"잤어?"

강수는 고개를 저었다.

"그 여자가 자살 기도를 했어."

"뭐?"

새된 소리를 지르며 서령이 벌떡 일어섰다. 그녀는 그렇잖아도 큰 눈을 휘둥그레 떴다. 벌어진 입은 다물어질 줄 몰랐다. 그녀에게 꽤 큰 충격인 것 같았다.

"그 여자 미친 거 아냐?"

"다행히 내가 그때 갔으니 망정이지, 안 그랬으면 정말 큰일 날 뻔했어."

강수는 지금 생각해도 심장이 오그라드는 기분이었다. 자칫 5분만 늦었다면 아내가 죽고 말았을지 모른다.

그것 자체는 큰 문제가 아니다. 문제는 따로 있다.

애써 이혼을 했던 이유가 있었다. 사업이 부도나면서 강수에게 여러 채무자가 압류를 걸었다. 강수의 명의로는 재산을 한 푼도 가질 수 없었다. 그래서 이혼했다. 아내에게는 위장 이혼이라고 말했다.

그런 다음 아내에게 돈을 타오고 있었다. 아내가 현금으로 찾아 강수에게 건넸다. 생활비일 때도 있었지만, 강수가 서령을 만나 큰 뷔페를 운영하기로 한 다음부터는 사업 자금이라는 명목으로 목돈을 받아왔다. 당연히 뷔페의 명의는 서령의 것이다.

그런 아내가 죽어버리면 큰일이다. 아내가 죽으면 그 재

산은 다 아내의 친정 식구들에게로 상속된다. 둘 사이에 있
는 딸자식마저 죽었으니 강수가 차지할 수 있는 돈은 한 푼
도 없다는 뜻이었다. 그렇게 될 수는 없었다. 아내가 가지고
있는 나머지 현금과 지금 살고 있는 고가의 아파트, 그리고
유정의 앞으로 나올 사망보험금을 전부 강수가 모두 가지
고 올 때까지 아내는 살아 있어야만 했다.

"그럼 어떻게 해?"

"뭘?"

"당신이 여기 이렇게 와 있는 동안 또 죽으려고 하면 어떻
게 하냐고?"

서령은 진심으로 걱정하고 있는 듯했다.

"앞으로 돈 들어갈 데가 얼마나 많은데."

강수는 서 있는 서령의 손을 잡아당겼다. 그녀가 못 이기
는 척 끌려와 강수의 옆에 털썩 앉았다. 강수는 한쪽 팔을 들
어 서령의 어깨에 올렸다. 서령이 작은 머리를 강수의 가슴
에 살포시 기댔다. 강수가 반대쪽 손을 서령의 가슴 위에 올
렸다. 슬슬 움직여 부드럽게 가슴을 애무한 뒤 살짝 꼭지를
쥐었다. 그녀의 찰진 가슴을 손바닥으로 뭉개보기도 했다.

"걱정 마. 더 이상 그런 일은 안 벌일 거니까."

"어떻게 알아?"

"어미잖아."

"무슨 소리야?"

강수는 어깨를 으쓱했다.

"내가 얘기했지. 어떻게 자식을 죽인 범인이 잡히는 걸 보지도 않고 죽으려 하느냐고. 어떻게든 살아남아서 범인이 처벌받는 걸 봐야 하는 거 아니냐고."

"그러니까 알아듣는 것 같아?"

"당연하지."

서령은 강수의 품 안에서 흐음, 하고 작은 소리를 냈다.

"그럼 범인이 잡히면? 처벌받는 거 보고 바로 자살하는 거 아냐?"

"그 전에 재산을 다 가지고 와야지."

서령이 생각지도 못했다는 듯 양 손바닥을 짝 부딪쳤다.

"그럼 되겠다!"

그렇지 않아도 강수는 아내의 자살 시도를 보고 계획을 당기기로 했다. 아내가 가지고 있는 자산들을 모두 가지고 와야겠다고 결심했다. 특히나 자산 중 가장 많은 비율을 차지하고 있는 아파트를 빨리 처분하도록 할 생각이었다. 아내에게 설명할 이유는 이미 생각해놓았다. 유정과 같이 살던 아파트에 아내를 혼자 놔둘 수 없다고 하면 되는 일이다. 지금보다 훨씬 작고 낡은 아파트 하나를 전세로 빌리게 할 생각이었다. 남는 돈은 당연히 자신의 사업 자금이 될 것이다. 아내도 자신이 사업을 계획하고 있다는 건 알고 있었다. 동업자의 명의로 재기를 노릴 거라고 이미 설득해놓은 상태였다. 그런 아내에게 돈을 타내는 것은 너무나 쉬운 일이다.

서령이 말했다.

"근데 그 여자, 충격이 크긴 한가 보다. 벌써 자살하려는 거 보면."

"그렇겠지."

서령이 그를 보더니 낮은 휘파람을 불었다. 그러고는 어깨를 빙글 돌려 한쪽 몸을 겹쳐왔다. 그녀는 손등으로 강수의 뺨을 쓸어내렸다.

"나쁜 아빠네."

강수는 서령의 손목을 잡았다. 그녀의 몸을 밀치고 소파에서 일어났다.

"삐졌어?"

"아니, 화장실."

강수는 화장실로 들어갔다. 문을 닫고 세면대 앞에 섰다. 수도를 틀고 양손에 물을 받아 거칠게 세수했다. 몇 번 그러고는 물을 껐다. 거울을 봤다. 물이 뚝뚝 흐르는 얼굴이 자신을 응시하고 있었다.

블랙박스 속의 유정을 생각했다. 유정은 그날 자신을 왜 찾아왔을까. 짚이는 것은 있었다. 임신 때문이다. 아빠에게 털어놓을 생각이었을까? 엄마에게는 말하지 못했을 유정의 마음을 충분히 이해할 수 있었다. 아내는 위장 이혼 이후 아이를 더욱 엄격하게 대했다. 남편인 강수 없이도 잘 키워 내려고 했을 수도 있고, 주변에서 수군덕대는 소리를 듣지 않게 하려고 했을지도 모른다.

유정은 가끔 강수에게 연락을 하거나 찾아오기도 했었다. 엄마의 그런 기대가 무겁다고 말했다. "너를 위해 모든 걸 다 하고 있어. 네가 우리의 미래야." 그런 말을 들으면 도망가고 싶어진다고 했다. 아빠가 다시 돌아와주면 안 되냐는 말에는 대답을 하지 못했다.

만약 그날 서령을 옆에 태우지 않았다면, 유정을 만났다면 유정은 죽지 않았을까? 그런 생각을 하자 가슴이 울렁거렸다. 뭔가가 올라올 것만 같았다. 세면대를 붙들고 헛구역질을 했다. 수도를 틀어 다시 얼굴을 씻었다.

그는 주머니에 손을 넣어 블랙박스 칩을 꺼냈다. 중요한 단서일 수 있다. 그걸 물끄러미 내려보던 강수는 고개를 저었다.

동업자가 내연 관계라는 것을 아내에게 알릴 수 없다. 그러나 무엇보다 중요한 것이 있다. 자신 때문에 유정이 죽은 것이어선 안 됐다. 자신이 그날 유정을 만나 이야기를 들어주고 조언을 해줬다면 유정이 죽을 일은 없었을 거라고. 그렇게 생각하면 스스로를 용서할 수 없을 것 같기도 했다.

그건 싫다.

자신은 이제 커다란 고급 뷔페의 사장이 될 것이다. 아내와는 이혼을 한 상태이니 서령과 결혼하면 된다. 유정에 대한 죄책감 같은 것을 남겨두고 싶지 않다.

블랙박스 칩을 화장실 변기에 던져 넣었다. 작은 칩은 곧장 변기에 빠져 작은 구멍 속으로 들어가버리고 말았다.

"자기 뭐 해?"

밖에서 서령이 부르는 목소리가 들려왔다.

"금방 나가."

강수는 그대로 변기의 물을 내렸다.

화장실 문을 열고 나갔다. 서령이 웃으며 말했다.

"뭘 이렇게 오래 있어? 배탈이라도 났……!"

서령이 말을 끝마치기도 전에 그녀의 입술을 덮쳤다. 그녀는 깜짝 놀라 몸을 굳히면서도 강수를 밀어내지 않았다. 그는 서령에게 집요하게 키스했다. 입술을 가르고 들어가 혀로 그녀의 혀를 감았다. 손으로는 빠르게 그녀의 블라우스 단추를 풀었다. 한 손이 성마르게 그녀의 속옷 속으로 들어갔다. 마치 터트릴 것처럼 그녀의 가슴을 움켜쥐었다.

"잠깐만, 천천히."

그녀는 강수를 다독이려 하면서도 그의 손길에 순종적으

로 움직였다. 그녀 역시 강수의 셔츠를 벗겼고, 입술을 받아들이면서 소파 위로 누웠다. 강수의 몸이 겹쳐져 왔다. 강수의 다리 사이로 서령이 자신의 다리를 집어넣었다.

"당신 오늘 열정적이네."

강수는 대답 대신 다시 입술을 부딪쳤다.

유정을 죽인 것은 내가 아니다. 나는 아무 잘못도 하지 않았다. 그러니 내가 가져야 할 죄책감 따위는 아무것도 없다. 그따위 블랙박스 영상 하나로 찾아낼 수 있는 건 경찰 역시 아무것도 없을 것이다. 어차피 유정이 왜 그런 곳에서 시신으로 발견됐는지 찾아내지도 못하지 않았나. 유정이 찾아왔다는 사실 하나는 아무런 도움이 되지 않을 것이다. 강수는 블랙박스 칩을 버린 자신을 끊임없이 합리화했다.

"자기, 자기 전화!"

서령의 목소리에 문득 정신을 차렸다. 어느새 그의 셔츠는 다 풀어져 있었고 서령은 팬티 하나만 남은 채로 나신이었다. 테이블에 올려두었던 휴대폰 벨 소리가 뒤늦게 귓속을 파고들어왔다. 그는 몸을 일으켜 소파에 앉았다. 휴대폰을 집어 들고 발신자를 확인했다. 낯익은 번호였다.

"유정이 담당 형사야."

강수는 거칠어진 호흡을 가다듬었다. 뒤에서 서령이 일어나 블라우스를 들어 걸쳤다. 강수는 서령을 향해 입술 중앙에 검지를 들어 보이고는 전화를 받았다.

"여보세요? 네, 제가 유정이 아빱니다."

전화기 너머에서 성마른 목소리가 들려왔다.

"범인을 잡았다고요?"

서령이 놀라 그를 보았다.

"누굽니까?"

강수는 잠시 멍하니 앉아 있었다. 자신이 들은 소리가 맞는지…… 정신이 없었다.

"담임선생님이 왜……."

# 민혜옥

1

"물 필요하십니까?"

박동규 형사의 말에 혜옥은 낮게 고개를 저었다. 답답함이 느껴지기는 하지만 목이 마르지는 않다. 답답하다는 느낌조차 조사실이 좁기 때문은 아닐 것이었다. 앞으로 자신에게 펼쳐질 인생이 도무지 보이지 않기 때문이리라.

형사들이 찾아온 것은 아침 교직원 조회가 막 끝나갈 무렵이었다. 노크 소리가 들리자 오늘 하루 수고하라는 말을 하던 교감선생님의 말이 끊겼다. 혜옥을 포함한 교사들이 고개를 출입문 쪽으로 돌렸다. 학생이 들어올 거라고 생각했는데 예상 외로 젊은 남자들이었다. 최근 여러 형사가 들락거렸기 때문에 바로 경찰서에서 나온 거라는 사실을 알 수 있었다. 하지만 평소와 다름없이 조사 때문이라고 생각했지, 자신을 체포하러 온 거라고는 전혀 예상하지 못했다.

"민혜옥 씨?"

"네?"

자신의 앞까지 다가온 형사의 표정은 무뚝뚝했다. 턱 주변에 수염이 푸릇하게 나 있었다. 밤을 새웠는지도 모른다.

형사는 아무 말 없이 팔을 뻗어 혜옥의 손목을 잡았다. 그러고는 어떻게 할 사이도 없이 뒷주머니에서 수갑을 꺼내 혜옥의 손목에 채웠다. 교무실 안이 순식간에 웅성거림으로 가득 찼다. 놀라서 숨을 들이켜는 교감선생님과 비명이라도 막는 듯 두 손을 들어 입가를 가리는 선생들이 보였다.

"당신을 현유정 양 살인 혐의로 체포합니다. 당신은 묵비권을 쓸 수 있고……."

드라마에 나오는 것처럼 형사가 미란다원칙을 말하는 동안 혜옥은 눈을 깜박였다. 귓가에서 이명이 들렸다. 심장이 굳어버린 듯 뛰지 않는 것 같았다. 천천히 얼굴을 들었다.

"무슨 소리를 하시는 겁니까? 저는 아닙니다."

"가서 얘기하시죠."

"증거 있어요?"

형사는 표정 없는 얼굴로 혜옥을 보았다. 그 순간 혜옥은 어쩌면 알았을지도 모른다. 모든 것이 끝났다는 것을.

형사가 나머지 한 손에 마저 수갑을 채웠다. 옆에 서 있던 다른 형사가 들고 있던 커다란 수건으로 수갑을 찬 양 손목을 둘둘 감았다. 학생들을 포함한 다른 사람에게 보이지 않게 하기 위한 최소한의 배려 같았다. 어쩌면 이렇게 아침부터 그녀를 체포하러 온 것은 단순히 지금 그녀의 범죄가 드러나서가 아니라 수업에 들어가기 전, 학생들 없는 곳에서 그녀를 데려가기 위한 배려였는지도 몰랐다.

그렇게 체포되어 형사들이 타고 온 승합차로 여기까지 왔다.

"그럼 시작하겠습니다."

물이 필요 없다고 하자 박동규 형사는 의자 위에서 자세를 바로 하며 키보드 위에 손을 올렸다. 그러고는 혜옥의 이름과 주민등록번호를 물었다. 이미 알고 있을 테지만 조사를 위한 절차인 것 같았다. 혜옥은 천천히 답했다.

"8월 22일 현유정 양을 살해하셨죠?"

감정의 동요는 생각보다 크지 않았다. 여기까지 오는 동안 많은 생각을 해서인지도 모른다.

"아뇨."

혜옥은 아직 희망의 끈을 놓고 있지 않았다. 경찰이 손에 뭘 들고 있는지 아직은 알 수 없다. 섣부른 대답을 해서는 안 된다.

박동규 형사는 가만히 혜옥을 응시했다. 그리고 한숨을 쉬듯 낮게 웃으며 다이어리 위에 놓여 있던 것 중 한 장의 사진을 내밀었다.

"이 사람 본 적 있죠?"

혜옥은 사진 위로 시선을 옮겼다. 자신도 모르게 순간적으로 어깨를 흠칫 떨었다. 그녀는 아랫입술을 살짝 깨물고는 대답하지 않았다.

"어디서 보셨죠?"

"……."

"허승원 학생의 집에서 보셨죠?"

대답하지 않았지만, 충분히 확신하고 있다는 것을 혜옥은 알 수 있었다. 박동규 형사는 사진을 거둬갔다.

"저희 쪽 형사입니다. 허승원 학생을 조사하러 갔을 때 집 앞에서 만나셨죠?"

정확히 기억하고 있었다. 형사가 올 거라고는 상상도 못했어서 너무 놀랐었다. 얼굴을 가리는 건 티가 날 것 같아 순간적으로 고개를 돌렸는데 형사가 자신의 얼굴을 보았는지는 몰랐다. 아주 찰나의 일이었기 때문이다. 하지만 역시 형사의 날카로운 눈은 피할 수 없었다.

"사건이 아주 난항이었죠. 시신 발견 장소에 CCTV도 없고 현장에 어떤 증거도 떨어져 있지 않았으니까요. 이럴 때 수사에 활기를 띠게 하는 게 뭔지 아십니까?"

그는 잠시 말을 멈추고 혜옥을 보았다. 혜옥은 입을 다물고 박동규 형사가 아닌 벽 쪽의 어느 한 지점을 응시하는 데

최선을 다해야만 했다. 눈이 마주치는 순간 그가 자신 안에 숨겨놓은 뭔가를 읽어낼 것만 같았다.

"바로 용의자죠. 용의자를 압축할 수만 있다면 아주 베스트입니다. 그 사람의 동선을 따라가면 되니까요."

그는 자신만만한 어조였다.

"그날 허승원 학생의 집에 다녀온 형사의 보고를 들었을 때 이상했습니다. 왜 선생님이 학생의 집에서 나올까? 옛날처럼 가정방문이 있는 것도 아니고, 맡은 반 학생도 아닌데요. 혹시 직접 설명해주실 수 있겠습니까?"

순간적으로 여러 변명거리가 머리를 스쳤다. 하지만 하나도 제대로 말이 되는 건 없었다. 무엇보다 이 형사는 이미 모든 것을 알고 있다. 그의 눈빛에서 확신할 수 있었다.

"허승원 학생의 집 엘리베이터 CCTV를 조사했습니다. 거기서 선생님의 모습이 상당히 자주 포착되더군요. 왜 그렇게 자주 허승원 학생의 집에 가셨죠?"

"……그게 유정이의 죽음과 무슨 상관인가요?"

목소리가 떨린다는 것을 자신도 알고 있었다. 하지만 그게 지금 자신이 할 수 있는 최선의 대처였다.

"상관이 있죠. 사람이 사람을 죽일 때는 여러 이유가 있습니다. 원한, 복수 그리고……."

박동규 형사가 눈을 똑바로 마주쳐왔다.

"진실의 은폐."

자신도 모르게 혜옥은 입술을 핥았다. 박동규 형사가 웃으며 물었다.

"물 드릴까요?"

온 힘을 다해 그를 노려보았다. 그는 지금 어떻게 해서든 자신을 자극해 자백을 끌어내려고 하고 있었다. 이것이 그들의 수사 기법 같은 것인지도 모른다.

"유정이는 승원이의 여자친구죠. 그러니까 선생님에 대해서도 이야기를 들었을지 모릅니다."

표정 변화 없는 혜옥의 얼굴을 보며 박동규는 말을 이었다.

"유정이가 비밀을 알고 있었던 거죠?"

"무슨 말인지 모르겠습니다."

박동규는 한숨을 쉬었다. 옆에 둔 다이어리에서 서류 한 장을 더 꺼냈다. 혜옥은 그쪽으로 시선을 옮겼다. 저 안에 자신이 모르는 증거들이 얼마나 많이 숨겨져 있을지 두려웠다.

박동규가 꺼낸 서류를 혜옥 앞에 내밀었다.

"선생님의 계좌 내역입니다."

이제야 확실히 알 수 있다. 이 사람은 모든 것을 다 알고 있다.

혜옥은 책상 밑으로 내리고 있던 주먹을 꼭 쥐었다. 부들
거리는 눈으로 서류를 노려보았다. 박동규가 일일이 지목
하지 않아도 거기에 같은 이름이 여러 번 적혀 있는 것을 알
고 있었다. 김근미. 바로 승원의 어머니 이름이다.

"왜 매달 꼬박꼬박 이런 거액을 받으셨던 겁니까?"

"······이미 알고 계시는 것 같은데요."

박동규 형사는 피식 웃었다.

"네, 알고 있습니다. 허승원 학생을 별도로 과외하고 있으
시죠? 불법 과외."

누가 목을 조이고 있는 것 같았다. 숨이 잘 쉬어지지 않았
다. 크게 숨을 들이켰다. 아주 잠깐 옛날의 기억들이 머리를
스쳐 지나갔다. 교사가 되기 위해 고시원에 틀어박혀 공부
하던 시절, 그리고 정교사가 되기 위해 발악하던 때. 처음 학
생들을 맡게 되어 두근거리며 들어서던 교실. 선생님, 하고
불리던 첫 순간.

이제 모든 것이 끝났다. 그건 인정해야 했다. 혜옥은 고개
를 들었다.

"그게 유정이의 살인 사건과 대체 무슨 상관이 있냐고요?"

날카롭게 물으려 애썼지만 그 역시 모두 박동규의 머릿
속에 이미 들어 있는 질문이었던 것 같다. 박동규는 미간 하
나 찌푸리지 않았다.

"자, 그럼 얘기를 다시 돌려볼까요?"

그는 노트북 키보드를 두드렸다. 그리고 혜옥 쪽으로 화면을 돌렸다. 어떤 영상을 멈춘 것 같은 장면이 화면 하나 가득 펼쳐져 있었다. 처음에 혜옥은 그게 무엇인지 몰랐다. 그러나 자세히 본 순간 그녀는 날카로운 숨을 들이켰다.

"제가 말씀드렸죠? 용의자만 확정되면 그 사람의 동선만 따라가면 된다고. 유정 양이 처음으로 실종된 22일 밤, 선생님은 그날 남편분과 댁에 계속 계셨다고 하셨습니다."

"그건……."

떨리는 목소리를 어찌할 수 없었다. 머릿속이 거미줄 같은 것으로 뒤엉킨 기분이었다. 아무리 해도 앞이 보이지 않았다.

"저 차는 남편분의 차죠. 그러나 선생님도 일이 있을 때는 운전하신다고 들었습니다. 그날 운전하실 일이 있었던 겁니까?"

손끝이 차가워졌다. 피가 어느 한 곳으로도 흐르는 것 같지 않았다. 온몸의 기능들이 멈춰버린 것 같았다.

"사실은……."

혜옥은 어떻게든 이 상황을 벗어나야 한다고 생각했다. 그녀는 자리에서 일어섰다. 그러고는 크게 숨을 들이쉬었다. 수갑을 찬 양손으로 치마를 허벅지 위까지 들어 올렸다.

순식간에 벌어진 그녀의 행동에 박동규 형사가 시선을 피했다. 하지만 혜옥이 한참 동안 그러고 있자 박동규 형사가 다시 눈길을 돌렸다. 그의 인상이 잔뜩 구겨져 있었다.

엄청난 멍 자국들이 혜옥의 허벅지를 잠식하고 있었다. 오래되어 누렇게 변한 것도 있었고 얼마 되지 않아 새파랗거나 피가 터질 것처럼 새빨간 것도 있었다. 팔도 걷어 보이고 몸도 보이고 싶었지만 수갑을 찬 상태에서는 그럴 수 없었다.

"남편한테 폭력을 당하고 있었어요. 그래서 그날 병원을 갔던 겁니다."

"앉으세요."

박동규 형사는 어느새 다시 무표정한 얼굴로 돌아와 있었다. 수사 중에는 감정을 드러내지 않도록 훈련을 받았는지도 모른다.

형사가 말했다.

"선생님의 동선을 뒤지다가 이 영상을 발견하고 남편분을 먼저 만났습니다. 그날 남편분은 같이 집에 있었다고 말씀하셨으니까요. 다시 만나 영상을 보이고 물었을 때에야 선생님이 병원에 가셨었다고, 자신의 폭행 사실을 고백하시더군요."

남편은 다시 경찰을 만난 사실을 말한 적이 없다. 대체 무슨 생각으로 말하지 않았을까.

"그 시간에 갈 수 있는 병원은 응급실밖에 없죠. 은파시에는 응급실을 운영하는 병원이 단 세 곳뿐입니다. 그곳 모두에서 선생님이 다녀가신 흔적은 발견되지 않았습니다."

혜옥은 영상을 보았다.

대체 어디서 찍힌 걸까? 분명 그 인근에는 CCTV가 없었다. 그걸 알고 일부러 유정과 거기서 만나기로 한 것이었다.

마치 혜옥의 심정을 읽은 듯 박동규가 말했다.

"이 영상은 선생님 집 근처 공원 쪽에 있는 주유소 CCTV 영상입니다. 주유소에 CCTV가 없었다면 알아내지 못했을 테죠."

혜옥은 자신도 모르게 입을 벌렸다. 분명 그 길에 주유소가 있었다. 거기에 도로 쪽을 비추는 CCTV가 있을 거라고는 상상도 하지 않았다. 찬찬히 생각해보면 예상할 수 있었을지 모른다. 하지만 그때는 그렇게 깊이 생각할 겨를이 없었다.

박동규 형사는 키보드의 스페이스 바를 눌렀다. 영상이 다른 장면으로 바뀌었다. 위치는 같았다. 그때 혜옥이 탔던 남편의 차가 또다시 찍혀 있었다. 이번에는 방향이 반대쪽이다.

"공원 쪽으로 들어갔던 선생님 차는 20여 분이 지난 뒤

다시 온 길을 따라 돌아갔습니다."

"남편에게 맞아서, 잠깐 바람을 쐰 것뿐이에요."

"아뇨, 선생님은 거기서 유정 양을 만났습니다."

"아뇨!"

혜옥은 목소리를 높였다.

"전 유정이를 만나지 않았어요. 물론 그날 유정이에게서 전화가 걸려오기는 했습니다. 그렇지만 받지 않았어요. 알고 계시잖아요? 제가 유정이에게 보낸 문자. 이제 퇴근했으니까 나중에 얘기하자고 했던 거요. 그 일로 제가 어떤 고초를 겪었는지 아시잖아요."

"그 문자를 보낸 건 맞지만 선생님은 다시 유정이에게 전화를 걸었습니다."

"맘에 걸려서였어요. 잠깐 상담 전화를 해줬어요. 그게 답니다."

"아뇨, 그때 선생님은 유정이를 공원으로 부르셨습니다. 그리고 거기서 유정이를 살해했죠."

"증거 있어요?"

"잘 보시죠."

노트북을 돌려 박동규 형사가 뭔가를 클릭했다. 다시 혜옥에게로 컴퓨터를 돌렸을 때 화면에는 두 개의 영상이 떠 있었다. 하나는 공원 쪽으로 들어가는 영상, 다른 하나는 공원 쪽에서 나가는 영상이다.

"미세한 차이라 보이실지 모르겠네요. 차체가 살짝 내려가 있어요."

무슨 뜻으로 하는 소리인지 잘 이해가 가지 않았다. 혜옥은 유심히 영상을 들여다보았다. 그의 말대로 차체의 높이에 약간의 차이가 있는 것 같기는 했다. 다시 박동규가 노트북을 자기 쪽으로 돌렸다.

"법영상 분석을 하면 차에 몇 명의 사람이, 혹은 몇 킬로그램 정도의 사람이 탔는지 알 수 있다는 걸 아십니까?"

그런 얘기는 들어본 적이 없었다. 숨이 잘 쉬어지지 않는 채로 박동규를 보았다.

"우리는 이 영상을 가지고 법영상 분석을 했습니다. 들어갈 때와 나올 때 차체 높이를 비교한 거죠. 그리고 그 차이가 약 40여 킬로였다는 걸 확인했습니다."

"……."

"42킬로였던 유정 양의 몸무게와 유사하죠."

"아니에요! 전 유정이를 죽이지 않았어요. 유정이를 만난 적도 없다고요! 내가 왜 유정이를 죽입니까?"

"허승원 군을 불법으로 과외한 사실을 유정 양이 알았기 때문이죠. 통화도 그것과 관련한 거였죠? 혹시 협박이라도 받은 겁니까?"

"아니에요. 아닙니다."

"아뇨, 당신은 유정 양을 만났어요. 그 공원에 CCTV가 없다는 건 이미 알고 있었죠. 늦은 시간이니까 당연히 인적도 드물었을 거고요. 그래서 결국 유정 양을 살인해 차에 실었습니다. 그리고 폐건물로 간 거예요."

"아니…… 아니에요."

목소리에 힘이 빠져 있었다. 어떻게든 벗어나야 했는데 방법이 도무지 떠오르지 않았다.

박동규 형사는 사진을 하나 더 내밀었다. 그걸 본 순간 혜옥은 자신도 모르게 고개를 돌렸다. 바로 유정의 시신 사진이었다. 상의는 가슴께까지 들어 올려져 있었고 하의는 반쯤 내려가 있었다.

"그거 아십니까? 많은 살인자들이 시신을 유기할 때 자신이 잘 아는 곳을 찾아가죠. 어린 시절 살던 고향이나 자주 가던 산이나 낚시터라든가. 자기가 잘 모르는 곳에 시신을 버리면 어떻게 발견될지 모른다는 불안감 때문이기도 합니다."

박동규 형사가 사진을 짚었다.

"여기, 아시는 곳이죠?"

"……."

"부군께서 개발하시다 부도난 타운 하우스 자리, CCTV가 없고 사람이 찾아올 일이 없는 곳이라는 걸 아시는 장소지 않습니까."

박동규 형사는 혜옥이 뭔가를 말하도록 계속 압박하고 있었다. 하지만 입이 붙어버린 듯 혜옥은 아무런 말을 할 수가 없었다.

"이미 수색영장을 받아서 부군의 차를 수색하고 있어요. 거기서 유정이의 DNA 같은 증거가 나온다면 수사 기간 동안 협조하지 않은 당신은 반성의 여지가 없는 걸로 판단해 재판에서 불리하게 작용할 수 있어요. 인정하시죠."

혜옥은 그저 고개를 떨굴 수밖에 없었다.


**2**


남편 한진은 태생적으로 남의 밑에서 일을 못 하는 사람이었다. 결혼을 고작 두 달 앞두고 있던 어느 날 사표를 던지고 왔을 때, 그걸 깨달아야 했는지도 모른다. 한진은 사업을 해보겠다며 걱정하지 말라고 웃어 보였고 혜옥은 불안을 느꼈지만 그걸 표현하지는 않았다.

실제로 한진이 몇 번 사업을 시도한 일이 있었다. 첫 번째 사업은 중고차 매매업이었다. 아는 형님이 하던 사업을 물려받겠다고 했다. 그 아는 형님이라는 작자는 사업이 너무 잘되고 있지만 시골에 우사를 크게 운영하는 가업을 이어받을 수밖에 없다는 이유를 댔다고 했다. 실제로 한진이 구경을 갔을 때 중고차를 사려는 사람들이 많이 들어왔다고 했다. 하지만 그때는 중고차 매매 업계가 불황이었을 때였다. 신차의 가격이 낮아진 데다 태풍으로 인해 침수 차를 살 우려가 높다는 여론이 불면서 중고차를 기피하는 사람들이 많았다. 한진이 구경했을 때 차를 사려는 사람이 북적였던 건 다 그 형님이라는 작자가 꾸며낸 것이었다. 문제가 그것뿐이라면 다행이었다. 한진은 영업은커녕 제대로 회사 운영이라는 걸 해본 적이 없었다. 자동차를 잘 팔지 못하는 것도 그렇거니와 데리고 있던 영업 사원들이 대놓고 횡령을 해도 그걸 몰랐다. 사기를 당한 게 아니라 농락을 당한 수준이었다. 결국 폐업 수순에 들어갔다.

두 번째와 세 번째도 다르지 않았다. 의료용 피부 관리기 사업과 요식업이었는데 양쪽 모두 한진이 잘 아는 업계가 아니었다. 그걸 한다고 했을 때 혜옥이 말리지 않았던 것은 아니다. 그러나 돌아오는 것은 매질과 술주정뿐이라 어쩔 수 없이 입을 다물었던 것뿐이다. 식당 운영에 실패하고 난 뒤 거의 1년간 한진은 아무 일도 하지 않았다. 사람도 잘 만나지 않았고 집에서 술만 마셔댔다. 가끔 혜옥이 한진이 좋아하는 음식들로 맛깔나게 한 상을 차려도 한진은 냉장고에서 술을 꺼내왔다. 반주라고 시작한 술은 몇 병을 비우고 나서야 끝났다.

혜옥은 한진을 붙잡고 수없이 사정했다. 제발 사업은 그만 생각하라고, 술도 그만 마시라고 했다. 그런 혜옥을 한진은 때렸다. 다음 날이면 빌었다. 그럴 때는 제정신이었다. 혜옥이 이혼 서류를 내밀자 한진은 취직을 약속했다. 그리고 실제로 취직도 했다. 일당제긴 했지만 빌라를 짓는 공사 현장의 소장직이었다. 기대는 섣부른 바람이었다. 고작 일주일을 채운 뒤 한진은 일을 그만두고 집 안에 들어앉았다. 이번엔 이유도 없었다.

그런 한진에게 다시 사업 바람이 불었다. 이번에는 타운 하우스 사업이었다. 땅을 사들여 타운 하우스를 지어 분양하는 사업이라고 했다.

"자금 좀 대줘. 이번이 마지막이야."

마지막이라는 말을 벌써 몇 번째 한 건지 한진은 잊은 것 같았다. 입을 불퉁하게 내밀고서 한 그 말을 혜옥은 못 들은 척하고 싶었다. 퇴근해 돌아온 혜옥은 한진을 지나쳐 주방 안으로 들어가려 했다. 소파에 앉아 있던 한진이 벌떡 일어나더니 혜옥을 거칠게 돌려세웠다.

"마지막이라잖아!"

한진이 고함을 버럭 질렀다. 혜옥은 반사적으로 몸을 움

츠렸다. 거칠게 쏟아지는 그의 목소리가 마치 혜옥을 내려
치던 주먹 같았다. 다행히 주먹은 날아오지 않았다. 혜옥은
한숨을 내쉬면서 고개를 치켜들었다. 마지막이라는 말을
벌써 몇 번째 들었는지 세기도 힘들었다.

"우리가 돈이 어딨어?"

"대출받으면 되잖아."

"대출을 더 해줄 은행이 있어? 교직원 대출, 집 담보 대출,
신용 대출까지 다 끌어다 썼는데 무슨 대출을 더 해?"

"장모님한테 부탁 좀 해봐."

미쳐버릴 것 같았다.

"엄마네 집 담보로 대출받아서 당신이 모텔 투자했던 거
잊었어? 우리 그 돈 때문에 명절에 나 친정에도 못 가. 그걸
알면서 그 소리가 나와?"

"장인어른 사망보험금 있지 않아?"

아버지는 재작년에 돌아가셨다. 노환으로 인한 사망이었
다. 사망보험금이라고 해봐야 고작 천만 원 정도밖에 되지
않는다고 알고 있었다. 금액이 문제가 아니었다. 혜옥은 한
진의 얼굴을 이리저리 보았다.

"인간이니?"

손이 날아왔다. 그의 두껍고 커다란 손이 그녀의 옆얼굴
을 강타했다. 얼굴이 옆으로 돌아갔다. 맞은 곳이 후끈했다.

입술이 터졌는지 피가 나는 것이 느껴졌다. 화장으로 가려질 수 있을까, 하는 엉뚱한 생각을 했다. 그녀는 이 순간에도 출근 걱정을 해야 했으니까.

"에잇!"

짜증이 난다는 듯 한진은 주방으로 들어갔다. 냉장고를 열고 소주병을 꺼냈다. 사다 놓지 못하게 말려도 소용이 없었다. 한진은 선 채로 소주를 들이켰다.

"이혼을 하시지 그러셨어요."

혜옥은 맞은편에 앉은 박동규의 얼굴을 보았다. 그래, 이혼하면 되는 일이었다. 맞을 때마다 증거물을 모아놓고 경찰에 신고를 하고, 이혼해주지 않으면 소송이라도 하면 되는 일이었다. 바보같이, 왜 이혼을 하지 못했을까. 바보 아니냐고, 그런 시선으로 자신을 보는 것도 이해가 갔다. 스스로도 이렇게 한심한데 다른 사람이라고 그러지 않을까.

그런데 그게 쉽지 않았다. 자신을 때리고 나면 비는 남편, 선생을 사람이기 이전에 신선으로 여기는 학부모들. 선생은 어떤 곳에도 한눈팔지 않고 금욕적이고 도덕적이어야만 했다. 아이들을 가르치는 일만 허용됐다. 그 어떤 곳에서도 선생은 인간이어서는 안 됐다. 그런 속내 모두를 이 형사에게 말할 생각은 없었다.

어쩌면 핑계인지도 모른다. 그냥 이혼 자체가 무서웠을

지도 모른다. 인생의 실패를 스스로 인정하지 못해서였는지도 모른다.

어쨌든 혜옥은 한진에게 더욱 잘하려고 애썼다. 한진에게 잘하면 그도 달라질 거라고 생각해서였다. 하지만 한진은 다른 생각을 했던 것 같다. 그는 혜옥에게 언질도 주지 않고 사채를 끌어다 썼다. 혜옥의 교직원증이 어느새 사채업자들의 손에 들어가 있었다.

한진이 시작한 타운 하우스 사업은 동업자들이 자본금을 가지고 해외로 도피하면서 곧장 부도가 났다.

이자는 날로 불어났다. 혜옥은 사채의 무서움을 알고 있었다. 혜옥의 어린 시절, 음식 장사를 하던 엄마는 동네 아줌마에게 일수를 썼다. 아줌마는 매일같이 식당의 문턱을 넘었고 돈을 받아 갔다. 백일에 걸친 그 계약은 잘 이뤄지지 않았다. 엄마는 돈을 갚지 못하는 날도 있었다. 또 일수를 썼다. 일수가 일수를 불러왔다. 그걸 완전히 끊어내기까지는 오랜 시간이 걸렸다.

어린 시절까지 가지 않아도 됐다. 뉴스만 봐도 사채가 얼마나 위험한 건지 알 수 있다. 나중에는 원금의 몇 배에 달하는 이자를 갚아야 했다.

사채업자들의 전화가 빗발치기까지는 얼마 걸리지 않았다. 수업 시간에는 전화기를 꺼놨다. 하지만 그걸로 걱정이 끊어지지는 않았다. 사채업자들은 혜옥의 학교 이름을 언급하며 협박하기를 일삼았다. 학교로 사채업자가 전화를 한다면 정말 휴직이라도 해야 할지 몰랐다.

위험한 기회는 위기를 맞이한 사람에게 찾아온다. 그때 혜옥을 찾아온 사람이 있었다. 바로 승원의 엄마였다.

"학교로 오시죠."

학교에서 보자는 혜옥의 말에도 승원의 엄마는 굳이 카페를 지정해 혜옥을 불러냈다.

"학교에서 할 말은 아닌지라."

그녀는 비굴한 웃음을 지으며 혜옥의 눈치를 살살 보았다. 혜옥은 그때까지 그녀가 무슨 말을 하려고 하는지 알지 못했다. 그러나 날씨 얘기나 학교의 운영 방침 같은 이야기들로 빙빙 돌릴 때 뭔가 평범한 말을 하려는 건 아니라고 예상하긴 했다.

그러나 그녀가 하려는 말이 불법 과외 제안일 거라고는 생각도 못 했다.

승원의 엄마는 혜옥이 승원을 과외해주기를 바랐다. 당연히 불법이었다. 그리고 그녀가 원한 것은 그것만이 아니었다. 시험지를 미리 볼 수 있게 해달라는 것이었다. 말도 안 되는 일이었다. 시험지를 유출하는 것은 범죄다. 할 수 있는 일이 아니었다.

"선생님만이 할 수 있다는 거 알아요. 연구부장이시니까."

중간, 기말고사 및 모의평가 시험지는 학력평가실에 이중 잠금장치를 한 뒤 보관해야 한다는 교육청 규정이 있다. 그리고 그 열쇠는 연구부장이 관리한다. 혜옥만이 할 수 있다는 건 그걸 의미했다.

"월 1천만 원씩 드릴게요."

숨이 턱 막혔다. 입술이 살짝 벌어진 채로 굳었다. 안 된다고 해야 하는데 머릿속이 비어버린 것 같았다. 승원의 엄마는 틈을 눈치채고 바로 비집고 들어왔다.

"절대 비밀로 할게요. 아시죠? 저희 은파캐슬스카이클래스 사는 거? 거기에 우리 학교 애들 안 살아요. 거기 사는 애들은 다 특목고 다니죠."

그렇게 말해놓고 승원의 엄마는 흠흠, 헛기침했다.

"그러니까 걱정하실 거 없으시다고요."

혜옥은 입술이 바짝 마르는 것이 느껴졌다. 천만 원이라는 말이 귓가에 맴돌았다. 한 달에 천만 원이면 승원의 졸업 전에 어느 정도 급한 불을 끌 수 있었다. 그녀는 핫, 하고 정신을 차렸다. 그런 계산을 하는 것 자체가 불경스럽게 생각되었다.

"죄송해요. 못 들은 걸로 하겠습니다."

혜옥은 자리에서 일어났다. 무슨 생각인지 승원의 엄마

는 그녀를 잡지 않았다. 찻값은 혜옥이 계산하고 나왔다.

그로부터 이틀 뒤였다. 학교에 출근하는데 남자 두 명이 그녀의 앞을 막아섰다. 지나가는 학생들이 흘깃거리며 교문 안으로 들어갔다.

"무슨 일이시죠?"

묻는 순간 심장이 두방망이질을 쳤다. 누군지 말하지 않아도 알 것 같았다. 남자들은 덩치가 혜옥보다 두 배는 컸다. 검은 정장을 입고 있었고 셔츠 단 밑으로 문신이 보였다. 손목에는 값비싼 시계가 번쩍거렸다.

둘 중 한 명이 말없이 명함 한 장을 내밀었다. 대부업체 명함이었다.

"큰소리 낼까요?"

비릿한 웃음을 지으며 남자가 말했다. 손끝이 덜덜 떨렸다.

남자들은 혜옥을 순순히 보내주었다. 이번은 그냥 경고라고 말한 셈이었다. 혜옥은 곧장 화장실로 달려 들어갔다. 아무도 없는 걸 확인한 다음 승원의 엄마에게 전화를 걸었다. 그녀는 떨리는 목소리로 말했다.

"어머님, 지난번에 말씀하신 거 아직 유효한가요?"

"네."

대답하는 그녀의 목소리는 이미 혜옥에게서 전화가 올 거라고 예상한 듯했다.

그렇게 불법 과외가 시작됐다. 승원의 모의고사 점수도 날로 우상향했다. 문제는 8월 모의고사에서였다. 승원이 멍청하게도 만점을 받아버렸다. 혜옥이 빼돌려준 시험지의 정답을 모두 맞혀버린 것이었다. 전교 10등을 하던 아이가 갑자기 전교 1등이 되었다.

누가 알아차리는 건 아니겠지. 아무도 예상 못 할 것이다. 승원이나 승원의 엄마도 절대 발설할 사안이 아니라고 생각했다. 불안했지만 불안을 잠재울 근거는 충분했다. 전교 10등도 쉬운 성적은 아니다. 절치부심해 공부한다면 만점을 받는 것도 이상한 일은 아니었다.

그런데 유정이 상담을 요청했다.

"선생님, 승원이한테 시험지 보여주셨죠?"

머리를 크게 한 대 맞은 것 같았다. 절대 벌어져서는 안 되는 일이 벌어졌다. 혜옥은 입을 벌린 채로 유정을 보았다. 심장이 터질 것 같았다. 유정이 무슨 생각을 하는지 알 수 없었다. 애초에 유정이 어떻게 알고 있는지 이해가 가지 않았다. 어떤 말도 먼저 할 수 없다.

유정은 상담실 안을 한 번 휘 둘러보고는 다시 혜옥을 보았다.

"협박하는 거 아니에요."

혜옥은 입을 꾹 다문 채 유정의 눈을 들여다보았다. 협박

할 것이 아니라면 찾아올 일도 없었을 거였다. 안심할 수는 없었다.

"선생님, 저 임신했어요."

혜옥의 눈이 커다래졌다. 유정의 눈이 시뻘겋게 달아오르더니 곧장 눈물이 맺혔다.

승원이와 유정이 사귀는지는 알지 못했다. 요즘 첫 경험을 하는 연령이 많이 낮아졌다는 것은 알고 있었지만 자신의 학생들 사이에서도 그런 일이 벌어진다는 건 몰랐다. 너무 많은 얘기를 들어서 머릿속이 복잡했다.

유정은 혜옥을 승원의 아파트 단지 안에서 봤다고 했다. 승원의 성적이 날로 오르는 데다 전교 1, 2등을 다투는 유정을 넘어서 만점으로 1등을 차지했기에 무슨 일인지 집요하게 물었다고 했다. 결국 승원은 "이건 비밀인데……"라는 식으로 진실을 이야기했다고 했다.

그 이야기를 들으며 혜옥은 더욱 긴장했다. 협박을 하려는 게 아니면 이런 이야기를 자신한테 할 리가 없다.

"엄마 모르게 낙태하고 싶어요."

유정의 말이 무슨 뜻인지 얼른 받아들여지지 않았다.

"선생님이 제 엄마 역할을 해주세요."

"말도 안 되는 소리!"

그런 게 알려지면 항의 정도가 아니라 교사직을 내려놓

아야 한다.

"전 이 방법 아니면 없어요. 선생님 비밀, 저도 모르는 척 해드릴게요."

"절대 안 돼!"

그 자리에서 일어섰다. 매달리는 유정을 뿌리치고 도망치듯 상담실을 나왔다. 교무실에 이르러서는 자동차 열쇠를 들고 재빨리 차로 향했다. 유정이 따라올까 봐 두려워 무언가에 쫓기는 사람처럼 퇴근했다.

승원에게 전화를 걸었다.

"그런 얘기를 대체 왜 했어?"

"선생님."

승원은 당황했다. 어쩌다 보니 말하게 됐는데, 그 일로 협박을 할 거라고는 생각지 못했다고 했다.

"걔 임신한 거요, 저희 엄마한테 말하지 마세요. 그리고 걔 해달라는 대로 해주세요."

"뭐?"

승원이 후, 웃었다.

"어차피 선생님도 걔 입막음하셔야 하잖아요. 그것만 해주면 다 조용해져요."

승원은 그 순간 자신을 선생님이라고 생각하지 않고 있었다. 머리 꼭대기에 앉아 자신을 조종하고 조롱했다. 무엇이든 시키면 시키는 대로 해줄 사람이라고 생각하고 있었다.

무슨 정신으로 집까지 운전했는지 알 수 없었다. 혜옥은 한참 동안 차에서 내리지 못했다. 일이 어쩌다 이 지경까지 왔는지, 그리고 이 일을 어떻게 타개해야 좋을지 몰랐다.

정신을 차리니 이미 사위가 어두워져 있었다. 힘없이 집 안으로 들어갔다. 한진은 취해 있었다.

"또 어딜 갔다 와? 너 남자 있냐?"

그 소리에 눈이 뒤집혔다.

"남자? 차라리 그러면 다행이겠다. 너 말고, 너같이 대가리에 똥만 든 새끼 말고, 제대로 된 남자 있으면 차라리 낫겠다고!"

"이게 미쳤나?"

고성과 폭력이 날아왔다. 혜옥은 한진을 이길 힘이 없었다. 그대로 내던져져 발로 밟혔다. 배를 밟혀 구토가 났다. 그래도 한진은 폭력을 멈추지 않았다. 그 와중에도 얼굴은 맞지 않으려 혜옥은 양손으로 얼굴을 감쌌다. 그런 자신이 불쌍했다.

폭력이 멈췄다. 술에 취한 한진은 욕설을 내뱉으며 혜옥에게서 떨어졌다. 냉장고에서 술 한 병을 더 가지고 안방으로 들어갔다. 그때 문자가 울렸다.

—선생님, 저 정말 너무 무서워요. 도와주세요.

유정의 문자였다.

—퇴근했어. 나중에 얘기해.

그렇게 답변을 보냈다. 그러고는 그대로 엎어져서 울었다. 온몸이 너무 아팠다.

"정신이 나갔는지도 모르겠어요."

그게 다 유정 때문인 것 같았다. 아니, 유정 때문이었다. 그 아이만 아니었다면 일은 이렇게 되지 않았을 거다. 불법이었지만 과외를 지속하면 빚도 갚고 한진의 사업 자금도 대줄 수 있었을 것이다. 그렇다면 한진은 예전의 좋았던 남편으로 돌아왔을 것이었다. 유정이 그 모든 것을 망쳤다.

돌려놓아야 했다. 유정의 입만 막으면 됐다. 유정의 말대로 수술을 하는 데 보호자가 되어줄 수는 없었다. 그게 말처럼 쉽게 넘어가리란 법도 없었고, 유정이 이걸로 협박을 끝내리란 보장도 없었다. 무엇보다 자신을 마음대로 조종하려는 유정에게 치미는 분노가 이성을 마비시켰다. 감히 누구에게…… 더 이상 남편에게 당하듯 당하고만 있지는 않을 거였다.

전화를 걸었다. 유정을 동네 공원으로 오라고 했다. 나중에 유정이 실종된 이후 경찰에게는 유정과 상담을 못 해준 게 마음에 걸려서 다시 전화한 거라고 설명했다. 유정을 불러낸 공원에 CCTV가 없다는 건 이미 알고 있었다. 동네 통장이 동사무소에 건의를 했지만 잘되지 않았었다. 남편에게는 병원에 다녀온다고 말하고 집을 나섰다.

차를 끌고 공원으로 향했다. 유정을 보조석에 태웠다.

"선생님, 곤란하게 해서 죄송해요. 정말 의논할 데가 너무 없어서…… 선생님이 제 엄마인 척 병원에만 같이 가주시면……."

그렇게 말하는 유정의 목에 줄을 감았다. 힘을 주어 한 번에 당겼다. 유정이 자신을 밀어내려고 손을 버둥거렸다. 하지만 혜옥은 더 세게 유정의 목을 졸랐다. 유정이 목에 감긴 줄을 풀어내려고 애썼지만 역부족이었다. 혜옥은 거의 미쳐 있었다. 유정의 팔이 힘없이 늘어진 뒤에도 한참이나 힘을 썼다.

"우우욱, 욱욱."

혜옥은 차에서 튀어 나가 구역질을 했다.

그다음부터는 이미 박동규 형사가 알고 있는 그대로였다. 유정을 개발 사업이 무산된 공사 현장으로 끌고 갔다. 그러고는 성범죄를 의심하게 하려고 상의를 걷어 올리고 바지를 절반 정도 벗기고 도망쳤다.

말을 하던 혜옥은 박동규 형사를 보았다. 박동규 형사가 자신을 차가운 눈길로 보고 있었다.

"걔 때문이에요."

혜옥은 마치 변명하듯 말했다.

"내 인생을, 걔가 망쳤어요."

# 한수연

## 1

학교 앞은 난장판이었다. 아이들을 내려주는 부모들과 그 아이들과 인터뷰하고 싶어 하는 기자들, 그리고 인터뷰를 막으려는 선생님들과 방송을 진행하는 리포터, 카메라 기사들로 인산인해였다. 선생님들은 신호등이 켜질 때마다 기자들을 가로막듯 한 팔을 힘껏 뻗고 다른 한 팔로 빨리 들어오라는 제스처를 하며 재촉해댔다. 아이들은 죄라도 지은 듯 고개를 숙이고 발걸음을 빨리했다.

담임인 민혜옥 선생님이 범인이라는 것은 어제 밝혀졌다. 하루가 지났음에도 세상 사람들의 관심엔 열기가 식지 않은 모양이었다. 자신의 학생을 살해한 범인이 선생님이라는 사실이 사람들에겐 충격적인 모양이었다.

수연도 그들과 다르지 않았다. 수연은 유정을 죽인 범인이 절대적으로 허승원이라고 생각했기 때문이었다. 그 머저리는 고등학생인 주제에 유정을 임신시킨 사실을 부모에게 알리지 못했을 것이다. 그러니 눈이 돌아 그런 짓을 저질렀을 거라고 생각했다. 유정이 낙태하고 싶다는 말을 하지 않았던 것도 그런 생각을 들게 하는 데 한몫했겠지. 유정은 어쩌면 허승원에게 아이를 낳고 싶다고 했을지도 모른다.

그런데 담임선생님이 범인이라니, 믿을 수가 없었다.

"야, 유정이 죽인 거 담임선생님이래!"

"지금 경찰이 와서 끌고 가!"

어제 교실 문을 벌컥 열며 소리를 지른 아이는 말이 많기로 소문난 현서였다. 거짓말을 하는 것은 아니지만 과장되게 부풀려 얘기하기로 유명한 아이였기에 뭘 잘못 알았을 거라 생각했다. 그런데 뒤이어 소리치는 민범의 소리에 아이들은 일제히 창문 쪽으로 뛰어가 붙었다. 수연도 창문 쪽으로 갔다. 이미 다른 아이들이 창문 앞을 가로막았기 때문에 그 사이를 비집고 겨우 들어갈 수 있었다.

담임선생님 민혜옥이, 연행되고 있었다.

학교 본관 앞에 검은색 승용차가 세워져 있었고, 두 남자 사이에서 민혜옥 선생님이 걷고 있었다. 거리가 멀어 잘 보이진 않았지만 앞으로 두 손을 모으고 있는 걸 봐서는 수갑이라도 찬 것 같았다.

솔직히 충격을 받지 않았다면 거짓말이다. 도대체 왜? 엄밀히 말하자면 유정은 선생님들 사이에서 명백히 사랑받는 존재였다. 공부를 잘하고 온순했으니까. 온순하다는 말은 선생님의 지시를 잘 따른다는 말과 다르지 않으니까. 그것은 민혜옥 선생님도 마찬가지였다. 평소 유정을 싫어한다는 인상을 받은 적은 한 번도 없었다.

그 이유는 아침 뉴스에서 밝혀졌다.

수연은 허승원의 교실로 향했다. 어떤 표정을 하고 있을지 궁금했다. 예상한 대로 아이들이 삼삼오오 모여 웅성거리고 있었다. 선생님이 벌인 살인 사건에 대한 얘기라는 것은 굳이 듣지 않아도 알 수 있었다. 그 웅성거리는 파도의 중심에, 허승원이 섬처럼 앉아 있었다.

"낯짝도 두껍지. 학교에 어떻게 나올 수 있냐."

"나 같으면 집콕할 듯."

수연 역시 허승원이 학교에 나올 거라고는 생각도 하지 못했다. 고개를 살짝 젓고 자신의 교실로 돌아왔다.

선생님이 유정을 죽인 이유는 아침 뉴스에서 보도되었다. 거액을 받아 챙긴 선생님은 허승원의 부모를 통해 시험 문제를 유출하고 불법 과외까지 자행했다고 한다. 그러다 우연히 그 사실을 유정이 알게 되자 우발적으로 살해했다고 했다. 선생님의 진술이 그대로 인용된 보도였다.

유정은 그런 사실을 어떻게 알았을까? 승원과 사귀는 사이이니 얘기를 들었을지 모른다. 저 머리만 좋은 머저리는 자랑처럼 유정에게 떠벌렸을지도 모르는 일이다. 그런데 유정이 그 사실을 알았다는 건 선생님이 어떻게 알았을까? 유정이 선생님에게 말했을까? 그렇다면 왜? 수연은 머리를 흔들었다. 알 수 있는 게 아무것도 없었다.

유정의 임신 사실과 선생님의 살인이 관련이 있을까?

"자자, 조용히 해라."

고개를 들자 어느새 들어온 최선욱 선생님이 교탁을 두드리고 서 있었다. 체육 교과를 담당하고 있는 만큼 선생님은 어두운색 트레이닝복을 입고 있었다. 부담임인 최선욱 선생님을 보자 담임선생님의 체포가 더 피부에 와닿았다. 늘 밝던 선생님의 얼굴이 엄중하게 굳어 있었다.

"말하지 않아도 학교에 큰일이 있는 건 다들 알 거다."

몇몇 아이들이 수군거렸다.

"그래서 당분간 내가 담임을 맡을 거야. 담임선생님에게 전달해야 하는 사항은 나에게 다 가져오도록."

반장 배수호가 네, 대답했다.

선생님이 말을 이었다.

"지금 너희는 중요한 시기에 있다. 많이들 놀라고 힘들 테지만 평상심을 유지할 수 있도록 애썼으면 한다."

선생님이 교실을 나갔다. 교실에 다시 파도처럼 혼란이 밀려왔다. 아이들은 서로 자신의 생각을 얘기하기에 바빴다. 사실은 시험문제 유출을 알게 된 유정을 죽이라고 허승원 부모가 시킨 게 아니냐는 아이도 있었다. 그건 아닐 거라는 생각이 들었다. 그랬다면 선생님 혼자 잡혀 들어갈 리 없었다.

"괜찮아?"

누군가 어깨를 쳤다. 돌아보니 뒷자리에 앉아 있는 신나래였다. 평소 조용조용한 성격으로 앞에 잘 나서지 않는 평범한 타입이었다. 수연은 뭘 말하는지 몰라 나래를 물끄러미 응시했다.

"유정이랑 친했잖아."

"아, 뭐."

수연은 말끝을 흐리고 다시 교탁을 향해 돌아앉았다. 칠판을 보고 있었지만 신경은 다른 쪽으로 향했다. 아이들이 이제는 자신을 흘깃거리고 있을 것 같았다. 처음 유정이 실종됐을 때부터 살인을 당했다는 사실이 보도됐을 때, 그리고 그 진범이 붙잡혔을 때도, 수연은 한 번도 울지 않았다. 화를 내거나 범인을 비난하지도 않았다. 그걸 다른 아이들이 어떻게 볼까. 분명 이상하게 볼 것이다. 자신이 생각해도 그건 이상했다. 유정은 좋은 친구였다. 다른 사람의 시선 따위를 신경 써서 하는 말이 아니다. 항상 자신을 위해주고 기쁠 때 함께 기뻐해주고, 수연을 진심으로 걱정해주는 좋은 친구였다.

유정은 스스럼없이 수연을 대했다. 제일 친한 친구가 되기까지 시간이 오래 걸리지 않았다.

그런 친구가 죽었다. 그것도 잔인하게 살해당했다. 하지만 눈물이 나지 않는다. 분노도 일지 않는다. 수연 스스로도 이상하게 느껴졌다.

그날 하루는 어딘가 붕 뜬 상태에서 수업이 이뤄졌다. 아이들도 마찬가지지만 선생님들도 수업에 잘 집중하지 못하는 것 같았다. 수연 역시 온갖 생각을 하는 사이, 종례 시간이 다가왔다.

"아침에도 말했지만 지금 중요한 시기니까 모두 흔들리지 말고 일상에 집중하도록 해라."

공부나 열심히 하라는 소리였다. 아마 학교 측에서 가장 중요하게 생각하는 것이 그 점일 터였다. 하지만 수연은 일상을 지키기 힘들 것 같았다. 평소라면 학원으로 갔겠지만 오늘은 그럴 마음이 들지 않았다. 슬프거나 괴롭거나 화가 나거나 분하지도 않지만 마음 어딘가가 불편했다. 머릿속이 복잡했다.

버스를 타고 집으로 갔다. 엘리베이터를 타고 올라가 자신의 집이 있는 11층에서 내렸다. 현관문 앞에 서서 비밀번호를 눌렀다. 경쾌한 음과 함께 도어록이 해제되면서 문이

열렸다. 아무 생각 없이 안으로 들어가다가 놀랐다. 아빠가 거실 중간에 서서 이쪽을 보고 있었다.

"웬일이냐, 이 시간에."

그건 수연이 물어볼 말이었다. 이제 막 오후 5시를 넘긴 시각이었다. 수연이 아는 한 아빠는 이 시간에 집에 있던 적이 한 번도 없었다. 늘 수연이 학원이 끝나 집에 돌아온 뒤 잠에 들려고 할 때나 문을 열고 들어왔다.

"아빠는 이 시간에 웬일이야?"

"가져갈 서류가 있어서."

그럼 그렇지. 아빠가 일찍 들어올 리가 없었다. 말을 마친 아빠는 곧장 몸을 돌리고 안방으로 들어갔다. 수연은 잠시 현관문 입구에 선 채로 가만히 있었다. 가방을 내려놓지도 않았다. 잠시 뒤 안방 문을 열고 아빠가 나왔다. 그 손에 누런색 서류봉투가 들려 있었다.

"왜 아직 그러고 있냐?"

대답을 원하는 말은 아닌 것 같았다. 아빠는 서류봉투 안을 다시 한번 확인하며 현관문 앞으로 다가왔다. 그러고는 구두에 발을 넣었다.

"나 오늘 학원에 안 갔어."

아빠가 물을 줄 알았던 그 말을 수연이 먼저 내뱉었다. 아빠는 구두에 발을 넣다 말고 상체를 일으켰다. 무슨 말을 하냐는 듯한 얼굴로 수연을 봤다.

"왜?"

"궁금하긴 해?"

아빠는 인상을 찡그렸다. 고개를 한쪽으로 기울이며 한 손으로 머리를 넘겼다.

"하고 싶은 말이 뭔데?"

"내 친구 살해당한 거, 범인 잡힌 거 알지? 우리 담임선생님이잖아."

아빠는 수연을 물끄러미 보았다.

"그래서 부담임인 체육 선생님이 담임을 맡았어. 담임선생님 교과목은 다른 선생님이 맡기로 했고."

'아빠 때문에 미치겠어.'

유정의 목소리가 귓전을 맴돌았다. 수연은 잠시 그 말을 언제 들었더라, 하고 생각했다. 그리고 곧 생각났다. 유정이 사라지기 두 달 전쯤의 일이었다. 학교 앞까지 유정의 아빠가 찾아왔다. 그 손에는 묵직한 종이가방이 들려 있었다. 안에는 몇 개나 되는 샌드위치와 가벼운 바람막이 점퍼가 들어 있었다. 샌드위치는 학원 가서 친구들과 간식으로 먹으라고 했다.

'이건 뭔데?'

유정이 바람막이 점퍼를 들어 올렸다.

'요즘 학원 에어컨 엄청 세잖아. 감기 들면 안 돼. 꼭 입고 수업 들어. 알았지?'

유정은 기가 막힌다는 듯 웃었다.

'아빠 내가 어린애야?'

'그럼 어린애지. 우리 공주님은 나이 70 돼도 아빠한테는 아기일걸?'

'70? 징그러워!'

깔깔거리며 웃어젖히던 유정이 그제야 생각났다는 듯 수연을 보았다.

'아빠. 얜 내 절친 수연이.'

'안녕하세요.'

'그래. 네가 수연이구나. 우리 유정이 잘 부탁한다. 얘가 좀 칠칠치 못하잖아.'

'아빠는!'

껄껄 웃던 그 다정한 웃음소리가 귓가를 맴돌았다.

"그래서?"

아빠의 온기 하나 없는 목소리에 수연은 깨어나듯 정신을 차렸다. 잠을 자다 얼굴에 물 한 바가지를 뒤집어쓴 기분이었다. 수연은 아빠를 보았다.

"그래서 선생님이 바뀌니까 수업이 별로야? 과외라도 해야 해?"

이제야, 울 것 같은 기분이 되었다.

"아빠는 나한테 그것밖에 할 말이 없어?"

아빠의 구겨진 미간은 펴질 줄을 몰랐다. 한 손을 들어 손목시계를 확인한다. 바빠죽겠는데 애가 왜 이러냐는 귀찮음이 뚝뚝 떨어졌다.

"필요한 게 뭐야?"

"내 절친이 죽었다고! 선생님은 살인자고! 아빤 그런 내가 걱정이 하나도 안 돼?"

하아, 하고 아빠는 낮은 한숨을 쉬었다.

"오늘 밥도 못 먹고 하루 종일 일했다. 내일도 마찬가지일 거고, 그다음 날도 그렇겠지. 하루가 48시간이면 좋겠어. 이렇게 일하는 이유가 뭔지 알아? 다 너 때문이야. 널 부족하게 키우지 않기 위해서 최선을 다하는 중이라고! 근데 뭐가 잘못됐다는 거야. 대체 넌 뭐가 부족해? 응?"

아빠의 목소리가 커졌다. 가슴이 답답했다. 커다란 돌덩이가 배 속 아래에서부터 올라오다가 가슴에 막힌 것 같았다. 숨을 쉬고 싶었다. 입을 크게 벌리고 가슴을 부풀려보았지만 답답한 마음은 가라앉지 않았다.

"지금 그 말이……."

그때 초인종 소리가 들렸다. 수연은 말을 멈추고 아랫입술을 깨물었다. 아빠는 인상을 쓴 채로 수연에게서 몸을 돌려 거실로 갔다. 월패드를 확인한 아빠의 목소리가 들렸다.

"누구십니까?"

"경찰에서 나왔습니다."

"무슨 일이십니까?"

"잠깐 수연 학생과 만나고 싶어서 왔습니다. 학원에는 안 왔다고 해서요."

아빠는 고개를 내밀어 수연을 쳐다보았다. 수연 역시 경찰이 무슨 일로 왔는지 짚이는 데가 없었다. 아무 말 없이 아빠를 보았더니 아빠가 월패드 버튼을 눌러 중앙 현관문을 열었다. 잠시 후 집 앞까지 도착한 형사가 다시 초인종을 눌렀다. 수연이 문을 열었다.

"그래, 집에 있었구나."

박동규 형사였다. 수연에게는 익숙한 얼굴이었다. 안으로 들어온 형사는 아빠에게 명함을 내밀었다.

"은파경찰서 박동규 형사라고 합니다. 수연이 아버님 되시죠?"

아빠는 명함을 내려다보고는 형사에게로 시선을 던졌다. 의혹이 담겨 있었다.

"그런데 무슨 일로?"

"수연이에게 물어볼 말이 있어서 찾아왔습니다. 같이 자리해주실 수 있을까요?"

아빠는 곤란한 듯 손목시계를 다시 확인했다.

"제가 지금 나가봐야 합니다만."

"중요한 일입니다. 짧은 얘기고요. 아니면 다음에 아버님 계실 때 다시 찾아오겠습니다."

"아뇨."

아빠는 수연을 잠깐 보았다.

"짧은 얘기라고 하니 일단 들어오시죠. 저는 바빠서."

아빠는 형사를 향해 고개를 숙였다. 박동규 형사가 목례를 하자 아빠가 현관 쪽으로 나왔다. 수연을 보고 뭔가 이야기를 하려다 말고는 신발을 신고 나가버렸다. 수연은 아랫입술을 깨물었다.

"아빠가 아주 바쁘신가 보구나."

수연은 대답하지 않았다. 할 말이 없었다. 부끄러웠다.

"들어가도 되겠니?"

"네."

박동규 형사가 신발을 벗고 안으로 들어왔다. 수연은 그를 소파로 안내했다. 형사가 소파에 앉는 걸 보고 주방 안으로 들어가 주스를 따라 내왔다. 그가 고맙다고 말하며 음료수를 마셨다.

"날이 참 많이 선선해졌구나. 금방 가을이 될 것 같아, 그렇지?"

형사의 말에 무의식적으로 고개를 끄덕였다. 그 이후로도 박동규 형사는 별로 중요하지 않을 법한 이야기들을 늘어놓았다. 그 이야기들에 수연은 하나도 집중할 수가 없었다. 아빠에 대한 분노가 가슴을 뜨끈하게 데웠다.

아빠는 아무것도 중요하지 않은 것이다. 친구가 살해를 당해 수연이 무슨 충격을 받든, 담임선생님이 그 범인이든. 그저 일이 중요한 것이다. 아무리 상대가 경찰이라 하더라도 딸을 낯선 남자와 단둘이 남겨놓고 나가는 아빠에게는 그저 일밖에는 없는 것이었다.

유정의 말이 떠올랐다.

'아빠 때문에 미치겠어.'

이제야 알 것 같았다. 왜 유정이 죽고 나서도 눈물이 나지 않았는지.

자신은 그 아이를 미워한 것 같다.

분위기를 풀기 위해 하던 신변잡기가 끝난 모양이었다. 박동규 형사가 입을 열었다.

"중요하게 물어볼 것이 있다."

수연은 그를 보았다. 박동규가 몸을 앞으로 기울였다.

"왜 유정이가 임신했다고 거짓말을 했니?"

## 2

유정이가 이상하다고 느낀 건 며칠 되었다. 자주 정신을 놓고 있거나 점심을 거르기도 했다. 고민거리가 있냐고 물었지만, 고개만 저을 뿐, 딱히 별다른 말은 하지 않았다.

"내가 무슨 고민이 있겠어."

어떤 날은 웃으며 그렇게 말해서 하긴, 하고 넘기기도 했다. 전교 1, 2등을 다투는 성적에 집도 잘사는 편이라고 알고 있었고, 성격도 좋아 괴롭히는 애도 없는 데다 남자친구까지 있는 유정에게 고민거리 따위가 뭐가 있을까 싶었다. 자신이라면 몰라도.

하지만 수연은 그러고 나서도 몇 번 유정이 확실히 이상하긴 하다는 것을 알아차렸다. 같이 걸어가며 대화를 하다가 수연의 말을 몇 번인가 놓치기도 했고, 수업 시간에 늘 집중해 있던 유정이 넋을 놓고 있다가 선생님께 지적을 당하기도 했던 것이다. 좀처럼 그런 일은 없었거니와 성적이 좋은 유정이기에 혼나지는 않았지만 아무래도 무슨 일이 있긴 있다 싶었다.

"오늘은 너 혼자 가서 먹을래?"

시선을 피하며 유정이 그렇게 말했을 때 유정에게 뭔가 문제가 발생한 거라고 확신했다. 수연은 운동장 쪽으로 내려가는 계단에 유정을 끌고 가 앉았다. 유정은 잡힌 팔을 슬쩍 빼고는, 수연을 보지도 않고 물었다.

"왜 그래? 너 점심 안 먹어?"

"지금 밥 먹게 생겼어? 너 진짜로 무슨 일 있지?"

유정은 운동장 쪽으로 고개를 돌렸다. 운동장은 거의 텅비어 있었다. 점심시간이 시작된 지 얼마 되지 않았으니 그럴 것이다. 거의 식판을 쓸어 넣듯 한입에 밥을 털어 먹는 남자 녀석들의 식사가 끝나면 곧 운동장은 가득 찰 것이었다. 그러니 지금이 딱 조용히 얘기하기 좋은 타이밍이었다.

"나한테 말해봐."

"너한테 말할 일 아냐."

수연은 답답했다.

"내가 해결해주진 못하더라도 들어줄 수는 있잖아. 고민은 나누면 반이 된다는 거 몰라? 같이 얘기하다 보면 해결 방법이 나올 수도 있고."

"......"

"무슨 일인데?"

유정이 별안간 고개를 돌렸다. 눈시울이 붉어져 있었다. 입을 열다 말고 돌연 무릎에 얼굴을 파묻었다. 말하고는 싶은데 도저히 말이 안 나오는 것 같았다. 울음을 터트린 것 같지는 않았지만 울고 싶은 기분이 충분히 전해졌다.

"말해봐. 절대 다른 데 가서 말 안 할게."

유정이 고개를 들었다. 후, 크게 한숨을 내뱉곤 얼굴을 양손으로 쓸어내렸다. 잠시 허공을 보며 뭔가를 생각하더니 입을 열었다. 유정이 말한 것은 수연이 상상도 못 한 문제였다.

"나 임신한 것 같아."

한순간 공기가 얼어붙었다. 그건 유정과 전혀 어울리지 않는 단어였다.

우리 나이에 어떻게 그런 일을.

그런 촌스러운 생각은 아니었다. 같은 반 여자애들 중에도 몇몇은 이미 첫 경험의 딱지를 뗐다는 것 정도는 알고 있었다. 하지만 유정이 그중 한 명일 거라고는 생각해본 적이 없었다. 남자친구가 있는 건 알았지만 그 정도로까지 깊이 빠진 줄은 몰랐다.

유정이 자조적으로 웃으며 고개를 돌렸다.

"나 한심하지?"

"아니."

"죽고 싶어."

유정은 다시 두 손에 얼굴을 파묻었다. 수연은 유정의 어깨에 손을 얹어 다독여주었다. 그러면서도 어떤 말을 해줘야 할지 알 수가 없었다.

"승원이랑?"

손을 내린 유정이 고개를 끄덕였다. 얼굴이 붉게 달아올라 있는 것은 부끄럽기 때문만은 아니었을 것이다. 유정은 뭔가를 떨쳐내려는 듯 머리를 세차게 가로저었다.

"어떻게 해야 할지 모르겠어."

"승원이랑 얘기는 해봤어?"

유정은 다시 고개를 저었다.

"임신, 확실한 거야?"

"생리를 안 해."

"얼마나?"

"일주일 지났어. 밥도 안 먹히고."

"검사는?"

미칠 것 같다는 얼굴로 유정은 두 손을 들어 얼굴을 가렸다. 그녀는 천천히 고개를 저었다.

"병원에 못 가겠어."

그때 운동장이 소란해졌다는 것을 문득 느꼈다. 이미 꽤 많은 남자애들이 운동장을 점령하고 있었다. 뒤늦게 축구 골대를 향해 뛰어가던 애들이 두 사람을 흘깃 보고는 지나쳤다.

"그럼 임테기라도 해봐야지."

목소리를 낮추고 임신테스트기를 줄여 말했다.

"무서워서 못 하겠어."

"그래도 검사를 해봐야지."

"임신이면 어떻게 해."

"그건 그때 가서 고민할 일이고. 미리 걱정하지 마."

"나 한심하지?"

솔직히 한심했다. 일은 쳐놓고 수습하는 건 무섭다니, 아무리 친구지만 한심하게 느껴졌다. 지금 우리는 한두 살이 아니다. 열아홉 살인 것이다. 어린애가 아니다.

"넘어질 때 미리 알고 넘어지는 사람은 없어."

늘 잘난 아이. 공부를 잘하고 선생님의 신임이 두터운 아이. 좋은 부모님을 두었고, 좋은 환경에서 자란 아이. 어둡고 사교성도 없는 자신과 친구를 해주면서 착하다는 소리를 더 자주 듣고 있는 아이의 괴로움을 보는 건 이상한 감정이 들게 했다.

우월감. 솔직히 그런 감정을 느꼈다.

그 주 일요일에 유정과 만났다. 유정은 용기를 내었다며 수연에게 전화를 걸어왔다. 사복을 입고 만난 둘은 약국으로 향했다. 걸어가던 유정이 문득 멈춰 섰다. 그녀는 뭔가를 보고 있었다. 그 시선을 따라 유정이 뭘 보고 있는지 확인했다. 산부인과였다. 공교롭게도 약국 위층에 산부인과가 있었다. 수연은 유정의 팔을 건드렸다.

"사 올게."

"네가?"

유정은 무척이나 고마운 표정을 지었다.

솔직히 수연도 긴장되지 않는 건 아니었다. 앳된 얼굴로 임신테스트기를 사면 약사가 어떻게 볼지 걱정되었다. 나이를 묻는 건 아니겠지. 그런 생각이 들면서도 약국의 문을 열었다.

약국은 꽤 큰 곳이었다. 오른쪽 옆으로는 처방전을 접수받는 창구라는 푯말이 걸려 있었고 정면으로는 약사가 서 있었다. 흰머리가 희끗희끗 보이는 남자 약사였다. 일부러 보폭을 크게 해 걸어 그 앞까지 갔다.

"임신테스트기 주세요."

남자 약사는 대답 없이 한쪽으로 손을 뻗었다. 그러고는 직사각형 상자에 들어 있는 것을 내밀었다. 수연을 이상하게 보거나 하지는 않았다.

"만 원입니다."

미리 유정에게서 받은 돈으로 값을 치르고 나왔다. 뒤로 문이 닫힘과 동시에 심장이 크게 뛰었다. 유정이 빠르게 다가왔다.

"샀어?"

수연은 고개를 끄덕였다. 자신의 떨림은 유정에게 티 내지 않았다.

"사용법 다 적혀 있어. 빨리 해보자."

두 사람은 약국 옆으로 돌아 건물 안으로 들어갔다. 엘리베이터 바로 옆쪽에 화장실이 있었다. 유정의 얼굴은 긴장 때문에 하얗게 질린 채였다. 다행히 화장실 내부의 칸들은 전부 비어 있었다.

"미리부터 겁내지 마."

수연의 말에 유정은 고개를 끄덕이고는 맨 끝 칸으로 들어갔다. 안에서 부스럭거리는 소리가 들렸다.

긴장 때문이었을까. 유정을 기다리던 수연도 요의를 느꼈다. 빈 화장실 중 한 칸으로 들어갔다. 바지를 내리고 좌변기에 앉았다. 문득 뭔가가 눈에 걸렸다. 화장실 문 바로 옆에 붙어 있는 생리대 수거함이었다. 거기에 흰색 플라스틱 스틱 하나가 반쯤 비쭉 튀어나와 있었다. 그게 임신테스트기라는 것을 바로 알았다. 같은 약국에서 산 것인지 유정에게 준 것과 똑같은 브랜드였다.

호기심에 빼 들어보았다. 빨간색 금이 두 줄 그어져 있었다. 누굴까. 이런 곳에 이런 걸 버린 사람은. 어떤 생각이었을까.

아무리 생각해도 모를 일이었다. 그때, 무슨 생각으로 그랬는지 수연은 알 수 없었다. 뭔가에 홀린 듯 그 테스트기를 주머니에 쑤셔 넣고 화장실을 나왔다.

"멀었어?"

안에 있는 유정을 재촉했다. 심장이 쿵쿵 뛰었다.

물을 내리는 소리가 들리고 유정이 안에서 나왔다. 화장실 안에 누가 없는지 고개를 돌려 확인한 다음 수연의 옆으로 왔다.

"5분 있다가 확인하래."

유정은 테스트기를 화장실 창문 턱에 내려놓고 긴장한 얼굴로 손을 비볐다. 그러다 두 손을 모으고 눈을 꼭 감았다. 기도를 하는 그녀의 간절함이 옆에 서 있는 수연에게까지 느껴졌다. 수연은 시계를 보았다. 초침 바늘이 규칙적으로 움직였다. 유정은 1분도 채 되지 않아 눈을 뜨고 확인했다. 한 줄이었다. 그리고 다시 눈을 감았다. 몇 초 지나지 않아서 또 눈을 떴다. 똑같은 행동을 몇 번이나 했다.

한순간, 수연이 주머니 속에 있던 테스트기와 유정의 테스트기를 바꾸었다.

유정이 눈을 떴다. 그대로 주저앉았다.

지금도 수연은 생각한다. 그래, 자신은 유정을 미워했는지도 모른다.


"거짓말이라뇨?"

수연은 얼굴을 똑바로 하고 박동규 형사를 보았다. 그가 말했다.

"사건이 나면 부검이라는 걸 하지. 유정인 임신이 아니었어. 물론 조사에 어떤 영향을 끼칠지 알 수 없어서 사건 관련자들에게는 발설하지 않았지만. 그런데 너는 그 아이가 임신하지 않았다는 걸 이미 알고 있었지? 일기장에는 너와 임신을 확인했다고 적혀 있었거든."

수연은 차분했다. 심장이 별로 뛰지도 않았다. 그런 자신에게 스스로도 놀랐다.

"그렇게만 적혀 있었나요? 겨우 그걸로 제가 거짓말했다고 말씀하시는 거예요?"

"그럼 유정이와 어떤 방법으로 임신 확인을 했다는 거지?"

"제가 의사라도 되나요? 제가 유정이한테 임신이라고 거짓말하면 걔가 믿어요? 걔가 바보인가요?"

박동규 형사는 대답 없이 수연을 똑바로 응시했다.

수연은 유정과 테스트했던 이야기를 모두 했다. 함께 테스트기를 샀고 건물 화장실에서 확인했다는 얘기도 빠짐없이 했다. 다만, 자신이 임신테스트기를 바꿔치기한 것만은 말하지 않았다.

"그렇다면 이상하구나. 유정이가 실종됐을 때 왜 유정이가 임신했었다는 사실을, 아니, 정확히는 임신했었다고 알고 있었다는 사실을 말하지 않았지?"

"유정이가 임신 때문에 집을 나간 게 아닐까 생각했었어요. 돌아오면 스스로가 말할 시간을 주는 게 좋을 것 같다고 여기기도 했고. 말하는 게 좋을까 아닐까 저도 고민 많이 했어요."

"유정이가 사망한 채 발견됐을 때는?"

수연은 잠깐 틈을 두었다가 곧 말을 이었다. 미리 준비한 말은 아니지만 신기하게도 바로바로 말할 수 있었다.

"부검이라는 걸 한다니까 알겠지 싶었어요. 제가 뒤늦게 이야기하는 것도 좀 이상하다고 생각될 것 같아서요."

"그럼 왜 유정이의 사물함을 뒤지고, 일기장을 찾는 승원이에게 일기장이 있는 곳을 알려줬지?"

그 순간만큼은 입이 턱 막혔다. 박동규 형사가 눈을 번뜩였다.

"마치 일기장이 발견되면 안 되는 사람처럼?"

수연은 발끈했다.

"유정이 사물함을 뒤진 적 없어요. 그냥 무슨 물건이 있는지만 봤을 뿐이라고요. 그리고 승원이가 물어봤기 때문에 그냥 알려준 거지 다른 이유는 없어요. 제가 거짓말을 했다고요? 제가 왜요? 증거 있어요?"

증거 따위는 있을 리 없다. 자신은 괜찮다. 유정을 살해한 것은 선생님이다. 자신과는 상관없다. 수연은 계속 머릿속으로 되뇌었다.

"걘 뭐래?"

다음 날 수연은 유정을 운동장의 그 계단으로 불러내었다. 내내 참던 유정이 울음을 터트린 것은 그때였다. 유정은 서럽게도 울었다. 가슴이 답답한지 숨을 꺽꺽대면서도 입을 벌린 채 고개를 숙이고 소리 내어 울었다. 계단 바닥으로 눈물이 뚝뚝 흘러내렸다.

한참이 지나자 유정은 양손으로 눈물을 쓱쓱 닦고 호흡을 가라앉혔다. 봉긋한 유정의 가슴이 부풀었다가 가라앉았다.

"지우래."

"넌 어떻게 하고 싶은데."

"모르겠어. 무서워."

"낳고 싶다는 거야?"

"그런 건 아니야. 근데 지우는 것도 무서워. 사람을 죽이는 거잖아."

유정이 허승원의 말을 전했다. 담배를 대리 구매해주는 사람을 구할 때처럼 사람을 구해 보호자로 위장한 다음 낙태를 하라고 했단다. 그건 안 될 일이었다. 수연이 바라는 것은 이 일이 조용히 끝나지 않는 것이었다.

"그러다 큰일 나고 싶어? 그렇게 만나는 사람들이 어떤 사람들인 줄 알고?"

"어떻게 해야 할지 모르겠어."

유정은 죽고 싶다는 말을 계속 입에 올렸다.

"엄마한테 말해."

유정이 퍼뜩 고개를 들었다.

"그건 안 돼. 엄마한테는……. 엄마는 안 돼."

"그럼 아빠한테는?"

그 말에는 고민하는 것 같았다. 평소에 유정은 아빠와 사이가 좋은 것 같았다. 자주 아빠 얘기를 했다.

'아빠 때문에 미치겠어.'

자랑처럼 하던 그 말이 떠올랐다.

유정은 머리를 감쌌다.

"아빠한테 무슨 얼굴로 말해."

수연은 계속 다그쳤다. 아빠한테 말해야 한다고 했다. 절대 혼자 결정할 문제가 아니라고 했다. 널 위한 말이라고도 했다. 하지만 수연은 스스로도 알고 있었다. 아빠에게 말하라는 종용이 유정을 위한 것이 아님을. 그냥 유정이 좀 더 불행해지기를 바라는 마음이었다.

결국 유정은 아빠한테 갔던 걸로 알고 있었다. 그런데 왜 선생님 손에 죽었을까? 그것만은 잘 이해되지 않았다.

그때 박동규 형사가 주머니 안에서 봉지에 담긴 뭔가를 꺼냈다. 증 2호라고 적힌 글씨가 눈에 띄었다. 두 줄이 표시된 임신테스트기였다.

"유정이 집에서 어렵사리 찾아냈다. 화장실 환풍구 안에 숨겨뒀더구나. 임신이 아닌데 어떻게 두 줄이 나왔을까?"

수연은 말없이 그를 보았다.

"물론 임신테스트기 검사 결과가 항상 정확한 것도 아니고 불량품도 있지. 그런데 이번 사건에서 네 태도는 아무래도 석연치 않은 점이 많아."

"그래서요?"

"소변에서도 유전자 검사가 된다는 건 아니? 그리고 여기서 유정이와는 다른 유전자가 검출되었지."

수연의 얼굴엔 표정 변화가 없었다. 무덤덤한 얼굴이었다. 반쯤 내려간 눈꺼풀로 바닥을 내려다보았다.

수연 역시 알고 있었다. 거기엔 유정의 유전자가 없다.

"궁금한 게 있어요."

수연이 물었다.

"뭔데?"

"왜 선생님은 유정이를 죽였나요?"

박동규 형사는 잠시 고민했다. 하지만 뭔가를 결정한 듯 깊은숨 한 번을 내쉬고 말했다.

"선생님의 비리를 알고 있는 유정이가 선생님에게 협박을 했더구나. 낙태를 하러 같이 가달라고 말이지. 엄마의 역할로. 도와줄 수 없다고 하니까 협박을 한 모양이야. 그래서……."

형사는 말을 아꼈다.

"만약 유정이가 임신했다고 착각하지만 않았어도 살해당했을 리는 없었을 거란 얘기다."

그는 수연의 눈을 똑바로 마주했다.

"할 말은 없니?"

수연은 입을 다문 채로 가만히 있었다.

유정을 생각했다. 유정은 태어나 가장 큰 인생의 기로에서 있었다. 남자친구인 승원은 임신을 유정의 탓으로만 돌리고 도와주려 하지 않았다. 절친이라고 내세우던 친구는 아빠에게 의논하라며 유정을 자꾸 내몰기만 했다. 왜 선생님을 찾아갔는지 수연으로서는 알지 못했지만 아빠를 찾아가지 못한 사정이 있었던 모양이다. 협박이라도 해서 기대고 싶었던 선생님은 유정을 죽였다.

외로웠겠다는 생각은 든다.

수연이 아무 말도 없자 박동규 형사가 일어섰다.

"네가 만약에 거짓말을 했더라도 사기죄 같은 건 아니야. 그건 재산상의 이익을 취했을 때나 해당하는 얘기지. 그래도 혹시, 이후라도 뭔가 하고 싶은 말이 있다면 전화를 주렴."

수연은 무덤덤하게 눈을 깜박였다. 형사는 유정의 엄마에게 자신의 이야기를 할까? 일기장이 발견되었으니 적어도 유정의 엄마는 유정이 수연과 임신 사실을 의논했다는 걸 알았을 것이다. 학교로 유정의 엄마가 찾아올지도 모른다. 만약 자신이 거짓말한 걸 알게 된다면 머리채를 잡아채거나 때릴 수도 있다. 난리가 나겠지. 수연은 연락을 받는 아빠의 표정이 궁금했다.

# 용의자들

**초판 1쇄 발행** 2024년 5월 16일
**초판 4쇄 발행** 2024년 7월 24일

**지은이** 정해연
**펴낸이** 최순영

**출판2 본부장** 박태근
**스토리 독자 팀장** 김소연
**편집** 조은혜
**디자인** 윤정아
**일러스트** 신애현

**펴낸곳** ㈜위즈덤하우스　**출판등록** 2000년 5월 23일 제13-1071호
**주소** 서울특별시 마포구 양화로 19 합정오피스빌딩 17층
**전화** 02) 2179-5600　**홈페이지** www.wisdomhouse.co.kr

ⓒ 정해연, 2024

ISBN 979-11-7171-198-7 03810